AÇÃO ILEGAL

Stella Rimington

AÇÃO ILEGAL

tradução de
MARCELO MENDES

EDITORA RECORD
RIO DE JANEIRO • SÃO PAULO
2011

CIP-Brasil. Catalogação-na-fonte
Sindicato Nacional dos Editores de Livros, RJ.

R438a   Rimington, Stella, 1935-
        Ação ilegal / Stella Rimington; tradução de Marcelo Mendes. – Rio de
        Janeiro: Record, 2011.

        Tradução de: Illegal action
        ISBN 978-85-01-08163-6

        1. Romance inglês. I. Mendes, Marcelo. II. Título.

11-2819   CDD: 823
                                                     CDU: 821.111-3

Título original em inglês:
Illegal action

Copyright © Stella Rimington 2007

Texto revisado segundo o novo Acordo Ortográfico da Língua Portuguesa.

Todos os direitos reservados. Proibida a reprodução, no todo ou em parte, através de quaisquer meios. Os direitos morais da autora foram assegurados.

Editoração eletrônica: Abreu's System

Direitos exclusivos de publicação em língua portuguesa somente para o Brasil
adquiridos pela
EDITORA RECORD LTDA.
Rua Argentina 171 – Rio de Janeiro, RJ – 20921-380 – Tel.: 2585-2000
que se reserva a propriedade literária desta tradução.

Impresso no Brasil

ISBN 978-85-01-08163-6

Seja um leitor preferencial Record.
Cadastre-se e receba informações sobre
nossos lançamentos e nossas promoções.

EDITORA AFILIADA

Atendimento e venda direta ao leitor:
mdireto@record.com.br ou (21) 2585-2002.

Para
Brian e Christine

CAPÍTULO 1

Novembro

Pela primeira vez na vida, Alvin Jackson havia feito a escolha errada. Geralmente tinha um olho clínico para identificar alvos fáceis. O que não tinha nada a ver com o tamanho do alvo — certa vez, um sujeito tão parrudo quanto um leão de chácara de boate havia chorado ao vê-lo sacar a faca. Não, tratava-se de algo menos tangível, uma espécie de passividade que ele podia farejar do mesmo modo que um cão policial fareja contrabando.

Não que esperasse muita resistência por parte de alguém daquelas bandas de Londres. Jackson recostou-se às grades de ferro de uma das praças que entremeiam as ruas secundárias logo abaixo da Kensington High Street. A noite estava sem lua, e uma espessa camada de nuvens cinzentas pairava sobre a cidade como um cobertor sujo. Havia chovido mais cedo e agora os carros esparramavam a água das poças sobre o asfalto, e as calçadas lembravam esponjas escuras de tão encharcadas. Jackson escolhera uma esquina em que as lâmpadas de dois postes estavam queimadas. Já havia esquadrinhado a área à procura de patrulhas policiais e guardas de trânsito. Não encontrara nenhum dos dois.

A mulher que se aproximava do outro lado da rua tinha lá os seus trinta e muitos anos — vivida o suficiente para não ser nenhuma boboca, porém rica demais para ter a malícia das ruas. Usava um elegante sobretudo preto e os cabelos escovados estavam para trás, decerto arrumados num salão requintado e caro; seus saltos faziam *clec-clec-clec* na calçada. No ombro direito carregava uma dessas bolsas da moda — de couro e com alças para as mãos. Certamente a carteira estaria ali.

Jackson esperou junto à grade até que a mulher estivesse a uns 5 metros de distância, depois atravessou a rua displicentemente, bloqueando a passagem dela.

A mulher parou, e ele ficou satisfeito ao constatar que ela não parecia assustada.

— Olá — disse, e ela arregalou os olhos ligeiramente, revelando um rosto bonito, delicado. — Gostei da sua bolsa — falou em seguida, apontando com uma das mãos.

— Obrigada — disse ela secamente, surpreendendo-o, já que a maioria das mulheres permanecia muda em razão do medo. Engraçado como eram diferentes as reações. Talvez ela fosse estrangeira.

Com a mão livre, ele sacou a faca. Uma lâmina de 18 centímetros com a ponta afilada no formato de uma lua crescente. Uma faca Bowie, como diziam os americanos. Jackson gostava do nome.

— Passa a bolsa — disse ele.

A mulher não se apavorou. Apenas assentiu com a cabeça e tirou a bolsa do ombro, segurando-a por uma das alças. O que foi um alívio, pois a última coisa que ele queria naquele momento era um escândalo. Ele já ia se aproximando para pegá-la quando percebeu que a mulher estava remexendo seu interior.

— Anda logo — insistiu ele.

Foi então que a mulher retirou a mão da bolsa, segurando algo reluzente, e avançou contra ele.

Jackson sentiu uma dor terrível no braço esquerdo, logo abaixo do ombro.

— *Cacete!* — berrou, contorcendo-se.

Que diabos havia sido aquilo? Baixando o rosto, viu o sangue que jorrava do próprio braço. A dor era lancinante. "Vou te retalhar todinha, sua vagabunda", ele pensou furioso, e deu um passo para a frente. Mas o objeto metálico que a mulher segurava brilhou novamente no escuro e o acertou bem no meio do peito. Uma, duas vezes, fazendo com que ele se encolhesse.

Jackson agonizava. E, ao ver que seria golpeado uma terceira vez, tratou de correr o mais rápido que pôde, comprimindo o braço ferido. Já havia dobrado a esquina quando pensou: "Que mulher é essa?" Fosse ela quem fosse, disse a si mesmo, o sangue ainda escorrendo entre os dedos, ele havia escolhido a presa errada.

Olhando à sua volta com cuidado, ela constatou que não havia ninguém na praça. Ótimo. Calmamente, tirou da bolsa um lenço de papel e limpou a lâmina do estilete Stanley, pegajosa com o sangue de seu agressor, e fechou-o. Fossem outras as circunstâncias, não teria reagido a um assalto de rua, mas ali, jamais deixaria que levassem sua bolsa.

Uma luz se acendeu numa das casas vizinhas, as cortinas se abriram, então ela se afastou rapidamente, ainda com o estilete na mão, caso o homem estivesse espreitando-a em algum lugar, pronto para uma nova investida. Mas tão logo deixou a praça, viu que não havia ninguém na calçada à sua frente. Um táxi passou na rua com um casal aos beijos no banco de trás. Ao dobrar a esquina, ela chegou a uma ruela sem saída e parou à porta de um grande prédio antigo, onde entrou segundos depois. No segundo andar, destrancou a porta de um dos apartamentos, acendeu a luz e passou à pequena sala. O lugar, parcamente mobiliado pelo proprietário, tinha um aspecto triste e sombrio. O que não chegava a ser um problema. Ela não ficaria ali por muito tempo; alugava apartamentos por períodos de um mês, e aquele era seu terceiro endereço. Sabia que, tão logo recebesse ordens, poderia viver com muito mais conforto.

No quarto, pegou as duas bolsas de computador que havia deixado num dos cantos e as colocou sobre a mesa de pinho da sala. Uma delas continha um pequeno aparelho eletrônico de design sofisticado, muito parecido com um CD player, e a outra, um laptop. Conectou os dois com um cabo USB, apertou um botão no aparelho menor e esperou pela transferência dos dados que haviam sido gravados durante sua ausência. No computador, iniciou um programa que preencheu a tela com números.

Sentada à mesa, pegou a bolsa que o assaltante tentara roubar e de lá tirou um livro de capa dura, um romance já bastante manuseado: *O círculo da cruz*. Pensa se algum dia chegaria a lê-lo.

Abriu o livro, folheou-o até encontrar a página que queria e cuidadosamente o colocou sobre a mesa.

Em 20 minutos terminou o que tinha a fazer: num bloco de anotações, escreveu uma palavra ao lado de cada um dos números de uma lista que já estava ali. Em seguida, levou uma das folhas de um texto em russo para o banheiro, onde a rasgou em pedacinhos antes de jogá-la no vaso sanitário e dar descarga. Voltando à sala, guardou os aparelhos em suas respectivas bolsas e levou-os novamente para o quarto.

Por fim, voltou à mesa e se permitiu um cigarro, um Marlboro que pescou da bolsa. Na verdade queria um Sobranie. Era provável que uma daquelas tabacarias sofisticadas de Londres, como a Davidoff's, os vendesse. Mas agora ela teria de se contentar com o Marlboro. Enquanto o acendia, recordou-se da insistência com que eles a haviam instruído no treinamento: "Lembre-se de que as pequenas coisas, as que supostamente não têm a menor importância, são justamente aquelas que põem tudo a perder."

Tendo memorizado a mensagem que acabara de destruir, mais uma vez pensou no trecho principal da instrução recebida: *"Entre em ação agora."*

CAPÍTULO 2

— Imagino que tudo tenha corrido bem, tal como esperado.

De pé junto à janela de seu gabinete, Charles Wetherby olhava para as águas do Tâmisa, que formavam pequenas ondas encrespadas pelos ventos de novembro. Um barco de turismo movia-se aos trancos com meia dúzia de passageiros abrigados no interior da cabine.

— Sim, graças a Deus — disse Liz Carlyle, sentada na cadeira diante da mesa de Wetherby.

Ela havia sido sabatinada pela comissão de inquérito por mais de três horas; Wetherby, por um dia e meio. Ele agora parecia cansado, tenso e, estranhamente, não fazia nenhum esforço para disfarçar seu estado. Depois de soltar um suspiro e correr a mão pelo queixo com um ar pensativo, virou-se para Liz e disse:

— O diretor-geral falou que você se saiu muito bem. Não que você tivesse algum motivo para se preocupar.

Liz assentiu com a cabeça, muito embora não estivesse tão otimista. O fracasso da última operação ainda não fora de todo digerido. A descoberta de um agente duplo no MI5, que fizera o possível para minar o serviço de inteligência britânico, decerto ainda repercutiria por muitos anos. Tal como o ministro do Interior passara a repetir, com a monotonia de um mantra: "Se o Serviço Secreto não está à altura dos seus propósitos, como diabos vamos vencer a guerra contra o terrorismo?"

Esse mesmo ministro havia insistido na realização de um inquérito para averiguar as causas do vergonhoso fiasco, mas felizmente acabara por admitir que uma investigação pública seria um desastre. Portanto, as entrevistas vinham sendo conduzidas a portas fechadas, presididas pelo ex-secretário do gabinete e acompanhadas por um juiz e um idôneo empresário do setor privado. Nada de imprensa ou de julgamentos prévios pelas manchetes dos jornais; nada de parlamentares proferindo discursos moralizantes diante das câmeras de TV. O relatório final, quando enfim ficasse pronto, seria redigido bem aos moldes do politiquês de Whitehall Road, enxuto e elegante, isento de dramas e razoavelmente justo.

— O que vai acontecer agora? — perguntou Liz.

Wetherby voltou para sua mesa, sentou-se e, distraído, pôs-se a tamborilar um lápis sobre uma pilha de papéis.

— Bem, agora deve haver alguma reforma nos procedimentos de recrutamento, mais rigor nos vetos... entre outras coisas. Mas, como eu já disse, você não tem nada com que se preocupar.

— E você, Charles? — retrucou ela. O próprio Wetherby já havia previsto que cabeças iriam rolar após o desastre, e, segundo a fábrica de boatos do Serviço Secreto, a dele seria uma das primeiras.

Wetherby deu de ombros e se recostou na cadeira. Não se mostrava tão empenhado quanto de costume, o que preocupava Liz. No que estaria pensando?

— Gostaria de acreditar que estou a salvo também — respondeu afinal. — Mas... sei lá. A experiência me ensinou que essas coisas são difíceis de prever. De qualquer modo, não estarei por aqui quando a bomba estourar. Vou tirar uns dias de folga.

— Folga?

Percebendo o que estava por trás da pergunta, Wetherby logo tratou de dizer:

— Por iniciativa própria, Liz. Tenho direito a uma licença sabática, e decidi que devo passar mais tempo em casa. — Com um gesto rápido da cabeça, apontou para a fotografia da mulher e dos filhos.

Então era por isso que ele estava assim, tão resignado, concluiu Liz. Ela sabia que Joanne Wetherby padecia de uma doença grave havia mais de cinco anos. Decerto não era fácil para ele conciliar a vida profissional e o papel de marido de uma inválida e pai de dois garotos. Seguramente sentiria falta da adrenalina do trabalho, dos desafios, dos colegas. E dela, Liz? Sentiria sua falta também?

— Quanto tempo você pretende ficar fora?

Wetherby deu de ombros e, com os dedos, limpou do paletó alguma sujeira inexistente.

— Ainda não sei — respondeu. — Uns três meses, mais ou menos. Vamos ver como as coisas se desenrolam. Enquanto eu estiver fora, Michael Binding ficará no comando do departamento.

"Essa não", pensou Liz, "não aquele idiota condescendente." Eles já haviam batido de frente em mais de uma ocasião. Liz fez o que pôde para disfarçar sua reação. Wetherby, com um sorriso irônico nos lábios, disse:

— Não se preocupe. Ele não vai amolar você, dizendo o que fazer.

— Ah, não?

— Não. Você será transferida. O diretor-geral e eu discutimos o assunto e queremos que você vá para a contraespionagem.

— O quê? — perguntou ela rispidamente, incapaz de conter a surpresa. Tampouco a decepção. Durante a Guerra Fria, a contraespionagem era a menina dos olhos de todos os agentes, o *primus inter pares* de todas as atividades do Serviço. Mas no mundo depois de 11 de setembro seu brilho já era bem menor, ofuscado pelo contraterrorismo. Agora a contraespionagem era tida como uma espécie de "furada".

— Você está precisando de uma mudança. E sabe disso.

— Mas não de um rebaixamento, Charles. A verdade é essa. É como se eu estivesse sendo colocada no banco de reservas. — Liz fez uma pausa e mordeu os lábios para represar a mágoa.

Charles fitou-a com seriedade.

— Não se trata disso — falou. — De modo algum. Queremos apenas que você expanda a sua experiência. As pessoas acham que a espionagem não é mais um problema. Pois estão erradas. Hoje há mais agentes de inteligência estrangeiros em Londres do que havia antes da queda do Muro de Berlim. Os russos estão na ativa outra vez, e os chineses, mais atuantes do que nunca. Sem falar nos países do Oriente Médio. Além disso, a natureza do jogo mudou, como você bem sabe. Antes, tudo se resumia a espionagem política e militar: o único objetivo era vencer a Guerra Fria e a Terceira Guerra Mundial, que nunca veio a eclodir. Um trabalho arriscado, apenas para profissionais. Hoje, há muito dinheiro na história. Não a mandaríamos para lá se não achássemos que você pode ser útil.

— E quem será meu superior imediato? — perguntou Liz,

— Brian Ackers — respondeu Charles. — Você vai para a Seção Russa, da qual ele é diretor-assistente. Também é diretor interino de todo o Departamento de Contraespionagem.

Liz arqueou as sobrancelhas, perplexa. Brian Ackers era um veterano da Guerra Fria que ainda vivia no passado. Uma figura espinhosa, rabugenta, que ainda não havia digerido o deslocamento da contraespionagem como prioridade número um do Serviço.

— Sei que não é fácil trabalhar com ele — prosseguiu Wetherby —, mas o homem tem uma vasta experiência. Você tem muito o que aprender com ele. Afinal, foi na contraespionagem que tudo começou. E é ela que requer algumas das capacitações mais complexas do nosso ramo.

— Claro — disse Liz, ainda tentando disfarçar a decepção que sentia.

— Brian não vai ficar por lá para sempre, Liz — disse Charles, procurando animá-la. — Vai se aposentar daqui a dois anos. Muitas oportunidades vão surgir depois disso.

Liz tentou digerir o que acabara de ouvir. Por acaso Wetherby estava sugerindo que ela poderia substituir Brian Ackers no futuro? Assumir o posto de diretor-assistente? Ficou lisonjeada, mas ainda considerava pouco animadora a perspectiva de ser transferida para aquele departamento.

— Quando começo? — perguntou.

— Semana que vem. Peggy Kinsolving irá com você.

"Quer dizer então", pensou Liz, "que eles estão transferindo todos que de algum modo estavam envolvidos na investigação do agente duplo." Mas a notícia era boa. Peggy havia sido indicada para o MI6 no ano anterior, mas preferira ficar no MI5. Trabalhava nas internas e tinha uma energia inesgotável, além de um talento quase único para desenterrar fatos. Se Wetherby e o diretor-geral a estavam disponibilizando para acompanhá-la, não seria ela, Liz, quem colocaria qualquer tipo de obstáculo.

— Bem, semana que vem não estarei mais aqui, portanto vou me despedir de você agora. Boa sorte com o novo trabalho — disse Wetherby. Percebendo a deixa, Liz ficou de pé e apertou a mão oferecida por ele. De repente, meio sem jeito, Charles acrescentou: — Você vai me prometer uma coisa.

— Claro, o quê? — disse Liz, os olhos subitamente marejados.

— Mantenha contato — respondeu ele com certa timidez, depois baixou os olhos para os papéis sobre a mesa.

Ao se virar para sair, Liz avistou pela janela o barco de turismo que voltava de seu passeio pelo Tâmisa, agora navegando com mais tranquilidade, a favor da maré. O crepúsculo se transformava em noite, e, iluminado pelas luzes dos escritórios e apartamentos da margem oposta, o rio se transformava rapidamente numa torrente negra salpicada de dourado.

CAPÍTULO 3

Fim de março

Naquela manhã a primavera se revelava caprichosa. O sol brilhava no céu turquesa, mas o vento soprava do norte com lufadas cortantes e frias. Caminhando naquela parte remota de Hampstead Heath, Simmons reconheceu o banco habitual, mas não o homem que o ocupava. Já ia seguindo adiante quando ouviu:

— Jerry! — Era o tal homem, que acenava com o braço.

Simmons assustou-se.

— Quem é você? — perguntou, aproximando-se com cautela.

— Seu novo contato — disse o homem, e bateu com força na madeira do assento. — Sente-se.

O banco ficava à sombra de um bosque de carvalhos muito antigos, no topo de uma colina. Não havia ninguém naquela parte do parque, exceto algumas pessoas que passeavam com seus cachorros mais abaixo. Lentamente Jerry Simmons se aproximou e se acomodou numa das pontas.

— O que aconteceu com Andrei? — perguntou, olhando para a vegetação a seu redor.

— Ele se foi — respondeu o homem vagamente. — Sou Vladimir.

Jerry virou o rosto devagar e inspecionou o russo, que usava uma capa de chuva com cinto, sapatos do tipo Oxford muito bem engraxados e um chapéu de tecido xadrez. Poderia passar por inglês não fossem as maçãs salientes do rosto e o sotaque carregado, que denunciavam sua origem eslava.

Parecia preocupado, o que deixou Jerry tenso. Ele se lembrou dos tempos no Exército, em que água gelada era a única coisa a correr em suas veias. Ao término da entrevista final no Serviço Aéreo Especial (algo que ele temia muito mais do que qualquer marcha forçada, qualquer simulação de interrogatório ou qualquer uma das atividades físicas em que geralmente se saía tão bem), o sargento dissera: "Você não é a faca mais afiada da caixa, Simmons, mas gostamos do seu sangue-frio. E seu tamanho também ajuda. Mas não pense que isso basta."

Disse ao homem do banco.

— Quando deixei o hotel, falei para Andrei que não trabalharia mais para vocês.

Vladimir deu de ombros.

— Sim, eu sei. Mas as circunstâncias mudam, não?

"Não para mim", pensou Jerry. Ao sair do Exército, julgara-se abençoado ao encontrar emprego como segurança no Dorchester. O salário não era grande coisa, claro, mas o hotel era famoso, exemplarmente administrado, e lá ele tinha sido muito bem tratado. O único ferimento que sofrera fora uma escoriação no joelho ao escorregar no chão úmido de um banheiro recém-lavado. Bem melhor que as patrulhas noturnas de quatro homens no Afeganistão.

Seu problema havia sido Carly, a esposa número 3, da qual já havia se divorciado. Quer dizer, número 3 na cronologia, mas número 1 na ganância. Portanto, o surgimento de Andrei tinha sido uma bênção. O serviço era uma barbada, nada mais que algumas inconfidências: nomes e endereços, a movimentação no lobby, as peripécias deste ou daquele xeque (geralmente pôquer e mulheres; por vezes, pôquer e homens). Um bom dinheiro por muito pouco, ainda que Carly embolsasse quase tudo.

Jerry sabia muito bem quem era o tal Andrei. De início achou tratar-se de alguém do crime organizado, mas depois, percebendo certo traço militar no comportamento dele, concluiu que na certa ele era oficial. Em nenhum momento receara estar fazendo algo que pudesse prejudicar a Grã-Bretanha. No entanto, ao trocar o emprego no hotel por outro numa firma particular de segurança, com salário e horários mais decentes, ficara aliviado por deixar para trás os bicos que fazia para Andrei.

— Não estou mais no Dorchester — disse Jerry, tentando encurtar a conversa, embora não fosse ingênuo a ponto de acreditar que Vladimir já não soubesse disso.

— Eu sei. Parabéns. Agora está trabalhando para um homem muito rico.

Jerry deu de ombros. Jamais tinha ouvido falar do novo patrão antes de se tornar seu "motorista", isto é, o guarda-costas que dirige seu carro.

— Pode ser — disse. — Levo o homem aonde ele quer e cuido da segurança dele. Isso é tudo que sei.

— Você sabe mais do que pensa — retrucou Vladimir.

— Como assim? — Jerry começava a ceder ao desânimo. Vladimir, por sua vez, parecia bem mais relaxado.

— Seu novo patrão é um compatriota meu. Tenho muito interesse nele.

Eles ficaram calados por um tempo. O vento começara a soprar outra vez, e Jerry se reacomodou no banco, incomodado com o frio. "Por que diabos eu tinha de arrumar emprego logo com um russo?", pensou com seus botões, esperando que Vladimir quebrasse o silêncio. Por fim, suspirou e disse:

— O que você quer? — Com um tom de voz firme, tentou deixar claro que ainda não havia concordado com nada.

— A mesma coisa do Dorchester — respondeu o homem a seu lado. — Só que agora você vai ter apenas um "hóspede" para vigiar.

— Mas o homem não faz praticamente nada! — protestou Jerry. — Não frequenta boates, nem costuma jantar fora. Tem uma namorada nova aí, e passa a maior parte do tempo livre com ela. Para ele, uma noite de farra é pedir comida em casa e assistir a um DVD.

Vladimir balançou a cabeça como se soubesse de algo mais.

— Mas às vezes recebe pessoas a trabalho, ou sai para encontrá-las. O motorista o leva naquele Bentley metido a besta.

Jerry percebeu que já tinha dito demais. Olhou para a ladeira abaixo deles, onde um homem de casaco verde passeava com seu grande e agitado dobermann ao longo de uma trilha de grama ressecada.

— Ele se encontra quase sempre com russos — falou em seguida. — Para mim os nomes são todos iguais. Além disso, não entendo bulhufas do que eles dizem.

Vladimir deixou escapar um risinho irônico.

— Não estamos pedindo que você redija um relatório.

— O que vocês querem afinal? Não sou nenhum traidor.

Vladimir não respondeu diretamente:

— Nossa história é de russo para russo. Não se preocupe, a rainha não tem nada a ver com isso.

— Mas... e se eu me recusar a entrar no jogo?

— A decisão é sua. — Vladimir calou-se um instante, Jerry encarando friamente através das pálpebras semicerradas. — Assim como é nossa a decisão de procurar a empresa que contratou você e contar a eles sobre os servicinhos que você já prestou para nós no passado.

"Eu devia ter sacado", pensou Jerry. Desde aquela noite no Dorchester em que o russo se trancara do lado de fora do quarto e ele, Jerry, fora enviado para socorrê-lo. A título de agradecimento, Andrei lhe dera uma das garrafas de champanhe do minibar, que Jerry, contrariando todas as normas da casa, aceitara de bom grado para depois escondê-la em seu escaninho nas entranhas do hotel.

Na noite seguinte, os dois haviam se encontrado no pub da South Audley Street, onde Jerry costumava relaxar depois do trabalho. E na noite posterior também. Eles se tornaram amigos, o que significava que Andrei pagava por todos os drinques e as eventuais refeições que eles faziam juntos; certa vez, pagou até por uma garota. E quando Andrei ofereceu uma pequena remuneração em troca de certas informações, fofocas bobas do hotel, Jerry teve a impressão de que aquilo não passava de mais um gesto generoso por parte do russo.

Mas agora, três anos depois, a conta estava sendo colocada na mesa.

— Você é quem sabe — prosseguiu o russo Vladimir, com aparente indiferença. Nenhum sinal de coerção.

Jerry pesou as opções. A bem da verdade, não havia opção alguma. O brigadeiro Cartwright não lhe daria cinco minutos para empacotar suas coisas se descobrisse que ele havia embolsado gorjetas por fora. Sobretudo ao saber que elas eram pagas por um governo estrangeiro, mesmo que isso tivesse acontecido antes da contratação pela empresa de segurança. Com o veto de um brigadeiro, Jerry jamais encontraria um emprego tão bom. Chegaria à meia-idade trabalhando como um capanga barato ou, se tivesse sorte, como leão de chácara de boate. Mais provavelmente como porteiro de um pub qualquer, jogando bêbados na rua.

— Tudo bem — disse ele afinal. — Mas a grana tem que ser boa.

— Volte daqui a uma semana — disse Vladimir. — Neste mesmo lugar, nesta mesma hora. Para receber suas instruções.

— E o primeiro pagamento — acrescentou Jerry, na tentativa de obter alguma vantagem, por menor que fosse.

CAPÍTULO 4

Liz puxou o edredom até o queixo, esticou as pernas e ligou a TV no noticiário das 8 horas. Por um instante cogitou levantar-se para passar um café, mas rapidamente decidiu ficar onde estava. Durante todo o tempo em que trabalhara com Charles no contraterrorismo, jamais chegara a relaxar de verdade, nem mesmo nas manhãs de domingo. As operações de contraterrorismo pipocavam de repente e demandavam uma reação rápida. Geralmente ela chegava tarde em casa, por vezes passava dias longe, mas a tensão e a adrenalina eram justamente o que ela mais amava em seu trabalho.

Tinha plena consciência da bagunça em que se transformara sua vida pessoal. O pequeno apartamento de Kentish Town, de que tanto gostava, estava descuidado. As coisas quebravam e ela nunca tinha tempo para consertá-las; os efeitos do abandono podiam ser vistos por todos os lados. Em compensação, muita coisa havia mudado desde sua transferência para a contraespionagem, quatro meses antes. O trabalho não era de todo desinteressante, mas o ritmo era bem mais lento, e os horários, mais regulares.

Liz aproveitara o recém-conquistado tempo livre para colocar a vida em ordem. O papel de parede do banheiro, que desde muito vinha descascando, havia sido trocado por azulejos. O apartamento inteiro fora repintado, e uma moderna lavadora em aço inoxidável agora ocupava o lugar da carroça trepidante que ela havia herdado dos antigos proprietários. O edredom de penas de ganso fora comprado num impulso, mas era a mais satisfatória das mudanças.

Deitada ali, no conforto de sua cama, Liz correu os olhos pelas cortinas novas do quarto, pelo carpete novinho em folha, e pensou no fim de semana que estava por vir.

Boa parte dele seria passada com o holandês Piet, responsável pela filial do banco de investimentos Lehman's em Amsterdã. Toda terceira sexta-feira do mês, ele ia a Londres para uma reunião em Canary Wharf e ficava na cidade para o fim de semana. Na noite de sexta, saía para jantar com os colegas de trabalho, mas no sábado, mais ou menos à hora do almoço, batia à porta de Liz com uma garrafa de champanhe e um presentinho qualquer, geralmente um perfume, comprado no aeroporto. Um arranjo que convinha muito bem a ambos. Descomplicado e feliz.

Se Piet sabia o que ela fazia (e Liz suspeitava que ele sabia, sim, uma vez que o conhecera na festinha de Natal de um colega do Serviço), jamais fazia perguntas. Eles não tinham esse tipo de relacionamento. Riam muito e jantavam em bons restaurantes. Conversavam sobre música, teatro, atualidades, qualquer coisa que não fosse trabalho. Hoje iriam a um concerto de fim de tarde na St. John's Smith Square. Depois jantariam em algum lugar, e Piet passaria a noite sob aquele mesmo edredom de penas de ganso. Liz crispou os dedos do pé ao antever o que estava pela frente. No domingo eles dormiriam até tarde, almoçariam num pub qualquer, e Piet tomaria seu avião de volta a Amsterdã.

Em todos os aspectos, um fim de semana perfeito. Louvada seja a contraespionagem, pensou Liz, muito embora, lá nos confins do coração, ela ainda sentisse falta de seu primeiro amor: o trabalho com Charles no contraterrorismo. Esperava que tudo estivesse bem com ele. E com Joanne também, claro.

CAPÍTULO 5

Wally Woods estava cansado demais para dormir. Trabalhara sete turnos seguidos nos últimos quatro dias, o que teria sido impensável nos velhos tempos. Fazia duas semanas que eles haviam acampado em South Kensington para seguir os passos de um iraniano amante da noite e festeiro. Dennis Rudge contraíra uma gripe forte, e Wally não tivera outra opção senão cobrir a ausência dele.

Mas Rudge por fim dera as caras naquela manhã, mais morto do que vivo, assoando o nariz a todo instante. Tão logo foi liberado, Wally entrou em seu carro e dirigiu, tonto de exaustão, de volta a Crouch End. Em casa, encontrou um bilhete desaforado da mulher, que já havia saído para o trabalho. "Caro desconhecido...", leu, e logo se deu conta de que estava em apuros.

Tirou uma soneca de três horas, mas foi acordado pela cadela Molly lambendo seu rosto, suplicando um passeio.

Não havia jeito. Ele jamais conseguiria voltar a dormir. Então tomou uma ducha, fez a barba e se vestiu. Em seguida foi com Molly para o carro e a levou para Hampstead Heath: só ali havia espaço suficiente para uma cadela dobermann com tanta energia.

Ele gostava de caminhar no parque, um lugar ermo, cercado de natureza, que tinha apenas um ponto em comum com sua movimentada vizinhança no norte de Londres: tudo podia acontecer ali, e de fato acontecia. A variedade de cenários — bosques, campinas, lagos, a vista panorâmica da Colina do Parlamento — propiciava diferentes opções de passeio. Wally estacionou diante de uma das elegantes mansões georgianas do bairro, vestiu o casaco e caminhou por uma rua ladeada de árvores, com Molly na coleira. O vento começava a soprar forte, e o sol se escondia do outro lado de uma espessa camada de nuvens. "Onde se meteu a primavera?", pensou, ainda se sentindo meio enferrujado depois de tantas horas de plantão dentro de um carro parado.

Tão logo cruzou o portão junto à área do lago reserva da à prática de remo, tirou a coleira de Molly e deixou-a livre. Foi enquanto a observava correr (achando engraçado como era inofensivo o trote de um dobermann em vista do medo que a raça inspirava nas pessoas) que ele avistou o homem, passando ao largo do açude reservado aos banhistas masculinos, virando à direita e escalando a colina por meio de uma trilha geralmente frequentada por corredores e donos de cachorro. Estava de costas para Wally, e foi isso que, paradoxalmente, o entregou.

Parecia estranho, tal como ele havia constatado ao tentar explicar à mulher, mas depois de 12 anos seguindo suspeitos profissionalmente, as costas de uma pessoa eram tão reveladoras para Wally quanto uma impressão digital para um perito legista.

Portanto, ao ver aquele trote lento, semelhante ao de um homem indo a contragosto para o altar, logo se deu conta de que já tinha visto aquelas costas antes.

Sabia que elas pertenciam a Vladimir Rykov, adido comercial da embaixada russa. Wally já o havia seguido antes: a um restaurante em Charlotte Street, a uma reunião no Instituto de Diretores em Pall Mall e certa vez, num sábado, a um jogo do Arsenal no velho campo de Highbury.

Mas que diabos Rykov estaria fazendo ali, em pleno dia útil? Calma, disse Wally a si mesmo. Decerto está fazendo uma caminhada, assim como você, mas sem cachorro. Afinal, o horroroso conjunto de prédios dos anos 1960 da Delegação de Comércio da Rússia ficava apenas a algumas centenas de metros, empoleirado na Highgate West Hill, uma colina logo acima do parque.

Por outro lado, havia algo de deliberado no modo como Rykov caminhava. Ele estava indo para um lugar específico, com um objetivo específico, concluiu Wally depois de observá-lo por menos de um minuto. A certa altura, ele abandonou a trilha e, pisando o mato rasteiro, seguiu para um arvoredo localmente conhecido como Túmulo de Boadicea: um agrupamento de carvalhos e pinheiros muito altos, plantados em círculo e protegidos por grades de ferro. Lá no alto, era impossível se aproximar do túmulo sem notar sua presença. Havia um banco ao norte dele, e foi lá que se sentou o russo.

Wally virou-se para Molly e chamou-a para perto de si. Brincou com ela por um tempo, sempre com a cabeça voltada para baixo. Dali a dois minutos, deu uma rápida espiadela na direção da colina e viu que um homem havia se juntado a Rykov no banco.

Talvez se tratasse de uma paquera, caso eles estivessem noutra parte do parque, mais próxima do açude masculino, mas não ali. Além disso, os dois interlocutores estavam muito longe um do outro. Rykov parecia falar bem mais que o outro, embora fosse difícil discernir algo àquela distância. Uma coisa era certa: não se tratava de um encontro fortuito, e sim de uma reunião. Mas por que num lugar tão remoto? Seguramente porque Rykov não queria ser visto — talvez ambos não quisessem ser vistos.

Wally já havia passeado o suficiente. Havia outros cachorros brincando com seus donos nos arredores, mas as pessoas dificilmente se esquecem de um dobermann, portanto ele seguiu com Molly pela mesma trilha que Rykov havia escalado. Parou apenas quando viu que não podia mais ser visto do banco. Esperou ali por um tempo que lhe pareceu uma eternidade, pisoteando a grama para manter o sangue quente em meio ao frio cortante, deixando Molly livre para farejar as tocas de coelho. Sua paciência foi recompensada quando Rykov despontou na trilha, descendo alguns metros à frente do outro homem.

Wally não pensou duas vezes. Não fazia sentido ir atrás de Rykov; podia encontrá-lo quando quisesse. Mas quem seria o outro? Tinha aproximadamente 1,80m, cabelos curtos e usava um casaco de náilon que deixava transparecer um físico forte. Ao contrário de Rykov, não parecia estrangeiro, pelo menos não àquela distância, mas havia algo de muito singular em seu aspecto. Ex-militar, pensou Wally. Rapidamente ele colocou a coleira de volta em Molly e desceu pela encosta, com a displicência de alguém que acabara de terminar sua corrida matinal.

Mais abaixo, Rykov sumiu ao longo de uma trilha que conduzia à sede da Delegação Comercial. O outro homem dobrou à direita, contornou o lago e seguiu na direção dos gramados da Colina do Parlamento. Wally apertou o passo, mas tomou o cuidado de manter pelo menos uns 200 metros de distância entre eles. As quadras de tênis e os prédios de uma escola de ensino médio despontaram ao longe, mas o homem deu uma súbita guinada para a esquerda, e Wally precisou correr para não perdê-lo de vista. Alcançou a rua a tempo de vê-lo emergir de uma pequena multidão de adolescentes, atravessar a rua correndo e embarcar num ônibus de dois andares. Praguejando, Wally olhou a seu redor à procura de um táxi, mas não encontrou nenhum.

Foi então que a London Transport veio em seu auxílio, na forma de um segundo ônibus, bem na cola do primeiro. Wally correu para o ponto, o ônibus encostou, e ele subiu. Já ia tirando a carteira do bolso quando o motorista balançou a cabeça e, apontando para Molly, disse:

— No meu ônibus não, camarada — o sotaque era claramente jamaicano.

— Posso, sim, entrar num ônibus com um cachorro — protestou Wally.

— Não com *esse* cachorro no *meu* ônibus. Nem pensar.

— Ela não vai incomodar ninguém — disse Wally, segurando a coleira com firmeza. Sabia que outros passageiros estavam olhando assustados para ele e Molly.

— Isso é o que você está dizendo — devolveu o motorista, de olho no dobermann. — Isso aí não é cachorro de cego. É uma fera perigosa. Pode ir descendo, camarada, senão não vou arrancar.

Ele apontou para a calçada e novamente balançou a cabeça antes que Wally pudesse argumentar. Molly, que não gostava de discussões, exalou um ruído indeciso, algo entre um bocejo e um ganido, depois lambeu o próprio focinho. Uma gota de saliva despencou no chão. Alguns passageiros reclamaram, e Wally, reconhecendo que havia perdido a batalha, desceu resmungando. Só então o ônibus seguiu seu caminho.

A essa altura, o primeiro ônibus já havia sumido na direção do centro de Londres. Ainda não havia nenhum táxi à vista.

— Vem, Molly — disse Wally. — Vamos pra casa. — Mas quem seria o tal sujeito?

CAPÍTULO 6

Brian Ackers parecia cansado naquela manhã, pensou Liz. De modo geral demonstrava uma energia quase fervorosa.

— Más notícias — ele anunciou ao início da reunião semanal do Departamento de Contraespionagem. Muito estimulante, ironizou Liz mentalmente. A sala de reuniões do terceiro andar era grande demais para os cerca de vinte oficiais de inteligência ali presentes, agrupados numa das extremidades da mesa.

Durante a Guerra Fria, havia equipes de investigadores e agentes de campo especializadas em diferentes aspectos da ameaça que a União Soviética e seus aliados representavam em termos de espionagem. Com o fim da Guerra Fria, e a consequente mudança de prioridades para o terrorismo, o Departamento de Contraespionagem fora reduzido a duas seções de médio porte — uma delas direcionada à Rússia, e a outra, a todo o resto. Além de diretor interino do departamento, Brian Ackers era diretamente responsável pelo trabalho conjunto dos investigadores e agentes de campo da Seção Russa.

Sentada ao lado de Liz, Peggy Kinsolving vasculhava o conteúdo de sua pasta. Sairia mais cedo para comparecer à conferência europeia sobre a ameaça dos serviços de inteligência russos.

— O pessoal do Ministério das Relações Exteriores já me deu um retorno — prosseguiu Ackers com sua voz retumbante. Ele sempre falava alto nessas reuniões, como se de algum modo isso pudesse trazer de volta os dias em que os sessenta assentos da sala ficavam invariavelmente tomados. Era um homem magrelo, de rosto fino e olhos verdes levemente acinzentados. Usava um surrado paletó de tweed e uma gravata fina, com um emblema qualquer, que decerto já havia conhecido dias melhores.

Apoiando o queixo com a mão, Liz olhava para ele sem nenhuma expressão particular no rosto. Refletia sobre a insistência com que certos homens tentavam disfarçar suas convicções inabaláveis com um jeito desleixado de se vestir. Quanto às convicções de Ackers, não havia dúvida: Liz ficava impressionada e até achava certa graça na obstinação com que ele negava as mudanças que o fim da Guerra Fria irrevogavelmente impusera ao mundo. Ackers ainda via a Rússia como o "inimigo número 1" da nação, e considerava um grande equívoco o rebaixamento que o MI5 impingira aos russos na sua lista hierárquica de ameaças. Muito a contragosto, concedia que a Ameaça Vermelha havia mudado. Não era mais vermelha, mas permanecia uma ameaça.

— Eles admitiram que pegamos o homem certo, aceitaram as provas que demos de suas atividades inaceitáveis — disse ele. E depois de uma pausa dramática: — Mas se recusam a fazer qualquer coisa a respeito.

Liz não ficou de todo surpresa, ainda que compartilhasse da decepção do novo chefe. Por três meses vinha trabalhando no caso em questão. Um cientista do governo chamado Maples havia informado que fora abordado por um membro da embaixada russa durante uma feira do setor de defesa em Cardiff. Sem muitos rodeios, o russo lhe oferecera dinheiro em troca de informações sobre os planos de renovação do programa nuclear britânico.

O MI5 imediatamente entrara em ação. Ao assumir o caso, Liz instruíra o cientista Maples a fazer o jogo do diplomata russo, um jovem chamado Sergei Nysenko. Depois de muitos encontros nos subúrbios de Londres, Maples fingira aceitar a proposta de suborno, e quatro dias depois, em Kew Gardens, entregara a Nysenko uma maleta contendo um documento falso do governo britânico, tachado de secreto. Em troca, Nysenko (fotografado de longe pelos oficiais do A4 que estavam de vigília) entregara a Maples cerca de 40 mil libras em espécie.

Noutros tempos, o oficialismo britânico não teria hesitado: Sergei Nysenko teria sido despachado no primeiro voo de volta para casa. Mas a Grã-Bretanha agora tinha outra postura, tal como explicou Ackers:

— Segundo fui informado pelo ministério, eles vão trocar uma palavrinha com o embaixador russo e sugerir que Nysenko se limite a atividades mais convencionais no futuro — ele balançou a cabeça. — O pessoal da SVR vai rir muito da nossa cara.

— Mas por que eles não querem deportá-lo, Brian? O sujeito tentou subornar um funcionário do governo! É um agente secreto da inteligência russa! Vai continuar trazendo problemas pra gente. — A pergunta veio de Michael Fane, um recruta novato do MI5, contratado havia apenas um mês, depois de um ano no Departamento de Segurança. Tinha raciocínio rápido, era muito inteligente e, aos olhos de Liz, muito, muito jovem. Estranho que estivesse no Serviço, uma vez que o pai, Geoffrey Fane, era um controlador de alto escalão do MI6. Liz tivera a oportunidade de conhecer Geoffrey quando ainda trabalhava com Charles Wetherby no contraterrorismo; os dois homens não podiam ser mais diferentes. Geoffrey era um habilidoso diplomata na labiríntica política das relações entre os departamentos, uma raposa com quem era preciso ter muito cuidado.

— Pelos motivos de sempre... — disse Brian, e exalou um suspiro de desânimo. — O primeiro-ministro pretende fazer uma visita a Moscou no mês que vem, e eles não querem criar uma turbulência antes da viagem, muito menos correr o risco de uma retaliação contra nossa embaixada na Rússia. Deportar Nysenko abalaria a "nova cooperação" entre os dois países na luta contra o terrorismo. — Irritado, Ackers olhou para as árvores do outro lado da janela, como se elas tivessem que concordar com ele no ridículo dessa "nova cooperação". — Esses caras que hoje estão no Departamento Oriental não têm a menor ideia de como lidar com os russos. Só passaram a trabalhar com eles após o fim da Guerra Fria, depois que os russos se tornaram nossos "aliados". Não entendem que, se mostrarmos qualquer tipo de fraqueza, os russos vão partir pra cima da gente.

Liz tomou a palavra.

— Por outro lado, Brian, a operação não foi de todo inútil. Mostramos aos russos que não estamos dormindo, que sabemos o que eles andam aprontando.

— Pode ser — retrucou Ackers, voltando os olhos para Liz. — Mas por que eles deveriam se preocupar se não podemos agir?

Sem uma boa resposta para dar, Liz não teve o que fazer senão solidarizar-se com o chefe. Charles Wetherby estava certo: havia mais agentes russos em Londres do que nunca. Ao ser transferida para o terceiro andar, Liz havia recebido de Ackers uma súmula sobre as atividades da SVR em solo britânico, pelo menos até onde a MI5 sabia. Passara boa parte daquela tarde na sala dele.

A diferença agora estava nos alvos da espionagem russa. Durante a Guerra Fria, eles haviam sido basicamente britânicos: a alocação de tropas inglesas na Alemanha, a tecnologia dos programas de defesa do governo e das empresas do setor privado, até mesmo as opiniões e o comportamento de certos políticos. Mas agora havia também alvos não britânicos. Com o crescimento da comunidade internacional de Londres e a ascensão da cidade como epicentro do mundo financeiro, não havia nenhum país importante que não tivesse negócios em solo britânico. Londres era um excelente posto de sentinela para os serviços de inteligência mais agressivos de todo o mundo. Sobretudo levando-se em conta que o MI5 operava com um dos braços preso às costas.

A reunião continuou. Um veterano chamado Hadley explicou que, com o fim do caso Nysenko, o A4 havia dado início a uma vigília randômica sobre outros agentes de inteligência identificados na embaixada russa.

— Até onde vai essa vigilância? — perguntou Brian.

Hadley deu de ombros e disse:

— Com os recursos que temos, não muito longe — ele consultou suas anotações. — Por ora estamos nos concentrando no pessoal de assuntos econômicos e comerciais: nossos amigos Kaspovitch, Svitchenko e Rykov.

Liz viu o brilho que se acendeu nos olhos de Ackers, percebendo que, depois de trinta anos perseguindo espiões russos, o homem ainda não havia perdido o gosto pela coisa, mesmo que a mudança de foco para o terrorismo lhe tivesse cortado uma das asas. Liz sentiu um profundo respeito pela dedicação do chefe.

Com a conclusão do caso Nysenko, ela própria vinha acompanhando a leva de oligarcas russos que haviam se estabelecido na Grã-Bretanha. Peggy Kinsolving os chamava de "os novos árabes", e com toda razão. Londres não via nada parecido com essa avalanche de dinheiro novo desde a chegada dos xeques do petróleo nos anos 1970. Os bilionários russos rapidamente compravam mansões no campo, quadras inteiras de apartamentos em Knightsbridge, um time de futebol aqui e outro ali, bem como a maioria das obras-primas vendidas nos leilões de primeira linha. As concessionárias Bentley e Rolls-Royce não se fartavam tanto desde os dias dos marajás indianos.

Mas além do dinheiro, os bilionários haviam trazido consigo os indesejáveis vínculos que tinham com a máfia russa, um problema muito mais da Serious and Organised Crime Agency, conhecida como Soca, que do MI5. Por outro lado, a presença de tantos elementos de origem dúbia, muitos deles abertamente hostis ao regime de Moscou, seguramente era do interesse dos agentes russos com base em Londres. E isso, tal como insistia Brian Ackers, seguramente deveria interessar ao Departamento de Contraespionagem.

Liz sentiu alguém tocar-lhe o braço e viu o bilhete que Peggy lhe passou: "Preciso ir." Ela assentiu com a cabeça, e Peggy saiu discretamente da sala. Enquanto Ackers ouvia outros relatórios, Liz concentrou-se nos próprios pensamentos, imaginando como andariam as coisas no contraterrorismo depois do afastamento de Charles. E só recobrou a atenção quando ouviu a inquietação de algumas pessoas a seu redor, as cadeiras que começavam a se arrastar. Achou que a reunião já havia acabado, mas Ackers disse:

— Se vocês não se importarem, eu gostaria de voltar ao caso Nysenko por um instante.

Liz achou ter ouvido Michael Fane resmungar.

— Acontece que ele abordou Maples de uma maneira ingênua, quase amadorística — prosseguiu Ackers, visivelmente decepcionado com a incompetência dos antigos adversários. —

E dirigindo-se a Hadley, perguntou: — Esse Nysenko é muito jovem, não é?

— Vinte e poucos anos — respondeu Hadley.

— Portanto é verde. Talvez verde demais. O que me deixa preocupado. Eles precisavam de um agente mais tarimbado para esse tipo de operação. Alguém que tivesse sondado Maples com mais cautela antes de abordá-lo.

Michael Fane tomou a palavra:

— Talvez eles não tivessem alguém melhor do que Nysenko em Londres.

— Duvido muito. Sabemos que eles têm alguns agentes bem mais experientes aqui. — Ackers não olhou para Fane, e Liz teve a impressão de que ele estava pensando em voz alta. — A não ser que... — Os olhos dele lentamente foram se arregalando. — A não ser que a coisa toda não passasse de um despiste. Para algo muito mais importante.

Ninguém disse nada. Ackers correu os olhos pálidos por todos na sala, como se os desafiasse a refutar seu raciocínio.

— Só pode ser isso — disse com firmeza e um indiscutível traço de satisfação. — *Claro*. Decerto havia outra coisa acontecendo nos bastidores, algo do qual não sabíamos nada. E isso me deixa muito preocupado.

Mas se de fato estava preocupado, pensou Liz, não deixava transparecer. Brian Ackers estava farejando o inimigo, o que o tornava um homem feliz outra vez.

CAPÍTULO 7

Geoffrey Fane não era exatamente um homem modesto, mas também não chegava a ser arrogante. Transitava livre e discretamente por diversos círculos da alta sociedade londrina, que muitas vezes tinham membros em comum. Conhecia os salões de quase todas as embaixadas da cidade e quase todos os clubes privados de St. James's. O Rupert's Club, no entanto, local do encontro marcado por Sir Victor Adler, era território virgem.

Chegando à pequena *town house* georgiana de uma ruazinha tranquila a oeste da Berkeley Square, antes de bater na porta, permitiu-se alguns instantes para imaginar o que encontraria do outro lado.

Fazia tempo que conhecia Adler — já o havia encontrado em diversos jantares e eventos da embaixada —, mas a relação entre eles era essencialmente profissional. Durante anos, Adler vinha fornecendo ao MI6 algo que talvez ultrapassasse os limites da fofoca, informações colhidas nas viagens que ele fazia regularmente para a União Soviética e agora para a Rússia. E sempre que o atento Geoffrey Fane descobria que ele havia voltado de uma dessas viagens, convidava-o para o quartel-general do MI6 em Vauxhall Cross para bater um papo. Os encontros eram invariavelmente informais, bastante civilizados e do conhecimento de todos, inclusive dos russos. Fane agora estava curioso para saber o que motivara Adler a quebrar o padrão e marcar um encontro por iniciativa própria.

A porta do clube foi silenciosamente aberta por um homem de fraque, de baixa estatura e de olhos esbugalhados. Quando perguntado por Sir Victor, ele balançou a cabeça e sem dizer nada conduziu Fane a uma saleta em que uma dezena de homens e algumas mulheres ocupavam poltronas de espaldar alto, aparentemente muito confortáveis. As conversas foram interrompidas tão logo Fane pisou no lugar, e olhos se levantaram para analisar o recém-chegado. Victor ficou de pé e acenou para a poltrona à sua frente.

Enquanto se acomodava, Fane olhou a seu redor. A saleta era decorada com certo exagero, um tanto vulgar para seu gosto ascético. No teto alto viam-se pinturas de ninfas e guirlandas de flores; as paredes praticamente cobertas por espelhos e quadros de molduras douradas; as cortinas eram de um brocado pesado com adornos dourados, e as mesinhas laterais, de cerejeira. Estava na cara que, para se tornar membro do Rupert's Club, o aspirante podia ser alto ou baixo, gordo ou magro, cristão ou (como Adler) judeu, mas não podia deixar de ser uma única coisa: rico.

Pois dinheiro não faltava a Adler, que além disso tinha berço: sua mãe descendia de uma das primeiras famílias sefardis a buscar refúgio na Inglaterra. Possíveis dúvidas quanto à legitimidade britânica da linhagem haviam sido há muito dissipadas por uma série de alianças matrimoniais realizadas com sabedoria no decorrer dos séculos. Entre elas, o casamento com um Curzon, um século antes.

Mas era pelo lado do pai que Victor Adler havia herdado o dinheiro que definia seu status social. Os Adler descendiam de um único patriarca banqueiro que, à semelhança do Warburg original e dos primeiros Rothschild, viera da Alemanha para Londres na década de 1840, como se antevisse com um século de antecedência que o melhor para um judeu era ficar bem longe de Frankfurt.

Sir Victor Adler, no entanto, jamais tivera o menor interesse em trabalhar no banco da família. Por outro lado, pensava Fane, por que deveria ter? Dispunha de uma participação acionária grande o suficiente para financiar seu outro interesse, bem mais grandioso. Curiosamente, em vista de sua ascendência germânica, Adler alimentava um profundo interesse pela Rússia: era apaixonado pela arte, literatura, música e culinária do país, mas sobretudo pela política.

Adler fazia parte de uma pequena elite de figuras internacionais que exerciam "influência", essa moeda estranha e difícil de definir que, se examinada de perto, sumia no ar como um fantasma. Mas era real o bastante para aqueles que acreditavam nela, e havia muitos destes fiéis que buscavam o aconselhamento de Adler: empresas com negócios na Rússia, bancos com investimentos por lá — e, claro, políticos. Fane não era um deles, mas sabia que Adler conversava com pessoas que interessavam tanto a ele quanto a seus colegas. E isso bastava.

Fane olhava para seu anfitrião, esperando que ele falasse. Um pesado copo de uísque materializou-se na mesinha a seu lado. Victor passou-lhe a jarra d'água e se recostou na poltrona, cruzando as pernas rechonchudas na altura dos tornozelos.

— Vou lhe dizer o motivo do meu convite — falou por fim.
— Como você deve saber, acabei de voltar de uma breve viagem à Rússia. Fiquei apenas uma semana, encontrando-me sobretudo com velhos conhecidos. Encontros ora sociais, ora políticos, ora comerciais. Por vezes as três coisas ao mesmo tempo — ele sorriu por um instante. — Mas um dia antes de voltar, recebi no hotel o recado de um homem que conheço há muitos anos, dizendo que tinha algo de suma importância a me contar. Fiquei curioso, então nos encontramos na manhã seguinte, antes que eu saísse para o aeroporto. — Victor fez uma pausa e se inclinou para a frente quase imperceptivelmente. Não chegava a sussurrar, mas falava numa voz tão baixa que Fane por vezes tinha dificuldade para ouvir. — Tenho certeza que você já ouviu falar de Leonid Tarkov.

Fane fez que sim com a cabeça.

— Um dos ministros do petróleo — disse.

— Exatamente — disse Adler, dando um risinho abafado. — Este é o problema: ele *ainda* é ministro. Lembra-se de quando os russos estatizaram a Yukos Oil?

— Claro. — Como ele poderia esquecer? Tratava-se de um notório caso de expropriação que parecia reverter a onda de privatização iniciada por Yeltsin, uma advertência de que o Estado russo ainda podia cravar as garras autocráticas do comunismo em tudo que lhe aprouvesse.

— Tarkov foi sondado para ocupar um posto alto na nova estatal. Depois de vinte anos no Kremlin, ficou empolgado com a possibilidade de mudar de emprego, e mais ainda com os benefícios a que teria acesso. Mas no último minuto, Putin nomeou outra pessoa para o cargo. Só Deus sabe por quê. Tarkov, claro, não ficou nem um pouco satisfeito. Ainda trabalha no governo, mas não está mais por dentro como antes. O que talvez explique o que ele me contou.

Fane podia ver que Adler estava se divertindo, então deu um gole no uísque e se recostou na poltrona. Não fazia sentido apressar o homem.

— No último verão, Tarkov foi a um casamento numa datcha nos arredores de Moscou. Uma festa de grandes proporções. O pai do noivo fizera fortuna com a platina na época de Yeltsin, se não me engano. Lá estavam diversas figuras importantes do mundo da política e dos negócios. E a bebida corria solta. Se você teve a oportunidade de ir a um casamento russo, sabe do que estou falando. Lá pelas tantas, Tarkov se viu dividindo uma garrafa de vodca com um colega chamado Stanislav Stakhov.

Fane assentiu com a cabeça. Stakhov era um dos poucos assessores de Yeltsin que haviam sobrevivido no poder com a chegada de Putin.

— Ele e Tarkov são amigos de infância. Cresceram juntos em Minsk, e até se filiaram ao partido no mesmo ano. Apesar disso, Tarkov sempre fica com um pé atrás quando conversa com o amigo, segundo ele mesmo disse. Stakhov é muito próximo de Putin, e está com o prestígio em alta. Tarkov disse que em nenhum momento falou mal do presidente, tampouco reclamou de seu preterimento recente. Mas não sei se devo acreditar nisso. Nunca vi o homem abrir a boca sem reclamar de alguma coisa.

Fane sorriu. Desde muito sabia que Victor Adler dava seu melhor quando tinha uma plateia interessada à sua frente.

— No entanto — prosseguiu Adler —, quanto mais Stakhov bebia, mais crítico de Putin ele se tornava. Falou que o presidente estava começando a botar as asinhas de fora, deslumbrado com o poder. Cada vez mais inseguro, quase paranoico.

Fane não ficou exatamente surpreso. Com tantos anos de experiência, sabia que o acúmulo de poder inevitavelmente acarretava o medo de perdê-lo. Bastava olhar para Stalin, que, mesmo sem nenhuma ameaça visível para sua autoridade, morrera obcecado com a possibilidade de uma conspiração.

— Paranoico? — perguntou Fane, calmamente. — Com alguém em particular?

— Isso é o mais estranho de tudo — Adler fez uma pausa e bebeu do uísque. — Putin está pouco se lixando para a máfia russa. Claro, quase todos estão do lado dele. E a oposição interna é praticamente nula. Ao que parece, o que realmente preocupa o homem são os novos oligarcas.

— Mas por quê? Todos dependem dele. Podem ter seus negócios estatizados a qualquer momento.

— Claro. Mas o problema está nos oligarcas que *saíram* da Rússia.

— Quase todos estão aqui — disse Fane. Acreditava-se que havia cerca de trinta bilionários russos morando em Londres.

— Exatamente. O fato de que tantos estejam no mesmo lugar deixa Putin extremamente aflito.

— Aflito? — disse Fane, surpreso. — Mas ele teme o quê? Que eles formem um governo paralelo no exílio? Talvez seja uma reincidência daquela velha neurose dos bolcheviques com relação aos emigrantes, os Russos Brancos que haviam se agrupado em Paris antes da guerra. Eles não tinham a menor chance de derrubar os comunistas.

O homenzinho de fraque ressurgiu e colocou uma tigela de nozes-macadâmia sobre a mesinha ao lado deles. Adler ofereceu-as primeiro a Fane, que agradeceu com a cabeça, e em seguida pescou um punhado delas com a manzorra peluda. Por um instante ficou ali, mastigando-as e refletindo, até que disse:

— Duvido que seja algo assim tão extremo. Stakhov às vezes é meio dramático. Conheço Putin um pouco, não creio que seja paranoico. Talvez a melhor palavra para descrevê-lo seja "cauteloso". Putin é capaz de farejar uma ameaça muito antes de qualquer pessoa. Claro, pessoalmente não tem nenhum apreço por esses oligarcas expatriados, acha que eles são decadentes. Trata-se afinal de um ex-KGB. Mas o dinheiro desses homens os torna poderosos. Nenhum deles gosta de Putin, e alguns têm sido bastante explícitos nas suas críticas. Eles poderiam financiar uma oposição ao presidente em solo russo. Ou nas fronteiras da Rússia, o que seria ainda mais fácil. É isso que preocupa Putin.

Por mais interessantes que fossem as preocupações do líder russo, Fane não acreditava nem por um segundo que Victor Adler o tivesse chamado ali para repassar as fofocas palacianas que haviam brotado numa noitada regada a vodca. Continuou esperando pacientemente, como se dispusesse de todo o tempo do mundo. Ninguém imaginaria que ele ainda tinha um jantar pela frente.

— Tarkov afirma que não esboçou nenhuma reação enquanto Stakhov tagarelava sobre Putin. Apenas ficou ouvindo, esperando pelo que viria depois. No entanto, parece que Stakhov ficou com a impressão de que ele, Tarkov, não acreditava em nada do que ouvia. Por isso resolveu contar sobre o plano.

Fane arqueou uma das sobrancelhas e calmamente cruzou as pernas. Só aqueles que o conheciam muito bem poderiam dizer que isso significava um súbito interesse.

— Plano? — perguntou ele, sereno.

Adler fez que sim com a cabeça. Pela primeira vez correu os olhos pela sala, que ia se esvaziando à medida que os ocupantes passavam à sala de jantar ou saíam para outros compromissos. Inclinando-se para a frente, disse baixinho:

— Um ataque preventivo contra os oligarcas. Um deles será silenciado, *pour encourager les autres*. A intenção do governo é remover uma das pedras de seu caminho e com isso mandar um recado para as outras. Uma advertência, entende?

— Silenciado? — perguntou Fane.

Adler simplesmente deu de ombros. Ambos sabiam o que isso significava.

— Aqui na Inglaterra? — perguntou Fane, casualmente, como se isso acontecesse todos os dias.

— Parece que sim.

— E a qual oligarca caberá esse privilégio? — Embora mantivesse o tom displicente, olhava com firmeza para Adler.

— Isso o Tarkov não disse. Não porque não quisesse, mas porque não sabia. Falou que teve a nítida impressão de que o tal plano ainda não havia sido finalizado.

— E ele poderia descobrir?

— Acho difícil. Tarkov ligou para Stakhov uma semana depois. Queria convidá-lo para almoçar. Mas ele não atendeu a ligação.

Depois de refletir um pouco, Fane ponderou:

— O mais provável é que eles tentem atrair o alvo para a Rússia. Claro, seria muito mais fácil fazer o serviço por lá.

— Pode ser. Por outro lado, isso eliminaria todo o simbolismo da coisa. Se o que eles querem é mostrar que nenhum inimigo do Estado está seguro, seja lá onde estiver, certamente vão agir fora do país.

— E não será a primeira vez — acrescentou Fane, sério. O hábito kremliniano de eliminar opositores no estrangeiro vinha de longa data, remontava ao assassinato de Trotski. E logo no México, quem diria? Mas também era possível que tudo aquilo não passasse de um boato inflado à condição de verdade pelo excesso de vodca, e repassado a Adler por algum motivo moscovita-bizantino qualquer, tão insondável para os britânicos quanto as cartas do tarô. Além disso, Adler não era exatamente um garoto. Podia ter confundido um reles mexerico com um segredo de Estado, talvez por conta da importância que dava a si mesmo, ou talvez porque já beirava a caduquice. Depois de dar um último gole no uísque, Fane perguntou:

— Tarkov não tinha mais nenhuma informação específica sobre o plano dos russos?

— Falou que já tinha contado tudo que sabia — respondeu Adler, e seus olhos escuros e tristes se mostravam firmes.

— Se o tal casamento se deu no verão, Tarkov esperou demais para abrir a boca.

— Eu sei. Mas acho que foi apenas neste outono que ele foi preterido naquele emprego no setor privado. Depois disso resolveu me procurar. — Adler pescou outro punhado de nozes, e, antes de arremessá-las na boca, disse: — Talvez ele queira se vingar à moda antiga. Uma atitude pouco profissional, claro, mas perfeitamente compreensível em termos pessoais. Por isso acredito nele.

Fane assentiu com a cabeça. O argumento era bastante razoável. Olhando à sua volta, constatou que ele e Sir Victor estavam sozinhos na sala.

— Pois bem — disse Adler pouco depois. — Tarkov pediu que eu relatasse tudo isso à pessoa certa. Alguém que soubesse qual instância deve ser informada. Nos conhecemos há anos. Portanto, sei que posso confiar tanto na sua discrição quanto no seu discernimento.

A lisonja era desnecessária, pois a essa altura Fane já aventava o que fazer com uma informação tão interessante.

— Mas não quero que você se atrase para seu jantar — arrematou Adler, agora num tom bem mais informal. A mensagem era clara: sua missão estava cumprida.

CAPÍTULO 8

O avião decolou do aeroporto Charles de Gaulle com uma hora de atraso. Devido aos esquemas de segurança, igualmente rígidos nos dois lados do Canal da Mancha, Peggy sabia que teria sido mais sensato tomar o Eurostar, que ligava o centro de Paris à estação de Waterloo; bastaria atravessar o rio para chegar a Thames House, sede do MI5.

Mas a ideia de passar 15 longos minutos nas profundezas do mar a deixava desconcertada. Só de pensar na possibilidade, ela começava a sentir os arrepios típicos da claustrofobia. Sabia que os aviões produziam o mesmo efeito em certas pessoas, mas, para ela, os voos eram mais "abertos" — nada além de céu em torno dos passageiros.

Peggy não tinha uma explicação plausível para a claustrofobia que a acometia desde a infância. Fora uma menina de sardas e óculos redondos, sempre muito tímida e séria, que ficava bem mais à vontade na companhia de um livro que na de outras crianças, ainda que fosse para brincar. O problema se agravara no primeiro ano de estudos em Oxford, impedindo-a de ir a festas e até mesmo a shows em que corresse o risco de ser atropelada por um tumulto qualquer. Tão logo se acostumou ao ambiente universitário, e começou a se destacar nele, achou que estivesse curada, mas as crises voltaram quando ela passou a trabalhar numa biblioteca particular, junto de uma mulher que mal lhe dirigia a palavra.

Peggy não costumava ceder às fraquezas, e era assim que ela encarava a claustrofobia. Lutara contra o problema, mas aprendera a travar suas batalhas uma a uma, sempre com muita paciência. Desde que entrara para o MI6 como pesquisadora, e fora recrutada pelo MI5 para trabalhar com Liz no caso do agente duplo, as crises haviam desaparecido quase por completo. Evitar o Canal da Mancha era, com sorte, o suspiro final da doença.

Ela agora se sentia cansada. Passara um dia e meio numa sala quente e abafada da Direction de la Surveillance du Territoire, na rua Nélaton. Embora não fosse mais permitido fumar dentro dos prédios do governo, mesmo na França, ela tivera o azar de se sentar ao lado de Monsieur Drollot, agente do Renseignements Généraux, que em todos os *coffee breaks* dava uma escapulida para fumar dois ou três Gitanes. Agora, reclinando a poltrona quando enfim se apagou o aviso para apertar os cintos, a lembrança do fedor do homem a deixou ligeiramente enjoada.

Peggy não vira nada de Paris, e lamentaria não ter incluído um dia de folga em sua programação (tempo suficiente para visitar pelo menos um museu e beber alguma coisa num *café* qualquer) se não achasse que devia voltar a Thames House o mais rápido possível. Pois ao fim da reunião ficara sabendo de algo estarrecedor.

Não esperava nenhuma surpresa. A reunião havia sido um encontro de "amigos", agentes da Europa Ocidental com um longo histórico de cooperação mútua, além de um agente polonês, o único representante dos países da velha Cortina de Ferro. Os escandinavos também haviam marcado presença — um sueco tipicamente soturno e uma norueguesa de modos reservados e gentis, conhecida apenas como Miss Karlsson.

Os delegados haviam se agrupado em torno de uma grande mesa oval na sala de reuniões no subsolo. Peggy sentira um arrepio ao se ver, pela primeira vez, sentada diante de um cartão com as palavras "Reino Unido" estampadas ao lado de uma pequena reprodução da bandeira inglesa. Discretamente olhara à sua volta, absorvendo todo o cenário. Uma equipe de intérpretes ocupava uma cabine mais ao alto, garantindo tradução simultânea para os cerca de vinte agentes que ora colocavam ora tiravam os fones de ouvido, dependendo da língua que estivesse sendo falada. Quase todos já se conheciam, senão de vista pelo menos de nome, pois conversavam regularmente, trocando informações por telefone ou fax.

Os intérpretes também faziam parte daquele círculo encantado de profissionais da inteligência. Quando não estavam trabalhando em conferências, passavam os dias ouvindo telefonemas interceptados em diversas línguas ou tentando decifrar o que havia sido captado por microfones plantados em diversos prédios de toda a Europa. Também conheciam quase todos os presentes na sala, bem como as fraquezas linguísticas de cada um. O major espanhol, por exemplo, invariavelmente dispensava a ajuda dos intérpretes para se comunicar em francês, mas com um sotaque tão carregado que mal se fazia entender; Miss Karlsson, por outro lado, dominava perfeitamente o inglês, quase não tinha sotaque, mas falava tão baixinho que os intérpretes precisavam se desdobrar para ouvi-la.

Os temas discutidos eram os mais variados. A queda das velhas barreiras entre Ocidente e Oriente tinha acarretado o ingresso de novos participantes no cenário da espionagem, além de um ataque cada vez mais assíduo às principais economias da Europa Ocidental. Um acalorado debate sobre a oposição entre espionagem e segredos comerciais brotara pela manhã. Peggy contrariara seu vizinho de mesa, o malcheiroso M. Drollot, ao dizer que as empresas deveriam se responsabilizar pelos próprios esquemas de segurança. E quando o major espanhol interveio para opinar em seu francês mambembe, até mesmo M. Drollot precisou recorrer aos fones para acompanhar a tradução em inglês, apenas para ouvir o intérprete resmungar de modo pouco profissional: "Pelo menos acho que foi isso que ele disse."

Peggy não estava acostumada a esse tipo de discordância pública; não baixou a crista para M. Drollot, mas ficou aliviada quando os debates da tarde passaram para assuntos menos polêmicos, como as atividades dos agentes de inteligência nas embaixadas russas das capitais europeias. Todos foram unânimes ao afirmar que a situação atingira níveis muito parecidos com os da Guerra Fria.

Quando a palavra lhe foi dada, Peggy listou os agentes que havia identificado em Londres e as funções de cada um. Ao mencionar Vladimir Rykov, um agente da SVR recém-transferido da Alemanha para a Delegação de Comércio da Rússia em Highgate, provocou uma sonora risada por parte de Herr Beckendorf.

— Bem, este aí não vai lhe dar nenhuma dor de cabeça — disse o alemão. — O sujeito é muito atrapalhado. Quando estava em Düsseldorf, sabíamos exatamente o que andava aprontando. Não entendo como os russos puderam achar que ele estava apto para um cargo em Londres.

Todavia, foi outro comentário dele, proferido ao longo de uma apresentação conjunta com Miss Karlsson na manhã seguinte, que tomou Peggy de surpresa. Beckendorf, um veterano grisalho do antigo serviço de segurança alemão, era um homem alto e sisudo, que estava sempre de sapatos confortáveis nos pés e um pulôver sem mangas sob o paletó. Tal como Brian Ackers, passara anos de sua carreira combatendo as manobras dos espiões da Cortina de Ferro e não acreditava que a situação havia sofrido alguma mudança significativa. Esta seria a última apresentação antes do almoço, e diversos delegados pareciam impacientes com o alemão, contorcendo-se para não bocejar. Mas logo recuperariam o interesse.

— O novo mundo da espionagem, de que tanto ouvimos falar, é de fato muito interessante — começou Herr Beckendorf, e, acompanhando o intérprete, Peggy demorou um instante para perceber o tom de sarcasmo do alemão. — Mas eu gostaria de ressaltar o reaparecimento de uma velha ameaça. Miss Karlsson e eu temos observado certo movimento que, para nós, é indicativo de que a SVR russa novamente vem plantando *Illegale*.

Houve uma pausa na tradução, até que o intérprete hesitantemente disse:

— Ilegais.

Boa parte das pessoas ali reunidas era de veteranos da inteligência, e portanto sabiam do que se tratava. Mas o Signor Scusi, um jovem oficial do Exército italiano, recém-chegado ao serviço, perguntou em seu inglês macarrônico:

— Ilegais? O que eles são?

— Ah — disse Beckendorf. — Para aqueles que não conhecem o fenômeno, Ilegais são agentes do serviço de inteligência que operam fora da embaixada. Para ocultar sua presença, adquirem identidade e nacionalidade falsas — Beckendorf estava apenas preparando o terreno para o que tinha a dizer. — Os russos há muito se deram conta de que, para as missões mais secretas, um agente com identidade falsa tem muito mais chances do que um vinculado à embaixada de se evadir do serviço de segurança do país em que está operando. Como todos aqui sabem, o componente de inteligência de uma embaixada é chamado de "Residência Legal". Portanto, os que operam por fora são chamados de "Ilegais". Os Ilegais têm o suporte de um funcionário da embaixada, mas não têm nenhum contato direto com ele, exceto em casos de urgência extrema. Recebem suas instruções por meio de comunicações diretas com os controladores em seu país de origem. Todavia, jamais assumem a nacionalidade do país em que estão infiltrados. São rigorosamente treinados para se passar por estrangeiros. Claro, o agente que quisesse se infiltrar nos Estados Unidos, por exemplo, teria muito mais dificuldade para se passar por americano: tal encenação seria virtualmente impossível de sustentar. Em vez disso, ele se apresenta como algo totalmente diferente: um brasileiro, digamos, que se mudou para os Estados Unidos. Esta "terceira nacionalidade" sempre dificultou muito a identificação dos Ilegais. E os danos que eles causaram no passado revelaram-se imensos.

— Um dos casos mais famosos — interveio Peggy, que naturalmente já havia feito uma meticulosa pesquisa sobre a espionagem russa — aconteceu na Inglaterra. Na década de 1950 havia dois espiões na Marinha inglesa, Harry Houghton e Ethel Gee, os quais eram controlados pelo coronel Molody, da KGB, que se fazia passar por um empresário canadense chamado Gordon Lonsdale. — Peggy parou de repente, dando-se conta de que vinha roubando a cena de Beckendorf.

— Exatamente — disse o alemão, retomando a palavra. — Certas pessoas — ele disse, deixando bem claro que não estava entre elas — chegaram a ponto de acreditar que este fenômeno já havia desaparecido por completo. Mas se enganaram. Porque os Ilegais estão novamente entre nós.

A essa altura ele tinha sua plateia na palma das mãos. A própria Peggy achava fascinante a tal história dos Ilegais, mas supunha que eles eram mesmo coisa do passado, apenas uma das muitas anedotas sobre a Guerra Fria. Surpreendida com o dramático início da exposição de Beckendorf, ela passou a fazer meticulosas anotações.

— Ao longo dos últimos três anos a BfV vem seguindo os passos de Igor Ivanov, um adido econômico da embaixada russa em Berlim. Algum tempo atrás, com a ajuda de um russo que buscou exílio num país amigo — nos Estados Unidos, pensaram quase todos os presentes —, descobrimos que o tal Ivanov é o agente de apoio de um Ilegal que ainda não conhecemos. Viaja frequentemente para a Alemanha, o que é natural em vista de suas obrigações oficiais. Mas o que chamou nossa atenção foram as viagens que ele tem feito regularmente à Noruega. Achamos curioso. Afinal, a Rússia possui uma embaixada em Oslo, com um bom número de agentes da SVR trabalhando por lá.

— Doze — precisou Miss Karlsson, baixinho.

— Depois da terceira viagem, perguntei a Miss Karlsson se ela e seus colegas podiam ficar de olho em Ivanov quando ele colocasse os pés na Noruega novamente.

A norueguesa ligou o microfone à sua frente.

— Um dia depois de chegar a Oslo, Ivanov tomou um trem para Bergen, e na tarde seguinte retornou à Alemanha. Voltou à Noruega dali a seis semanas, e dessa vez o seguimos até Bergen. No entanto, Ivanov é muito bem treinado e conseguiu passar batido por nosso esquema de vigilância. Seguramente teve de se desdobrar para fazê-lo, embora achemos que ele não sabia que estávamos lá.

— Pensávamos que ele tivesse algum assunto pessoal em Bergen — prosseguiu Beckendorf. — Talvez até uma amante — e aqui ele se permitiu um discreto sorriso. — Mas nesse caso, por que não voou direto para Bergen? Por que enfrentar a morosidade de um trem a não ser que precisasse apagar suas pegadas muito mais cuidadosamente que um marido infiel? E por que sair do hotel em Bergen? Porventura não é nos hotéis que as pessoas conduzem esse tipo de *serviço*?

— Mas o senhor não disse que ele não tinha serviço algum? — perguntou, confuso, o italiano, com seu inglês carregado.

— Pelo contrário — respondeu Beckendorf, atendo-se ao alemão. — Tenho certeza de que tinha, sim. Mas não como uma amante. Creio que se tratava de uma pessoa totalmente diferente. Um Ilegal. Como disse antes, um agente de apoio raramente se encontra com um Ilegal. É muito arriscado, pois o mais provável é que os serviços secretos de segurança já o conheçam. Talvez Ivanov estivesse entregando algo de que seu Ilegal precisava. Seja como for, estou certo de que eles se encontraram. Só isso explica o comportamento do russo: viajar para tão longe e ter tanto trabalho para não ser notado.

— Decidimos montar um forte esquema de vigilância para Ivanov caso ele voltasse a Bergen — disse Miss Karlsson. — Com sorte conseguiríamos descobrir com quem ele andava se encontrando, e investigaríamos essa pessoa.

Ansiosos para saber o desfecho da história, Peggy e os demais ficaram decepcionados quando Beckendorf deu de ombros e disse:

— Mas infelizmente isso não foi possível. Ivanov não voltou à Noruega desde então.

Peggy assustou-se ao perceber que tanto o alemão quanto a norueguesa agora olhavam para ela.

— No entanto — disse Beckendorf —, acabamos de saber que ele pretende fazer uma visita a Londres. Achamos bastante provável que o Ilegal tenha se mudado para lá.

CAPÍTULO 9

Pouco antes das 15 horas, naquele mesmo dia, enquanto Peggy esperava impaciente no aeroporto Charles de Gaulle, Geoffrey Fane marchava confiante pelos corredores do Ministério de Relações Exteriores, a caminho de uma reunião com Henry Pennington, chefe do Departamento Oriental.

Fane via Pennington com certo desdém. Os dois se conheciam há muito tempo, desde quando ainda eram jovens em início de carreira: haviam servido juntos na Alta Comissão Britânica em Nova Délhi, Pennington como segundo secretário, e Fane como agente secreto, sob o disfarce de adido de imprensa. Pennington achava Fane nada confiável; Fane, por sua vez, considerava Pennington um histérico propenso à paralisia em momentos de crise. Ainda que os fatos não tivessem amplamente corroborado sua opinião, Fane secretamente tinha a convicção de que as feições do homem (o rosto anguloso, o nariz grande, as mãos inquietas) bastariam para denunciar quem ele era. Preferiria mil vezes ter de lidar com qualquer outra pessoa no ministério, mas Pennington era o responsável pelas relações com a Rússia e, portanto, o mais indicado para receber as informações relatadas por Victor Adler.

O nariz continuava tão grande quanto antes, pensou Fane assim que viu Pennington se levantar do outro lado de uma gigantesca mesa de mogno. A sala tinha um teto alto, emoldurado por uma rebuscada cornija, além de uma lareira de mármore e janelas que davam para o St. James's Park. Ao lado da lareira, um violino preso à parede proclamava ao mundo que aquela sala pertencia a um homem de grande erudição — uma deplorável demonstração de vaidade aos olhos de Fane.

Após as rápidas cortesias de praxe, Fane relatou a conversa que tivera com Victor Adler na véspera. Observou a expressão de Pennington gradualmente passar da curiosidade cautelosa para a aflição. Ele apertava as mãos com movimentos bruscos, sinal de que o pânico estava prestes a se instalar.

— Mas Adler não tem nenhuma suspeita de *quem* seja o tal alvo? — perguntou Pennington, quase choramingando.

— Não. Teve a impressão de que eles já haviam tomado a decisão, mas ainda não sabiam quem seria o alvo, tampouco como a coisa seria feita.

— E por que deveríamos achar que vão agir na Inglaterra?

— Quase todos os oligarcas estão aqui — disse Fane tranquilamente. — Portanto, é muito mais provável que o plano seja executado em Londres do que, digamos, no Peru.

— Santo Deus! — exclamou Pennington. — Isso é a última coisa de que precisamos agora. O primeiro-ministro está de viagem marcada para Moscou, os acordos antiterroristas ainda não estão solidificados, e a imprensa vai fazer um escarcéu se tivermos mais um Litvinenko.

— Seguramente — disse Fane, tentando esboçar um mínimo de solidariedade.

— Pois bem. O que podemos fazer para evitar isso?

— Falei com o chefe de gabinete em Moscou, vamos tentar falar com Tarkov. Mas, para ser honesto, acho difícil conseguirmos alguma coisa com ele. Mesmo que Tarkov esteja disposto a ajudar, não creio que ele tenha condições de descobrir muito mais do que já sabe. Vamos tentar outros contatos, claro, mas não posso prometer nada. Teremos que chamar o MI5, mas achei melhor falar com você primeiro.

— Aquele Brian Ackers... — disse Pennington, com rancor evidente. — Isso só vai piorar as coisas. E logo agora, com essa viagem do primeiro-ministro.

— Não sei, não — disse Fane. — Brian não é nenhum ingênuo. Pelo contrário, é um homem muito experiente. Conhece os russos como a palma da mão.

Pennington balançou a cabeça.

— Bobagem. O homem não passa de um espiãozinho incapaz de aceitar que a Guerra Fria acabou e que temos de nos aproximar dos russos — disse ele, completamente alheio à ocupação de seu interlocutor. — Está sempre querendo entrar em ação.

Fane nem sequer pensou em esboçar algum tipo de protesto.

— Olha, conheço muito bem o pessoal da Thames House — ele falou animado. — Posso ter uma conversinha com eles, o que você acha? Vamos ter que trabalhar em conjunto neste caso. Deixe que eu fale com eles antes de você procurar Brian Ackers.

— Você faria isso? — perguntou Pennington, visivelmente aliviado.

— Com o maior prazer — devolveu Fane, e se levantou. — Se os russos estão no estágio de planejamento, ainda temos alguma folga. Por ora, deixe as coisas por minha conta.

CAPÍTULO 10

Liz já cogitava ir embora quando desgrudou os olhos dos papéis que estava lendo e encontrou Peggy Kinsolving parada à porta da sala com uma sacola grande numa das mãos e sua maleta na outra. Ela vestia um elegante terno rosa-claro e tinha os cabelos presos num coque sóbrio. Embora o conjunto a deixasse com uma aparência mais velha, o rosto se iluminava com uma juvenil expressão de entusiasmo.

— Olá — disse Liz. — Fez boa viagem?

— Posso falar com você um minuto?

— Claro, entre.

Ainda com a bagagem nas mãos, Peggy entrou na sala.

— Os alemães e os noruegueses acham que há um Ilegal na Noruega. Seguiram o agente de apoio de lá até a Alemanha, e agora esse tal agente está vindo para Londres. Eles acham que o Ilegal se mudou para cá — disse ela de uma só vez.

— Sente-se, Peggy — disse Liz calmamente. — Deixe a bagagem no chão e me conte essa história direitinho.

Depois de dez minutos, após relatar tudo que ouvira de Beckendorf e Miss Karlsson, Peggy olhou para Liz e perguntou:

— Então, o que você acha?

Tamborilando sobre a mesa, Liz refletiu um instante, depois disse:

— Tudo isso é muito vago. Baseado apenas em suposições. Por acaso eles já tentaram interceptar alguma comunicação desse Ilegal? Durante a Guerra Fria, eram as transmissões de rádio que delatavam a existência dos Ilegais. Não era possível identificar o que as mensagens diziam, mas sabíamos de onde elas vinham, ou para onde eram enviadas.

— Herr Beckendorf é especialista no assunto — retrucou Peggy. — Trabalhou com isso durante anos nos tempos da Guerra Fria. Falou que agora eles trocam mensagens cifradas via computador. O problema é que essas mensagens transitam por inúmeros caminhos na rede, portanto é quase impossível identificar seu destino final.

— Tudo bem — disse Liz, alheia à decepção de Peggy com o ceticismo dispensado à sua valiosa informação. — Mas o que faz Beckendorf achar que o tal Ivanov iria à Noruega para se encontrar com um Ilegal? Um dos pressupostos de todo esse arranjo com Ilegais é que eles nunca devem se encontrar com os agentes de apoio.

— Também fiquei intrigada — disse Peggy. — Talvez o Ilegal estivesse precisando de algo que não podia conseguir por conta própria. Documentos, sei lá. Ou talvez estivesse com problemas com os aparelhos de comunicação e precisasse de uma peça qualquer — acrescentou ela desesperadamente, cada vez mais aflita com a falta de entusiasmo por parte de Liz.

— Pode ser.

— De qualquer modo — prosseguiu Peggy —, se Ivanov está vindo para cá, acho que temos a obrigação de seguir os passos dele.

— Claro que temos — concordou Liz. — O que mais foi discutido na reunião?

— Nada de muito importante. Os alemães acham que Rykov, o tal agente da SVR que trabalha na Delegação de Comércio aqui em Londres, é um grande incompetente.

— Rykov? — exclamou Liz. — Interessante. Agora há pouco, Wally Woods do A4 veio contar que viu Rykov se encontrar com alguém em Hampstead Heath. Pedi a ele que escrevesse um relatório detalhado. — Ela fez uma pausa e olhou pela janela. — Você se lembra daquela reunião que tivemos com Brian? Ele estranhou que a missão de subornar Maples tivesse sido entregue a alguém tão inexperiente como Nysenko. E agora ficamos sabendo que Rykov é um incompetente.

— Foi isso que disse Herr Beckendorf — interrompeu Peggy. — Tenho certeza de que ele sabe do que está falando.

— Claro que sabe — retrucou Liz, pensativa. — Hampstead Heath é um lugar bastante óbvio para uma reunião secreta em plena luz do dia, não acha? — Ela parou novamente e olhou para Peggy. — Talvez as duas coisas estejam relacionadas... mas não do jeito que parece. Afinal, os russos são profissionais, estão neste jogo há anos e chegaram a um nível de competência que os terroristas nem sequer desconfiam que existe. Bem — concluiu ela, levantando-se e guardando seus papéis —, pelo menos eles estão nos obrigando a pensar!

CAPÍTULO 11

Wally Woods, do A4, havia ficado bastante orgulhoso por ter descoberto Rykov no parque, aparentemente durante uma reunião secreta, mas perdeu boa parte do entusiasmo quando soube de Liz o que os alemães achavam da competência do russo. E agora, nesta manhã de quarta-feira, seguindo Rykov com sua equipe de vigilância, constatou que não lhe restava alternativa senão concordar com eles.

Liz havia decidido que, para identificar o contato de Rykov, as equipes do A4 deveriam segui-lo exatamente por duas semanas após o encontro presenciado por Wally. Se fosse tão incompetente quanto julgavam os alemães, Rykov repetiria o mesmo comportamento de antes, e duas semanas era o intervalo mais comum nesses casos. Na primeira ocasião, nada havia acontecido. Portanto, uma semana depois, ao saber que algumas das equipes do A4 estavam disponíveis, Liz resolveu fazer uma nova tentativa. Agora, uma equipe espreitava o banco em Hampstead Heath enquanto Wally e seus homens seguiam os passos de Rykov, codinome Chelsea 1, pela manhã.

Nas pesquisas que vinha fazendo sobre as atividades dele, Peggy Kinsolving descobrira que, fossem quais fossem as atividades de inteligência de Rykov, elas aparentemente estavam em segundo plano se comparadas ao voraz apetite do russo pela comida e pela bebida. Todos os inúmeros encontros registrados em arquivo haviam sido realizados em bares e restaurantes caros e requintados. Rykov não tinha o menor apreço pela discrição, e nada indicava que ele soubesse ou se importasse com o fato de que talvez o MI5 estivesse em sua cola.

Portanto, perguntou-se Liz ao entrar na Sala de Operações do A4 no início da tarde, o que pensar daquele encontro no parque? Por que aquela súbita mudança de padrões? Com sorte a resposta viria dali a pouco.

Reggie Purvis, responsável pela Sala de Operações, colocou-a a par dos últimos acontecimentos. Depois de um demorado almoço em Kensington Place com um jornalista do *International Herald Tribune*, Rykov agora caminhava lentamente pela Kensington Church Street, parando aqui e ali para examinar as vitrines dos antiquários. Wally e dois colegas observavam-no em ambos os lados da rua, atrás e à frente dele; outros estavam em carros na vizinhança. De repente, em meio aos ruídos da estática, Liz ouviu Wally informar:

— Chelsea 1 entrou num táxi. Está indo para o norte.

Liz acomodou-se no surrado sofá de couro reservado aos visitantes.

Em Notting Hill Gate, Maureen Hayes, que havia estacionado diante de uma imobiliária, deixou de lado o jornal e deu partida no carro, um BMW 318i cinza, de uns 10 anos.

— Pronta para entrar em ação — informou.

Assim que viu o táxi dobrar à direita numa das esquinas da Kensington Church Street, Maureen esperou cinco segundos e o seguiu, posicionando-se a dois carros de distância. Vários outros automóveis à paisana arrancaram dali a pouco e se misturaram ao trânsito. No banco traseiro do táxi, Rykov lia seu jornal tranquilamente, e, se sabia ou não estar sendo vigiado, não dava nenhum sinal.

Talvez estivesse apenas voltando para a sede da Delegação de Comércio, pensou Liz consigo mesma, vendo o táxi prosseguir pela Albany Street, atravessando a Camden Town e a Kentish Town, rumo a Highgate West Hill.

— Alerta para a equipe Bravo — disse Reggie Purvis ao microfone. — Chelsea 1 está indo em direção a vocês.

Aparentemente, não havia nada estranho em Hampstead Heath, a não ser por um jovem quase imóvel à beira do lago e um casal caminhando mais acima na colina, próximo a um arvoredo.

No sopé da Highgate West Hill, onde os ônibus fazem o retorno, Rykov saltou do táxi e, caminhando por uma trilha no matagal, escalou a colina rumo ao banco, sob o olhar atento dos agentes do A4. Quase ao mesmo tempo, um homem jovem, alto e parrudo, embrulhado num casaco pesado, emergiu das árvores e caminhou colina abaixo.

— Chelsea 2 está aqui, prestes a fazer contato — disse alguém pelos alto-falantes da Sala de Operações.

— Diga a eles para segui-lo e deixar Rykov de lado — disse Liz a Reggie Purvis.

A instrução foi transmitida pelo rádio.

— Entendido — respondeu o agente no parque.

A Sala de Operações permaneceu em silêncio por uns 15 minutos, até que o rádio chiou.

— Os alvos estão se deslocando. Vamos atrás de Chelsea 2.

Durante dez minutos, mensagens de rádio foram trocadas enquanto o homem desconhecido repetia os mesmos movimentos de duas semanas antes, deixando o parque pelo portão sul. Novamente foi para o ponto do ônibus e ali ficou esperando. Dali a pouco embarcou no ônibus C2 e subiu para o segundo andar, passando direto por um dos agentes do A4, Dennis Rudge, que havia embarcado anteriormente e sentado no andar de baixo, junto a uma das janelas da frente. Maureen e mais quatro agentes seguiam o ônibus em carros diferentes, indo na direção do West End londrino.

Chelsea 2 saltou com outros tantos passageiros na Regent Street, próximo à Liberty, e Dennis Rudge permaneceu no ônibus, observando-o atravessar a rua e dobrar uma esquina, seguido de três agentes que haviam saltado de seus respectivos carros. Quando o cortejo chegou a Berkeley Square, Maureen já havia estacionado o BMW ao lado de um parquímetro, de onde pôde ver Chelsea 2 atravessar a praça e sumir no interior de um dos muitos prédios comerciais das redondezas.

— Será que conseguimos descobrir o andar para o qual ele subiu? — perguntou Liz, entusiasmada com a perseguição.

Purvis repassou a pergunta pelo rádio.

— Vou tentar — respondeu Maureen.

Liz e Reggie esperaram, tensos, sem dizer uma palavra, por quase cinco minutos, até que a voz de Maureen soou pelo alto-falante sobre a mesa.

— Quinto ou sexto — disse ela. — Múltiplos ocupantes e um segurança na recepção.

— Muito bem. Missão cumprida — disse Liz. — Agora é conosco. Agradeça a todos por mim.

— Atenção, todas as equipes — disse Purvis ao microfone. — Podem recuar. Belo trabalho.

— Entendido, e desligando — responderam os agentes, tanto no parque quanto na praça.

CAPÍTULO 12

Pelos padrões de sua carreira até então, aquela vista era bastante ordinária. No primeiro posto de Geoffrey Fane no estrangeiro, na Síria, vinte anos antes, as janelas de sua sala davam para o *souk*, sempre movimentado e barulhento, calmo apenas durante as orações. Mais tarde, em Nova Délhi, ele via os operários chegando de bicicleta, usando bermudas e chinelos em razão do calor escaldante, para erguer um novo e suntuoso prédio de uma embaixada árabe do outro lado da rua.

Mas a vista da sala que ele agora ocupava em Vauxhall Cross, num prédio alto que sobrelevava o Tâmisa como uma espécie de Buda pós-moderno, era bem menos dramática. Apenas a presença pesada e reconfortante do rio, que se estendia desde Vauxhall até os prédios do Parlamento. Fane gostava de pensar que aquelas águas refletiam as mudanças de estação, mas o mais provável era que refletissem apenas suas próprias mudanças de humor. Hoje, na maré baixa, o rio exibia um cinza metálico, muito parecido com o de uma velha pederneira.

Alguém bateu à porta.

— Liz Carlyle está lá embaixo. Posso ir buscá-la? — perguntou a secretária de Fane, através da fresta.

— Por favor — disse ele. Em seguida conferiu o nó da gravata e, num gesto automático, varreu os dedos pela lapela do paletó. Preocupava-se com a aparência. Sua ex-mulher, Adele, o havia acusado de vaidade, mas isso se dera pouco antes da separação, quando ela o havia acusado de muitas coisas. Era Adele quem insistia para que ele comprasse apenas gravatas Hermès. Também era ela quem fazia questão de ver o marido ser reconhecido como um homem importante. Levara excessivamente a sério o comentário que anos antes ele tinha feito em tom de brincadeira, e do qual se arrependeria amargamente depois: tomando sua segunda dose de Armagnac num restaurantezinho na Borgonha, ele havia dito que, se tudo corresse bem, talvez um dia ela se tornasse Lady Fane.

Adele jamais aceitara que naquele ramo de trabalho todo tipo de sucesso deveria permanecer no âmbito privado — para alguém como Fane, a fama era um infalível indicador de fracasso. Para ele, apenas saber que seu trabalho era importante valia muito mais que um reconhecimento público.

Ao deixar a reunião com Pennington no Ministério de Relações Exteriores, ele refletira detidamente sobre quem deveria procurar no MI5. Se fosse obedecer à etiqueta do Serviço, procuraria Brian Ackers o mais rápido possível. Mas o problema ali era bastante simples: Ackers nutria uma desconfiança visceral com relação ao MI6. Para ele, todos os agentes do MI6 eram indivíduos de moral duvidosa; quando não simpatizantes secretos da causa islâmica. Eram, no mínimo, tolerantes com o comunismo.

Assim, não só o receberia com os dois pés atrás como também recusaria qualquer sugestão sobre como agir naquilo que ele, Fane, já vinha chamando de "Conspiração Adler". Além disso, mesmo sabendo que não seria possível assumir o controle total daquela investigação, Fane pretendia pelo menos manter as coisas dentro dos limites. A última coisa que queria era ver o MI5 perder as estribeiras (em razão das obsessões anacrônicas de Brian Ackers) e provocar o "incidente diplomático" que Henry Pennington tanto temia.

Seria ótimo se Charles Wetherby estivesse no comando da contraespionagem em vez do contraterrorismo: eles haviam trabalhado muito bem juntos no passado. De qualquer modo, isso agora não faria nenhuma diferença, uma vez que Wetherby estava de licença devido ao estado de saúde da mulher.

Só então Fane pensou novamente em Elizabeth Carlyle, a talentosa discípula de Wetherby que havia sido transferida para a contraespionagem após o caso do agente duplo. Ela tinha surrupiado aquela jovem pesquisadora, Peggy Não-Sei-Das-Quantas, que ele havia emprestado ao MI5. Fane, no entanto, sequer podia recriminá-la: no lugar dela teria feito exatamente a mesma coisa.

O relacionamento deles até então não havia sido exatamente um mar de rosas (Fane preferiria esquecer aquele episódio em Norfolk), mas agora ele contava com a ajuda dela para descobrir o grau de veracidade na informação passada por Victor Adler. Talvez ela ainda guardasse algum ressentimento, mas certamente não deixaria que isso interferisse no trabalho. Elizabeth Carlyle revelara-se extremamente profissional no passado. Era inteligente, sem precisar prová-lo a todo instante, e resoluta nos momentos certos. Além disso, sabia agir com discernimento e discrição. Por ora, essas eram as qualidades de que ele precisava.

A porta se abriu novamente, e ela entrou, uma mulher esbelta, com seus 30 e tantos anos; os cabelos castanhos estavam presos num coque que a fazia parecer mais alta do que de fato era. Apesar do ar de tranquilidade, os olhos esverdeados eram penetrantes e atentos. Como sempre, Fane achou-a uma mulher atraente, ainda mais porque ela não fazia nenhum esforço nesse sentido. Vestia-se com simplicidade, numa saia azul e blusa de seda perolada. Tão diferente de Adele, ele pensou, lembrando-se das visitas semanais que a ex-mulher fazia àquele salão absurdamente caro em Knightsbridge, e dos resultados invariavelmente espalhafatosos, bem como das inúmeras expedições que ela fazia à loja de departamentos Harvey Nichols.

— Elizabeth — disse Fane, levantando-se e contornando a mesa para cumprimentá-la. Fez sinal para que ela se acomodasse no sofá e ocupou um das cadeiras vizinhas. — É um prazer revê-la — depois de oferecer chá e café, ambos declinados, prosseguiu com as amenidades: — Parabéns pelo novo posto. Espero que esteja gostando.

— Estou, sim, obrigada — disse ela. — Mas não foi exatamente uma promoção.

— Eu não teria tanta certeza disso — retrucou ele, mas achou por bem não concluir o pensamento. Sempre intuíra que do outro lado daquela fachada de profissionalismo havia um compromisso irredutível com a independência. A última coisa que queria era parecer condescendente. — Sinto muito pela situação de Charles — disse então, mudando de assunto. — Deve ser muito triste para ele.

— Deve — disse ela apenas, olhando-o de volta sem demonstrar nenhuma emoção.

Fane mudou de tática.

— E aquela mocinha, como vai? — perguntou. — Não gostei nada de perdê-la, você sabe.

Liz esboçou um discretíssimo sorriso, depois disse:

— Peggy também foi transferida para a contraespionagem.

— Ah. Aposto que vai se sair muito bem por lá. — Fane calou-se um instante, depois, casualmente, disse: — Meu filho agora também está com vocês, não está?

— Está, sim.

Roçando uma das abotoaduras, Fane esperou que ela dissesse algo mais. Em vão, porque o silêncio prosseguiu. E algo na expressão dela deixou-o pouco à vontade para crivá-la de mais perguntas. Fane desejou por um instante que pelo menos uma vez na vida a mulher baixasse a guarda. Percebendo que ela pisava em ovos, decidiu ir direto ao assunto. Inclinou-se na cadeira e disse:

— Bem, deixe-me explicar por que chamei você aqui. Por acaso já ouviu falar de Victor Adler?

— Vagamente — respondeu ela. — É banqueiro, não é?

— Entre outras coisas — disse Fane, levemente esfregando as mãos uma na outra.

Ao longo da conversa, percebeu que Liz nem sequer piscava ou desviava o olhar. Vez ou outra, enquanto resumia a história de Adler, ele próprio virava o rosto numa direção qualquer. Outras vezes se dispunha a encará-la, sem contudo conseguir vislumbrar o efeito que sua exposição causava. Começou a ficar intrigado com tanta inescrutabilidade. E um pouco irritado também. Terminado o resumo, recostou-se novamente na cadeira e disse:

— Espero que isso faça sentido.

— Sim, faz. Mas por que os russos se preocupam tanto com um bando de expatriados, por mais ricos que sejam? Que mal eles podem fazer daqui? Por que correr o risco de matar um deles em Londres? Sobretudo depois de todo aquele imbróglio com Litvinenko. A imprensa faria um escarcéu, e se viesse à tona que se trata de uma operação oficial, as consequências políticas seriam gravíssimas.

— Concordo — disse Fane. — Por outro lado, já fizeram isso antes. Para os russos, o assassinato é uma legítima modalidade de defesa. — Ele se lembrou de Markov, o exilado búlgaro que em 1978 havia sido espetado nas canelas pelo guarda-chuva de um desconhecido na ponte de Waterloo. Mesmo naquela época, no auge da Guerra Fria, parecera absurda a alegação de Markov de que se tratava de um ataque. No entanto, ele havia morrido alguns dias depois, envenenado por rícino injetado pelo tal guarda-chuva. E só porque havia criticado publicamente o presidente da Bulgária.

— Acho tudo isso muito pouco provável — disse Liz. — As críticas viriam do mundo todo, e seriam muito piores do que foram no caso de Litvinenko. Pelo menos ele era um ex-agente da KGB, de certa forma associado à sujeira daquele mundo. Mas, até onde sei, estes oligarcas que vieram para cá não têm nada a ver com isso. São apenas empresários que ficaram muito ricos por vias bastante escusas.

— No entanto... — disse Fane, olhando pensativo na direção da janela —, não se esqueça de que pouco tempo atrás os russos aprovaram uma nova lei que permite aos serviços de segurança matar inimigos do Estado sem autorização prévia da Justiça.

Mais cedo naquela manhã a neblina havia se acumulado sobre o Tâmisa como a fumaça de uma grande fogueira; pouco depois se dissipara, embora nuvens densas ainda encobrissem o sol. Ao longe, a avenida de Vauxhall Bridge se estendia monotonamente para o norte, rumo aos prédios comerciais de Victoria.

— E agora temos essa história do Adler — prosseguiu Fane. — Ele jamais nos passou qualquer informação que não tivesse um mínimo de fundamento.

— Pode ser. Mas pelo que você disse, a fonte dele admitiu não saber de muita coisa. É possível que tenha entendido tudo errado. Ou talvez não haja nada para ser entendido; talvez os russos estejam apenas manipulando o sujeito para algum fim desconhecido.

— Claro — concordou Fane. — Mesmo Adler admitiu que a história era vaga. Mas por que disseminá-la assim? Com que objetivo? Só o que eles conseguiram até agora foi provocar tensão.

Para surpresa dele, Liz deixou escapar um risinho.

— Você está tenso? — perguntou.

— Nada me deixa tenso — retrucou Fane com falsa seriedade, depois riu também. — Mas não posso dizer o mesmo do Ministério de Relações Exteriores. Você conhece Henry Pennington?

— Apenas de nome.

Fane balançou a cabeça, já antecipando o deleite que Liz teria com o que estava por ouvir.

— Bem, se alguém está tenso, este alguém é Henry — disse. E lembrando-se da tremedeira de Pennington, emendou: — Na verdade, eu diria que o homem está em pânico.

— É mesmo? — retrucou Liz, displicentemente.

Fane admirou a calma dela. A essa altura Brian Ackers já estaria andando de um lado para outro da sala, pensou. Felizmente ele havia decidido falar com Liz primeiro. Se conseguisse despertar o interesse dela, tinha certeza de que Ackers a deixaria no comando do caso.

— Via de regra o ministério é bastante cético com esse tipo de coisa — disse —, mas agora eles temem que um incidente qualquer atrapalhe nossas iniciativas de combate ao terrorismo.

Liz assentiu com a cabeça. Tudo corria bem até então, pensou Fane, mas agora vinha a parte mais difícil. Não fazia sentido tergiversar.

— Pois é aí, Elizabeth, que você entra.

— Eu? — ela retrucou com genuína surpresa.

— Sim — disse Fane, firme. — O ministério quer ter certeza de que essa conspiração jamais irá decolar. Querem que descubramos o que está sendo planejado, para depois impedirmos que os russos entrem em ação. Metade do nosso pessoal em Moscou já está tentando obter mais informações.

Ele falou com segurança, tentando dar a impressão de que tudo aquilo não passava de uma obviedade. Mas viu que Liz não havia mordido a isca.

— Espere aí — disse ela, e ele resmungou internamente. — Por que o ministério não nos procurou diretamente, já que estamos falando de um incidente previsto para acontecer em solo britânico?

— Muito simples — disse Fane. — Me ofereci como intermediário nesta primeira instância, pois fui o primeiro a receber a informação. — O que parcialmente era verdade, ele pensou com seus botões.

— Tudo bem — disse Liz, mas num tom de voz que demonstrava o contrário. Fane percebeu que ela ainda não estava convencida. — Mas por que você me procurou? Não deveria ter procurado alguém do alto escalão? Brian Ackers, ou talvez até a Diretoria Geral?

Fane deu de ombros.

— Entenda este nosso encontro apenas como um papo informal — disse, tão seguro quanto antes. — Você e eu já trabalhamos juntos no passado, e preciso de alguém que possa cuidar deste assunto *discretamente*.

Ele se calou um instante, perguntando-se até onde poderia ir na sua própria *in*discrição. Às favas com a cautela, decidiu afinal. A mulher jogava de tal modo na retranca que seria melhor abrir o jogo logo de uma vez. Caso ela se recusasse a cooperar, tudo bem, ele voltaria a agir conforme o protocolo. Não tinha nada a perder.

— Olha — disse ela, porém sem agressividade —, se eu for falar direto com Brian Ackers, ele vai soltar os cachorros, vai tentar prender ou expatriar alguém. E então será o caos. É exata-

mente esse tipo de fiasco diplomático que o ministério quer evitar. — Olhou para Liz com uma expressão que beirava a súplica.
— Você me entende, não entende? — perguntou.

E observando Liz, percebeu que ela entendia, sim. Mas também se deu conta de que ela jamais criticaria o próprio chefe diante dele. Então abanou as mãos no ar, num pretenso gesto de compreensão.

— Eu sei, eu sei. Você não faria nenhum comentário nesse sentido. Vou falar com Brian, claro. Pennington também vai. Mas gostaria de deixar claro que tanto eu quanto ele vamos pedir para que o caso seja entregue a você.

— É muita gentileza da sua parte — disse Liz, secamente.

Fane deu de ombros, represando sua irritação. Por acaso ela não fazia ideia da oportunidade que lhe estava sendo oferecida? Se obtivesse sucesso na investigação, contaria com a gratidão eterna do ministério e do MI6. Bem, talvez "eterna" fosse um pouco demais. Ela acha que está sendo atraída para uma armadilha, concluiu Fane, admitindo logo em seguida que ela tinha lá seus motivos para pensar assim. Afinal, não era nada comum que um servidor do MI6 apontasse um agente do MI5 com o qual queria trabalhar. Ou tentasse (e isso ele fazia questão de não deixar transparecer) controlar o que deveria ser, no mínimo, uma operação conjunta.

— Seria ótimo se tivéssemos mais subsídios para prosseguir — disse Liz, por fim. — Em Londres há pelo menos trinta oligarcas que poderiam ser escolhidos como alvo. — Ela refletiu um instante. — Caso eles tenham em mente alguém politicamente ativo, isso reduziria bastante o número de possibilidades. Ainda assim teríamos pelo menos meia dúzia de nomes possíveis. Matrayev, que inclusive diz que já tentaram fazer isso com ele, Obukhov, Morozov, Rostrokov, Brunovsky, Meltzer, Pertsev... E com certeza há outros também.

Fane balançou a cabeça com um ar sério, mas no íntimo estava feliz por vê-la raciocinando a serviço da missão que eles tinham pela frente. A mulher não conseguia resistir a um bom desafio, pensou, identificando nela uma característica que também tinha. O que mesmo havia dito Adele na primeira vez que o abandonara? "Quando você está concentrado ao trabalho, é como se eu nem estivesse aqui. E dessa vez não estarei mesmo."

— De qualquer modo — prosseguiu Liz —, vou esperar até que Brian me convoque — ela olhou para o relógio. — Se isso é tudo, peço licença, pois preciso voltar ao trabalho.

Fane se irritou ligeiramente com a mera sugestão de que ela tinha coisas mais importantes a fazer, mas se deu conta de que não podia esperar muito mais que isso naquela altura dos acontecimentos. Levantando-se para se despedir, disse:

— Você e eu precisamos trabalhar juntos nisto.

Ela assentiu com a cabeça. A contragosto? Fane esperava que não.

— Vou lhe telefonar — disse ela. — Quer dizer, se Brian me passar o caso.

— Vamos cruzar os dedos, Elizabeth — disse ele com um sorriso, esperando que a conversa terminasse num tom mais ameno. Mas logo percebeu que ela parecia contrafeita.

— É Liz — disse ela com rispidez. — Todos me chamam de Liz.

— Desculpe — retrucou Fane, irritado com o desnecessário puxão de orelha. Caramba, ele pensou assim que se viu sozinho, a mulher é uma fera.

Mas pelo menos tinha senso de humor, ao contrário de seus colegas na Thames House, aquele bando de azedos. Fane se viu torcendo para que ela não demorasse a ligar, queria muito que eles trabalhassem juntos naquele caso. Olhando pela janela, percebeu que o sol havia aparecido; a maré subia, e as águas do rio já exibiam uma centelha — apenas uma centelha — de azul.

CAPÍTULO 13

Aproximando-se da casa em Belgravia, uma bela mansão de fachada de estuque branco nas imediações de Eaton Square, Jerry Simmons ficou de olhos bem abertos: era para isso que o pagavam. Mas não havia nada de anormal na rua.

No mês anterior, por dois dias seguidos, ele havia notado a presença de um homem em um Audi azul metálico, não muito longe da casa. Nas duas ocasiões o sujeito havia ido embora lá pelo meio da manhã, mas numa delas aparecera novamente no finzinho da tarde.

Na opinião de Jerry, tratava-se de alguém sob as ordens de Rykov, rondando a casa para confirmar o endereço onde ele, Jerry, trabalhava. Desde então, e disso ele tinha certeza, não houvera nada de estranho, a não ser pelo fato de que Tamara, a secretária particular andava um pouco irritadiça. Por outro lado, a mulher sempre lhe parecera meio tensa, até mesmo neurótica. Certa vez crivara-o de perguntas ao saber que o carteiro com o qual estavam acostumados havia sido substituído por outro. Queria saber de tudo: "Você viu o homem? Tem certeza de que não era um impostor?"

A rotina diária de Jerry era bastante simples. Ele saía do metrô com seu uniforme azul de motorista, ajeitava a gravata e atravessava o parque a tempo de chegar ao trabalho por volta das 8 horas. Descia à ampla cozinha do porão, tomava o chá oferecido pela Sra. Grimby, ia para o carro e ficava ali esperando pelo patrão enquanto lia o jornal comprado no metrô. Por volta das 8h30 o russo se acomodava no banco traseiro do Bentley Arnage, e Jerry o conduzia até a academia de ginástica, um lugar luxuoso, com piscina, perto de Chelsea Harbour. Depois o levava para um compromisso qualquer, por vezes seguido de um almoço, após o qual ele quase sempre voltava para casa.

Nas manhãs em que Brunovsky não saía, Jerry aproveitava a oportunidade para abastecer o carro, limpá-lo ou levá-lo para a revisão trimestral; quando nada disso era necessário, matava o tempo encerando o Bentley até deixá-lo brilhando, prestando alguma ajuda na casa (era um ótimo faz-tudo), ou apenas lendo.

Por vezes o expediente ia até mais tarde, sobretudo quando havia algum compromisso no fim da tarde, mas os fins de semana geralmente eram livres, pois Brunovsky costumava passá-los no campo, e lá gostava de dirigir seu Range Rover. O salário era bem razoável, portanto Jerry não tinha nada do que reclamar, principalmente agora, com o bico que vinha fazendo para Rykov.

Ele tivera mais dois encontros com Rykov, ambos muito breves. Relatara as andanças de Brunovsky e contara o pouco que sabia sobre os planos do patrão. Uma ninharia, mesmo aos olhos de Jerry, mas Rykov não havia reclamado. E o pagara bem.

Ainda assim, sabia que estava violando aquilo que tinha como uma espécie de código profissional: um homem possuía apenas um empregador e só a ele deveria ser fiel. Além disso, tinha certa simpatia por Brunovsky e sabia, claro, que as intenções de Rykov não eram lá as melhores.

Não que Jerry conhecesse bem o patrão. Brunovsky era um sujeito baixote e de pavio meio curto, mas parecia um bom camarada. Falava um inglês perfeito e sempre o cumprimentava pelas manhãs, perguntando como ele estava. Tinha o hábito de se desculpar sempre que alterava a programação do dia ou tinha algum compromisso inesperado à noite. Mas fora isso, quase nunca lhe dirigia a palavra, e quando estava ao celular, o que acontecia quase sempre, ou acompanhado de Tamara, ele invariavelmente falava em russo.

Tamara, por sua vez, era bem menos simpática. Fria, com seus 40 e poucos anos e cabelos tingidos de louro, falava inglês com um sotaque irritante, uma bobagem diante do comportamento excessivamente formal e autoritário. Não era russa, mas de um país que Jerry não sabia identificar. Macedônia, Montenegro ou algo assim. Mas pelos modos dava a impressão de que havia nascido em Park Lane. Embora também trabalhasse para Brunovsky, agia como se não fosse apenas uma funcionária — algo que Jerry, apenas um funcionário, jamais deveria esquecer.

Mas era a única nota destoante na casa, que contava com um quadro razoavelmente numeroso: a Sra. Grimby, responsável pela cozinha; a Sra. Warburton, uma governanta que não falava muito, mas era simpática o suficiente; diversos temporários que ajudavam Tamara sempre que ela se furtava da degradante tarefa de digitar; uma jovem faxineira; dois jardineiros; e, por fim, Monica, a namorada de Brunovsky, que era bem simpática — muito bonita, claro, mas sem ares de superioridade. Às vezes Jerry era instruído para levá-la às compras, mas quase sempre a moça preferia dirigir por conta própria. Quem não preferiria se tivesse à sua disposição um Audi 6 e permissão para levar quantas multas quisesse?

Naquela manhã, Jerry tomava seu chá na cozinha quando ouviu vozes no corredor do andar de cima, falando em russo. Já estava acostumado à dicção de Tamara e Brunovsky; portanto, mesmo sem falar uma só palavra naquela língua, pôde identificar certa tensão na conversa deles.

— O patrão vai à academia hoje? — sussurrou ele à Sra. Grimby.

Corpulenta e grisalha, usando um avental em torno da cintura avantajada, a cozinheira abria uma lata de farinha.

— Não sei — respondeu ela, plácida. — Mas vai almoçar em casa. Acho que alguém pisou nos calos dele — arriscou, e levantou os olhos para o teto.

No andar de cima, as vozes prosseguiam com os staccato da língua russa. De repente, Jerry ouviu o som de saltos, e dali a pouco Tamara irrompeu na cozinha.

— Jerry — perguntou ela —, quando foi que você chegou aqui?

— Agorinha há pouco — disse ele. A mulher parecia ainda mais tensa do que de costume. — Algum problema?

Sem se dar ao trabalho de responder, Tamara lhe deu as costas e voltou para a escada, dizendo:

— O patrão vai descer logo.

"O patrão", ironizou Jerry. Não se importava nem um pouco de tratar assim seu empregador, mas não via necessidade alguma para tanto formalismo quando o homem nem sequer estava presente. Ele olhou para a Sra. Grimby. Ela e o finado marido haviam sido donos de um pub no sul de Londres, e mais tarde de uma pensão em Poole; certamente já tinham visto muita coisa na vida.

— O que será que deu nela? — perguntou Jerry.

— Cada doido com sua mania — filosofou a cozinheira, peneirando sua farinha.

Jerry recolheu sua xícara e foi para o carro, estacionado numa ruela sem saída, próximo ao pequeno jardim entre o terreno dos fundos e a casa vizinha, que também era do russo. O dia seria lindo, ele pensou, vendo o sol que começava a dissipar a neblina da manhã e o orvalho que evaporava sobre o gramado.

Dali a dez minutos, quando já havia chegado à seção de esportes, viu Brunovsky sair de casa. Largou o jornal, saiu do carro e abriu a porta de trás.

— Bom-dia — disse o russo. Geralmente, Brunovsky tinha um excelente humor nos dias de sol, ficava até um pouco mais falante. Mas naquela manhã Jerry notou que ele parecia preocupado, e entrou no carro sem dizer mais nada.

Jerry acabara de dar ré para sair à rua quando ouviu o patrão exclamar:

— *Bozhe moi!*

— Senhor? — disse Jerry, e parou o carro.

O russo estava com o laptop sobre o colo, aberto na página do *Financial Times*. Erguendo as mãos num gesto de desespero, disse:

— Deixei minha pasta em casa!

— O senhor quer que eu vá buscar?

— Por obséquio — Brunovsky apontou para o computador, justificando-se por não ir ele mesmo buscar a tal pasta. — Está em cima de minha mesa no escritório.

Jerry desligou o motor e voltou à casa. Na cozinha, a Sra. Grimby abria uma massa sobre a tábua de carne. Jerry passou direto por ela e subiu as escadas saltando os degraus. No hall de entrada, com pé-direito altíssimo e uma esplêndida escadaria que espiralava rumo aos quartos, ele dobrou para a direita e seguiu por um corredor estreito, decorado com aquarelas de paisagens russas.

Nos fundos da casa, encontrou aberta a porta que dava para a saleta de Tamara. Atravessou-a e passou ao escritório do patrão, um aconchegante cômodo com papel de parede escarlate. Num dos lados, duas estantes de livro iam do chão ao teto; no outro, um pequeno sofá defrontava um aparelho de TV. Entre as duas estantes ficava uma grande pintura a óleo, retratando um cossaco montado em seu cavalo — mas agora o tal quadro se encontrava no chão, apoiado contra a parede, deixando à mostra um pequeno cofre com a porta escancarada.

Jerry ficou olhando para o cofre durante alguns segundos; depois, vencido pela curiosidade, deu dois passos à frente e examinou o conteúdo. Viu dois envelopes grandes e um estojo de joias em couro. Nada de anormal, tampouco era estranho o fato de que ali havia um cofre — um homem tão rico quanto Brunovsky devia ter muitos objetos valiosos para guardar em segredo. O que era esquisito, no entanto, era a presença de uma pequena pistola, estirada sobre a base do cofre.

Rapidamente ele deu meia-volta e seguiu para a enorme mesa antiga junto à janela que dava para o jardim dos fundos. Localizou a pasta do patrão e pegou-a. Estava prestes a sair quando Tamara subitamente entrou na sala.

— O que você está fazendo aqui? — perguntou ela quase aos berros. Os olhos faiscavam ora na direção do cofre, ora na de Jerry.

Ele balançou a pasta tranquilo, os olhos deliberadamente pregados nos da secretária, como se não tivesse visto cofre algum.

— O Sr. Brunovsky esqueceu isto aqui. Pediu que eu viesse buscar.

Não havia nada a que ela pudesse questionar.

— Então vá — ordenou Tamara.

Jerry balançou a cabeça e saiu. Caramba, ele pensou enquanto descia à cozinha para voltar ao carro. Que espécie de homem será esse russo? Tudo bem que ele tivesse uma arma, mas não *aquele* tipo de arma. Uma Izhmekh MP 451 tinha o mesmo poder de fogo de uma pistola calibre 38; era a arma preferida dos detetives e agentes russos que precisavam de algo ao mesmo tempo compacto e poderoso. Tão letal que civis não tinham permissão para adquiri-la.

Jerry, que já se habituara à calmaria de sua rotina de motorista, quase esquecera que também era pago para proteger o patrão. Mas tudo que era bom durava pouco. Diabos, ele pensou, subitamente preocupado. Se Brunovsky possuía uma MP 451, então realmente havia algo do que se proteger.

CAPÍTULO 14

— Não seria muito mais fácil se mostrássemos a foto na recepção? — reclamou Michael Fane, arrastando uma cadeira para perto de Peggy Kinsolving. Trazia na mão uma folha de papel e a balançava no ar com irritação. — Isso é como procurar uma agulha no palheiro, quando a gente podia simplesmente soprar toda a palha pra bem longe. Wuuush! — Ele soprou uma lufada como se fosse um daqueles aparelhos de soprar folhas mortas no jardim.

Peggy fez que não com a cabeça. Michael devia ter mais ou menos a mesma idade dela, mas às vezes agia como um universitário. Parecia mesmo um estudante, tinha a magreza e os cabelos desgrenhados de um garoto. Era muito inteligente, claro, caso contrário não teria no currículo dois diplomas de Cambridge.

Mas também era impaciente e precipitado nas críticas, mesmo quando aquilo que considerava estupidez era algo que não compreendia totalmente.

— Claro que não, garoto — retrucou Peggy. — Se começarmos a fazer perguntas naquele prédio, com certeza alguém vai comentar. É isto aqui que devemos fazer. — Ela apontou para o laptop, onde sua busca mais recente no Google mostrava 37 resultados.

— Mais seguro, talvez — resmungou Michael —, porém muito mais lento.

Nesse ponto ele tinha razão, concordou Peggy, examinando a lista de ocupantes do prédio da Berkeley Square. Ela já havia pesquisado os registros da Junta Comercial, e ali havia identificado três quartos dos ocupantes; agora esperava encontrar no Google mais informações sobre os negócios de cada um deles.

Mas como saber se o homem que o A4 seguia havia entrado no escritório da Stringer Fund Management, um bureau de serviços financeiros, ou da Piccolo Mundi, uma importadora de produtos alimentícios italianos? Também poderia ter entrado na McBain, Sweeney & White, uma agência de publicidade de sucesso recente, ou na Shostas & Newton, um escritório de advocacia especializado na legislação de propriedade intelectual.

Ela olhou para o nome seguinte na lista, digitou "The Cartwright Agency" no campo de busca do Google e suspirou. Provavelmente mais uma agência de publicidade, ou uma agência de atores para cinema.

Quase um minuto depois, Michael Fane quebrou o silêncio.

— Que foi, Peggy? — perguntou, percebendo que ela encarava o monitor.

Aproximando-se e leu:

> The Cartwright Agency é uma jovem empresa de consultoria, mas com credenciais veteranas, especializada em

fornecer orientação e outras formas de assistência em assuntos de segurança corporativa ou pessoal.

— Aonde você está indo? — disse ele, enquanto Peggy se levantava e marchava a passos largos rumo a algum lugar.

— Falar com a Liz — respondeu ela por sobre os ombros. — Acho que descobrimos quem é nosso homem misterioso.

Seu compromisso era ao meio-dia, e quando Liz Carlyle emergiu do metrô em Green Park, tinha meia hora livre. Depois de uma semana de chuvas incessantes, o céu havia subitamente clareado, e a temperatura estava em torno dos 18 graus.

Mayfair deve ser um dos melhores lugares do mundo para passar o tempo, ela pensou, caminhando pela New Bond Street e olhando as vitrines das lojas. Era interessante dar uma espiada naquele mundo em que o dinheiro não significava nada (ou talvez significasse tudo), mas Liz não dispunha de tempo, tampouco de disposição, para seguir a moda e saber quem era quem entre os nomes famosos que figuravam naquelas vitrines. Não que tivesse uma aversão puritana a uma vida em que a moda era algo extremamente importante; simplesmente não tinha tempo — nem dinheiro.

Achou que pudesse encontrar ali um vestido para o casamento ao qual teria de comparecer em maio, mas durante uma rápida visita à Burberry da Conduit Street não conseguiu encontrar nada por menos de 500 libras. Portanto, resolveu fazer o que sempre fazia e dar uma olhada naquela butique de Stockbridge, diante da qual sempre passava quando visitava a mãe em Wiltshire. Atravessando a praça, voltou o pensamento para o compromisso que tinha pela frente.

Liz usaria o codinome operacional de Jane Falconer. Prendera os cabelos para trás e escolhera um sóbrio terninho cinza, pois, a julgar pelo currículo, o brigadeiro Walter Cartwright, com quem ela iria se encontrar dali a pouco, era indubitavelmente um homem conservador: Wellington, Sandhurst, quatro incursões na Irlanda do Norte, participação ativa nas Malvinas, além do comando de um regimento de tanques na Operação Tempestade no Deserto durante a primeira guerra contra o Iraque.

Cartwright havia abandonado o Exército pouco depois da campanha do Golfo para dar início a uma segunda carreira numa empresa mundialmente conhecida de análise de risco e serviços de segurança. Cinco anos depois partira para um negócio próprio, fundando a empresa de consultoria que levava seu nome. Nesse ramo, as empresas se dividiam entre as mais intelectuais, especializadas na "análise de risco", e as mais práticas, que ofereciam proteção a todo tipo de cliente, desde corporações multinacionais preocupadas com o sequestro de seus executivos até pessoas ricas o bastante para pagar alguém com o único intuito de criar uma ilusão de risco.

Segundo o breve relatório de Peggy, não havia dúvidas de que a empresa de Cartwright pertencia a essa segunda categoria: boa parte de sua equipe era composta de ex-militares. No entanto, Cartwright mascarava os aspectos mais truculentos de seu negócio não só com a inclusão de alguns aristocratas em seus quadros, mas também com o endereço que escolhera para seu quartel-general, um dos pontos mais nobres de Londres.

No sexto andar de um prédio moderno na parte sul de Berkeley Square, Walter Cartwright cumprimentou Liz com um firme aperto de mão e um demorado sorriso. Com aproximadamente 1,80m de altura e um amarfanhado terno de gabardina, ele parecia mais jovem que os 50 e poucos anos que de fato tinha. Apenas a postura ereta dava indício de seu passado militar; isso e o tronco espadaúdo.

Sua sala dava para a Berkeley Square, mas naquela altura a vista da praça propriamente dita era obstruída pela copa das árvores que a circundavam. Pouco se ouvia do barulho dos carros, e as janelas deixavam entrar o melodioso cantarolar de um pássaro.

— Lindo, não é? — disse Cartwright. — Um melro. Hoje em dia quase não há mais rouxinóis em Berkeley Square.

Liz apontou para um par de aquarelas na parede, ambas retratando um labrador a recolher faisões durante uma caçada.

— Muito bonitas — disse.

Cartwright deu um risinho.

— Ou você é muito gentil — retrucou —, ou foi muito bem informada. Fui eu mesmo quem as pintou.

Eles se sentaram, e Cartwright fitou Liz com uma curiosidade afável.

— Srta. Falconer... Você disse que era do Ministério do Interior, não disse?

— Mais precisamente do Serviço de Segurança.

— Ah. MI5. Como eu havia previsto. Tive algum contato com seu pessoal quando estava na Irlanda. Michael Binding ainda está por lá?

— Claro, está sim — disse ela, torcendo para que o brigadeiro não tivesse a mesma opinião de Binding quanto à capacidade profissional das mulheres.

— Também tinha aquele outro... — Cartwright coçou uma das sobrancelhas, pensativo. — Ricky alguma coisa. Um bom sujeito.

— Ricky Perrins. Infelizmente ele morreu num acidente de carro.

— Ah, sinto muito — disse o brigadeiro, com aparente sinceridade. Liz começava a sentir certa simpatia por ele. — Bem, melhor deixarmos a Irlanda de lado, senão vamos passar o dia inteiro falando do assunto. Você disse que queria falar sobre um de nossos funcionários. Qual deles?

Liz não fazia a menor ideia do nome de sua presa, portanto tirou da maleta uma fotografia em preto e branco, 10x8cm, e passou-a ao brigadeiro. A foto havia sido tirada pelo A4 com uma teleobjetiva; em seguida fora ampliada e recortada para mostrar apenas o homem misterioso sentado no banco.

Cartwright examinou-a com atenção, enquanto Liz pensava no que fazer caso ele afirmasse nunca ter visto aquele rosto antes.

— Simmons — disse o brigadeiro, para alívio de Liz. — Jerry Simmons.

— Ele trabalha aqui?

— Sim. Algum problema com as atividades dele? — indagou Cartwright, agora bem mais sério.

— Não sabemos ainda — admitiu Liz. — Por isso estou aqui.

— Ele fez algo errado?

— Não temos certeza. Durante uma operação de vigilância a um imigrante, flagramos um encontro aparentemente furtivo entre ele e Simmons. — Ela apontou para a fotografia. — Isto foi tirado numa parte remota de Hampstead Heath.

— Esse imigrante... é hostil à Inglaterra?

— Digamos que seu país de origem costumava ser — respondeu Liz com cautela. — Não sabemos ao certo se ainda é. Mas achamos melhor seguir os passos deste homem, e também estamos curiosos para saber por que ele teria se encontrado com seu funcionário. O senhor pode me dizer alguma coisa sobre Simmons?

— Claro. Vou buscar a ficha dele. — Cartwright foi até um armário de arquivo no outro lado da sala e voltou com uma pasta nas mãos. — Ele é de Lancashire. Abandonou a escola para se alistar. Ficou no Regimento de Paraquedistas por seis anos, depois foi para o SAS. Saiu há cinco anos. Ao que tudo indica, fez a transição para a vida civil sem qualquer obstáculo. O que é uma raridade, pode acreditar. Trabalhou por um tempo na equipe de segurança do Hotel Dorchester. O pessoal de lá não gostou muito quando conseguimos cooptá-lo, mas eles deram boas referências. Até onde sabemos, é um ótimo profissional: confiável, muito competente, e sem nenhuma malícia — acrescentou —, embora não seja exatamente um gênio.

— O que ele faz para vocês?

— É motorista e guarda-costas.

— Para diferentes clientes?

— Não — disse Cartwright, rapidamente balançando a cabeça. — Nossos contratos são invariavelmente de longo prazo. Simmons está trabalhando para um russo chamado Nikita Brunovsky.

— E por que o Sr. Brunovsky precisa de um guarda-costas?

Cartwright deu de ombros.

— Bem, ele é um dos oligarcas. Ter um guarda-costas faz parte do modo de vida desse pessoal. Em comparação aos outros, Brunovsky é bem comedido. Alguns têm uma equipe inteira de segurança, mas ele conta apenas com Simmons, que é motorista e guarda-costas ao mesmo tempo.

— Quanto a Simmons, há alguma peculiaridade no histórico dele? Alguma coisa fora do comum?

Cartwright refletiu por um instante.

— Sempre tem *alguma coisa*. Simmons foi casado três vezes, mas o que há de incomum nisso hoje em dia? Tenho certeza de que ele abandonou o hotel para vir trabalhar conosco em razão do salário, que é bem melhor. Eu intuía que ele gostaria do aumento. Fora isso, não consigo pensar em mais nada.

Mas que motivos ele teria, perguntou-se Liz, para se encontrar com um diplomata russo nos cafundós de Hampstead Heath?

— Vamos ter que falar com ele.

Cartwright assentiu com a cabeça e disse:

— Durante o dia, claro, ele está com Brunovsky. O russo tem uma casa em Belgravia e uma propriedade em Sussex. Mas eu preferiria que você não o procurasse no trabalho. Vou lhe dar o endereço residencial e o telefone dele. Talvez você mesma possa marcar um encontro.

— Na verdade, eu estava pensando em encontrá-lo aqui. Não quero assustá-lo antes da nossa conversa. Nem incomodar a família dele.

— Não sei se ele ainda tem uma família — disse Cartwright, depois olhou novamente para Liz. — Que tal se eu inventasse algum pretexto para trazê-lo até aqui?

— Isso seria o ideal.

— Certo. Alguém do Departamento de Recursos Humanos poderia dizer que houve um problema com o seguro dele, ou algo assim. É só você marcar a data.

— Pode ser nos próximos dias — Liz se levantou para sair. — Será um dos meus colegas quem falará com ele. Eu ficaria agradecida se o senhor não comentasse sobre a minha visita com ninguém, sobretudo com Simmons.

— Naturalmente — disse ele apenas, e depois, como se quisesse enfatizar que a presença dela seria apagada de sua memória, exclamou: — Escute só! — Agora havia dois melros cantando, criando um rico conjunto de melodias alternadas.

Tomara que Simmons abra o bico também, pensou Liz. Sentia-se relativamente otimista, como alguém que logo no início de um quebra-cabeça faz um inesperado avanço, mas apenas com as peças dos cantos. Não fazia ideia de como seria a imagem final quando ela se completasse. Se é que um dia ela iria se completar.

CAPÍTULO 15

— Isto é um Fragonard — declarou Nikita Brunovsky, apontando exultante para uma bela jovem em meio às flores de um jardim.

— Extraordinário — disse Henry Pennington, do Ministério de Relações Exteriores, numa voz melosa que começava a irritar Liz.

Brunovsky já lhes havia mostrado um pequeno Cézanne, um esboço da fase azul de Picasso e um desenho de Rembrandt. Liz teve a sensação de que havia voltado à universidade e tinha à sua frente um livro de história da arte. Só que ali não se tratava de reproduções.

Brunovsky parou diante da lareira de mármore e apontou para a grande tela abstrata, com moldura de metal, que encimava o console. Pinceladas de um roxo escuro formavam uma espiral no interior de um círculo laranja-fogo.

— Quem vocês acham que pintou isto? — perguntou o russo.

Liz preferiu não adivinhar.

— Howard Hodgkin? — arriscou Pennington.

O russo gargalhou com gosto. Era um homem baixo, de cabelos desgrenhados, nariz fino e olhos escuros e irrequietos.

— Isto é obra da minha irmã — disse ele, e riu novamente.

A loura sisuda que havia acompanhado Liz e Henry Pennington ao andar superior fizera as apresentações e sumira em seguida. Brunovsky os cumprimentara com entusiasmo, mas sem indagar o motivo da visita. Agora, enquanto Pennington tentava ser tão afável quanto Brunovsky, Liz olhou à sua volta.

No ano anterior ela havia se filiado ao Patrimônio Histórico e desde então visitara um sem-número de belas mansões. Mas nunca tinha visto nada igual àquela sala de estar em Belgravia. O amplo cômodo, de pé-direito altíssimo, contava com seis janelas compridas e elegantes que davam, de um lado, para a praça, e de outro, para o jardim. O brocado azul pálido que cobria as paredes fornecia um sutil pano de fundo para a coleção de arte ali exposta.

Mas o que realmente espantava Liz era a inusitada mistura de móveis ao seu redor. Peças oitocentistas inglesas dividiam o espaço com armários e aparadores russos, pesados e ricamente ornamentados. Sobre uma mesa de canto empoleirava-se uma maquete de vidro, algo entre um castelo e uma fortaleza, com torres e intricados minaretes em forma de cebola. Liz teve a impressão de já ter visto algo parecido, e de repente percebeu tratar-se de uma réplica do Kremlin.

No alto, dois enormes lustres de cristal brilhavam como guirlandas de uma árvore de Natal. Olhando na direção das janelas, Liz deparou com um console estilo Regência, com tampo de mármore e pernas adornadas, muito parecido com a mesinha que sua mãe herdara da família e agora mantinha no chalé de Wiltshire. Mas depois se deu conta de que havia na sala cinco consoles idênticos, no vão entre cada par de janelas.

— Venham — disse Brunovsky, abruptamente, e lá se foram Liz e Pennington, seguindo o russo obedientemente por um corredor.

Aos olhos de Liz, o entusiasmo do russo parecia ligeiramente artificial. Ele fazia questão de recebê-los com uma desconcertante impetuosidade, à maneira de um garotinho travesso que tenta impressionar os visitantes. Quanto às roupas, seguramente não eram as de um garoto: Brunovsky usava um elegante blazer azul com quatro botões dourados em cada punho, uma camisa listrada de corte refinado, gravata de seda, calças de flanela e mocassins Gucci.

Abrindo uma porta, ele os conduziu à sala de jantar, que tinha ao centro uma bela mesa de nogueira estriada. A atmosfera clássica era quebrada pelas cadeiras que cercavam essa mesa: monstruosidades russas de carvalho, uma sucessão de tronos estofados com um extravagante plush vermelho. Mais quadros adornavam as paredes, mas estes eram pinturas modernas.

— Minha coleção russa — anunciou Brunovsky, desenhando com o braço um amplo arco no ar.

Liz notou que numa das paredes havia um espaço vazio cercado por um grupo de naturezas-mortas. Brunovsky riu e disse:

— Você percebeu a tela que está faltando, não percebeu?

— Está emprestada para algum lugar? — Dada a qualidade do que havia sido mostrado até então, Liz não ficaria nem um pouco surpresa se os museus estivessem fazendo fila para incluir alguma obra do russo em suas exposições.

— Não — respondeu Brunovsky. — Não é minha, então não posso emprestar — acrescentou em tom de galhofa. Foi até o aparador do outro lado da sala e voltou com o catálogo de leilão que havia recolhido de uma pilha de papéis. Abriu-o em determinada página e entregou-o a Liz.

Liz pegou o catálogo e viu a reprodução de um quadro abstrato, uma massa azul-escura entrecortada por uma pincelada de tinta amarela. O preço mínimo, ela observou, era de 4 milhões de libras.

— Gostou? — quis saber Brunovsky.

— Muito interessante — respondeu Liz, diplomaticamente.

— Adorável — disse Pennington, espiando o catálogo por sobre os ombros de Liz. — Quando você irá vendê-lo?

— *Vendê-lo?* — repetiu Brunovsky. — Não vou vender este quadro, vou comprá-lo. Eu *jamais* venderia um Pashko — arrematou, genuinamente ultrajado.

— Claro, claro — corrigiu-se Pennington.

Apontando para o espaço na parede, Liz perguntou:

— Pretende colocá-lo ali?

— Sim! — exclamou o russo, feliz ao ver que ela havia compreendido. — Será a coroa da minha coleção. Para mim, Pashko é um deus. O Picasso russo. Bem, agora podemos descer.

Brunovsky conduziu-os a seu escritório nos fundos da casa. Indicando o sofá para que eles se acomodassem, sentou-se numa cadeira de couro sobre rodinhas e começou a deslizar para a frente e para trás como se fosse um estudante inquieto.

— Então — disse sorrindo, embora os olhos traíssem certo nervosismo — em que posso servi-los?

Liz deixou que Pennington tomasse a palavra. Afinal, fora ele quem tanto insistira naquela visita. Tão logo soubera das informações obtidas por Victor Adler na Rússia, exatamente como previsto, Brian Ackers havia decidido que algo precisava ser feito. E muito a contragosto aceitara a participação de alguém do Departamento de Operações Especiais. Cabia-lhes alertar cada um dos oligarcas russos sobre o risco que estavam correndo, mas sem fazer qualquer menção às informações de Adler.

Pennington, que via a polícia como uma fonte crônica de vazamentos, havia previsto que, tão logo eles se envolvessem no caso, a história toda seria divulgada na primeira página do *Evening Standard* dali a 24 horas. Ao saber que Rykov havia plantado uma fonte na casa de Brunovsky, deduzira que o plano dos russos já corria adiantado e insistira em falar pessoalmente com o oligarca a fim de impedir que ele continuasse fazendo críticas a Moscou por meio da imprensa. Brian Ackers, que via Pennington da mesma forma que Geoffrey Fane, pedira a Liz que o acompanhasse com o objetivo de informar ao MI5 tudo que fosse dito. Depois de muita relutância, Pennington aquiescera, mas ao saber que Liz usaria o codinome de Jane Falconer, fizera um comentário sarcástico sobre os espiões e suas práticas obscuras.

Enquanto Pennington dava seu verborrágico recado, Liz passeou os olhos pelo escritório, o único cômodo da casa que não lembrava um museu. Pelo menos ali, ela pensou, Brunovsky não estava ostentando nada.

O russo agora se encontrava imóvel na cadeira, ouvindo com atenção. Quando Pennington terminou, ele permaneceu calado por alguns instantes, até que disse:

— *Tak.* — Exibia no rosto uma expressão circunspecta, com os lábios crispados. — E você acha que sou *eu* o alvo do Kremlin?

— Não sabemos ao certo — interveio Liz —, mas o senhor é um dos candidatos mais óbvios.

Ele assentiu com a cabeça, recostou-se na cadeira e, sacudindo os ombros, disse:

— Nada disso me surpreende. Todos nós que vivemos aqui sabemos que nosso governo segue os nossos passos. O que vocês querem que eu faça?

Pennington assumiu um ar pensativo.

— Suas opiniões acerca do atual governo russo são conhecidas por todos. Em nome da prudência, talvez fosse aconselhável que, pelo menos por ora, o senhor procurasse evitar qualquer pronunciamento público sobre o presidente Putin. Só até a poeira baixar.

— Evitar pronunciamentos públicos? — repetiu Brunovsky, arqueando as sobrancelhas. — Vocês querem que eu feche o bico, é isso? — Ele riu, mas não com o olhar.

— Pensamos — adiantou-se Pennington — que talvez o senhor devesse tomar algumas medidas adicionais de segurança, ou deixar que nós as tomemos.

— Já tenho um guarda-costas. Recrutado numa das empresas mais renomadas deste país. Não preciso de outro.

Liz olhou para Pennington como se dissesse "E agora?". Pennington, por sua vez, olhava para Brunovsky com a expressão compreensiva de um pai que tenta aconselhar o filho delinquente.

— O que é bastante compreensível — disse ele. — Mas talvez haja uma alternativa.

Como o quê?, pensou Liz, subitamente alerta.

— Talvez possamos destacar alguém para... — Pennington demorou um instante até encontrar as palavras certas. — Ficar por perto. Alguém que não o incomodaria em nada, mas que ficaria de olhos bem abertos, preparado para identificar qualquer situação de risco e... reagir a tempo caso o senhor precise de alguma ajuda.

Brunovsky parecia confuso.

— E esta pessoa andaria armada?

— Não — disse Liz rapidamente, perguntando-se o que diabos Pennington tinha em mente. Ele também fez que não com a cabeça, mas sem nenhuma convicção.

— Do que vocês estão falando então? — quis saber o russo.

Não sou eu quem vai responder, pensou Liz, ainda perplexa. Ali mesmo ela decidiu que teria de falar com Brian Ackers sobre o assunto.

Pennington respondeu com certo vagar, quase hesitantemente, como se isso pudesse dar mais peso às suas palavras.

— Digamos que seria alguém com bastante experiência na identificação e no enfrentamento de situações potencialmente perigosas.

— Aha! — disse Brunovsky, finalmente lendo nas entrelinhas. — Alguém do famoso Serviço Secreto inglês. — Diante do silêncio de Pennington, o russo coçou a cabeça como se estivesse pesando os prós e os contras da proposta que acabara de receber. E, de repente, disse: — A ideia até que não é má.

— Por que o senhor não pensa mais um pouco? — sugeriu Liz, furiosa com o que estava acontecendo, tentando deixar espaço para que a oferta impulsiva de Pennington pudesse ser retirada depois.

— Muito bem — disse Brunovsky, mas antes que Liz pudesse relaxar, ele apontou para Pennington e acrescentou: — Ligo para você amanhã.

Liz fez o que pôde para conter a raiva enquanto eles se despediam, mas tão logo se viu sozinha com Pennington na calçada, encarou-o com firmeza e disse:

— Que diabos foi aquilo?

— Não sei do que você está falando — devolveu Pennington, recusando-se a encará-la de volta, empenhando-se bem mais que o necessário para encontrar um táxi.

— Você sabe perfeitamente que esse tipo de trabalho não cabe às agências de inteligência. Se Brunovsky está em perigo, ele precisa de proteção do Departamento de Operações Especiais, e não de uma babá da Thames House.

Um táxi encostou subitamente, e o motorista baixou o vidro da janela. Pennington falava com ele quando Liz abriu a porta para se acomodar no banco de trás, determinada a prosseguir no assunto durante o caminho de volta a Westminster.

— Sinto muito — disse Pennington, ainda evitando o olhar dela. — Você vai ter que esperar outro carro. Estou indo para outro lugar.

Liz ficou ali, os olhos faiscando de raiva enquanto viam o táxi se afastar. Espere só até Ackers saber o que você fez, ela pensou, e seguiu rumo à estação de metrô. Ele vai ter um ataque.

CAPÍTULO 16

No entanto, foi Liz quem quase teve um ataque.

— Vou ter que me disfarçar *do quê*? — retrucou ela. Do lado de fora, nuvens baixas se acumulavam como bolotas de algodão escuro. A chuva vinha ameaçando cair desde cedo.

— Em vista do interesse de Brunovsky pela arte, foi o que nos pareceu mais adequado. Não poderíamos pedir que você encarnasse uma especialista em platina, concorda?

— Eu preferiria não ter que encarnar ninguém. Essa história toda é ridícula.

Liz percebeu a surpresa de Ackers, que agora se reacomodava com certa aflição na cadeira. Deu-se conta de que ele não tinha o hábito de ser afrontado por subalternos. Hadley, o braço direito dele, era um típico puxa-saco: às vezes até dava a impressão de que bocejava quando Ackers bocejava também. Com certeza o homem não estava lá muito satisfeito com o sangue novo que havia chegado à contraespionagem quase ao mesmo tempo: Michael Fane, Peggy Kinsolving e Liz — sobretudo Liz. Olhando para Ackers, ela podia ler em sua testa: "mulherzinha difícil..."

— Caso lhe interesse saber — disse ela, relutante —, foi o próprio Brunovsky quem escolheu você.

— Devo ficar lisonjeada, é isso?

Brian não respondeu, então Liz continuou:

— E por acaso também foi ele quem sugeriu que eu me passe por uma "estudante madura" interessada em Pashko?

— Sim, foi.

— Brian — disse ela pacientemente, tentando disfarçar a irritação —, estudei história na universidade, e a história da arte era apenas parte do pacote. Quando Nikita Brunovsky me mostrou a foto do tal quadro que ele pretende comprar no leilão da Northam's, teria sido mais fácil dizer quem inventou a bomba atômica do que adivinhar o nome do pintor.

— Foi o que nós pensamos — disse Brian, fazendo Liz se perguntar quem faria parte daquele "nós". — Decidimos que você fará um breve curso de história da arte para refrescar a memória, além de algumas aulas particulares sobre este tal... Pashko — acrescentou ele, pronunciando cuidadosamente o nome do artista russo. — Você não se passará por uma especialista, quanto a isso não precisa se preocupar. Apenas como uma entusiasta, alguém em busca de um diploma qualquer, que está escrevendo uma monografia sobre ele. Algo que justifique sua presença na casa de Brunovsky.

— E onde vou ter essas aulas particulares? Na Courtauld? — ironizou Liz.

— Não — respondeu Brian. — Em outro lugar, talvez tão bom quanto Courtauld. Você passará uma semana em

Cambridge. Há uma mulher por lá, membro do corpo docente da Newnham, embora eu ache que ela já se aposentou. Essa, sim, é especialista em Pashko. E ainda por cima é russa.

— E de quem foi a ideia? — perguntou Liz. Só podia ser daquele maldito Geoffrey Fane, pensou com seus botões. E olhando para o Tâmisa através da janela, notou que os primeiros pingos de chuva já estriavam as vidraças.

Liz ainda soltava fogo pelas ventas quando deixou a Thames House. Seu mau humor só fazia crescer com a chuva, que agora caía pesada, fustigada pelos ventos fortes que sopravam do oeste. O guarda-chuva que ela ganhara da mãe no último Natal, apesar de compacto o bastante para caber na bolsa quando dobrado, de nada valia naquelas condições. Ao chegar à estação de metrô de Westminster, ela já estava encharcada da cabeça aos pés, e os sapatos de camurça azul-marinho, escolhidos mais para a visita a Brunovsky do que para caminhar na chuva, haviam se transformado em duas esponjas.

A chuva já tinha arrefecido um pouco quando Liz novamente subiu a rua em Kentish Town. Ela cogitou ligar para Dave Armstrong, um amigo dos velhos tempos do contraterrorismo, e convencê-lo a comer uma pizza enquanto eles falavam mal de Brian Ackers. Mas ao lembrar que aquele era um dos fins de semana de Piet em Londres, decidiu dar uma passada na Threshers, uma importadora de vinhos que geralmente ficava aberta até mais tarde nas quintas-feiras, e se presentear com o *sauvignon* neozelandês que eles mantinham na geladeira da loja; depois tomaria um bom banho quente e daria uma geral no apartamento.

Assim que abriu a porta de casa, viu a luzinha vermelha que piscava no telefone e se refletia na vidraça. Mamãe, ela pensou, tomada pela culpa. Fazia dias que planejava ligar para a mãe, mas não o fizera. Desde a morte do pai, Liz sentia-se responsável por ela. Não a ponto de ceder às pressões da mãe e largar aquele "emprego perigoso", ou aquela "imundície" de Kentish Town, e voltar para casa a fim de ajudá-la na administração da estufa e encontrar um "bom rapaz" para se casar, mas o bastante para fazer a longa viagem de carro até Wiltshire todos os meses e manter contato regularmente por telefone.

Susan Carlyle ainda habitava a casa em Nadder Valley, chamada South Lodge, onde Liz havia crescido. À época, a bela construção octogonal servia de guarita para Bowerbridge, uma propriedade comercial dedicada a diversos esportes, da qual o pai de Liz fora gerente. Mas Jack Carlyle havia morrido, assim como o dono do lugar. Os bosques tinham sido vendidos, e os jardins se transformado numa sementeira de horticultura. Com as finanças desestruturadas, Susan começara a trabalhar ali e agora administrava o negócio. No ano anterior, ela e Liz haviam levado um susto quando um caroço detectado por Susan se revelara um tumor maligno. Por sorte, a cirurgia fora bem-sucedida, embora não fosse possível ter certeza de nada, e Susan voltara a trabalhar normalmente na estufa.

Infelizmente a doença de Susan havia coincidido com a investigação do informante no MI5, e Liz ainda se sentia culpada por não ter estado mais presente.

Portanto, depois de largar as roupas molhadas no chão do banheiro, vestir um roupão e se servir de uma taça de vinho, ela discou o número da mãe e se preparou para uma longa conversa.

Susan atendeu logo no segundo toque.

— Oi, minha filha. Que bom que você ligou. Queria lhe pedir um favor.

Que diabos poderia ser?, perguntou-se Liz, notando a estranha agitação na voz da mãe.

— Fui convidada para ir ao teatro no sábado à noite, e fiquei pensando se podia dormir aí.

— Claro que pode, mamãe — respondeu Liz sem hesitar, tentando disfarçar sua surpresa. Susan jamais se interessara em vir para Londres desde a mudança da filha. Pelo contrário. Sempre dera a impressão de que considerava Londres um poço de iniquidades. — Com quem a senhora vai ao teatro?

— Ninguém que você conheça. Um amigo que conheci quando ainda estava doente. Ele tem ingressos para aquela peça com a Judi Dench no Haymarket, no sábado. Portanto, se você não se opuser, tomo o trem pela manhã, depois pego um táxi na estação. Chego aí por volta das 14 horas.

— Tudo bem — disse Liz, mal acreditando no que estava ouvindo. — Posso buscá-la na estação se a senhora quiser.

— Não precisa, meu amor — retrucou Susan. — Tenho seu endereço, o taxista vai saber chegar. Agora preciso ir. Nos vemos no sábado.

Liz sentou-se e bebeu o resto de vinho que ainda havia na taça. Que diabos estava acontecendo? A mãe dela estava namorando. Seria isso? Parecia que sim. Perplexa com a novidade, ficou um tanto magoada. Todos aqueles fins de semana em que ela se obrigara a despencar para Wiltshire quando preferia, de longe, ter ficado em Londres. E agora isso, a mãe feliz da vida com seu novo consorte enquanto ela, Liz, ainda não havia encontrado ninguém.

Como seria o sujeito? Que pelo menos fosse uma pessoa distinta. E se fosse um interesseiro? Não seja ridícula, Liz disse a si mesma. Sua mãe não é nenhuma ricaça. No entanto, apesar do esforço para levar a história na brincadeira, ela se sentiu ligeiramente desconcertada com o insólito desenrolar dos fatos.

Enquanto remoía o assunto, subitamente lembrou-se de Piet, que também estava para chegar no sábado. Ela teria de postergar a vinda dele. Não queria passar a noite com o holandês enquanto a mãe dormia no quarto ao lado. Portanto, ao mesmo tempo confusa e aborrecida com a desastrosa mudança de planos, ela ligou para Piet.

Ao fim da conversa, sentiu-se ainda pior. Depois de ouvir a explicação dela, Piet dissera que estava prestes a ligar para ela. As reuniões que ainda teria em Canary Wharf haviam sido canceladas, e ele não viria mais a Londres com a mesma frequência de antes. De qualquer modo, já fazia um tempo que ele conhecera uma pessoa em Amsterdã, com quem vinha saindo regularmente, e seria melhor que eles parassem de se ver. Fora gentil o bastante para dizer antes de desligar que sentiria saudades e lhe desejava tudo de bom.

Fim de jogo, pensou Liz. Bem, pelo menos desta vez ela não poderia culpar o trabalho pelo fim do relacionamento. Todavia, enquanto tomava seu banho, refletiu que a vida de todo mundo estava caminhando para a frente, exceto a sua. Ainda por cima ela agora estava às voltas com aquele plano ridículo arquitetado por Brian Ackers e Geoffrey Fane, e teria de passar uma semana inteira em Cambridge na companhia de uma bruaca russa qualquer.

CAPÍTULO 17

Ela havia sido treinada para lidar com qualquer tipo de crise, se necessário com violência, tal como acontecera com aquele assaltante no mês anterior. Parte de seu extenso treinamento incluía matar. Eles retiravam detentos da prisão, os que haviam sido condenados à morte, e os entregavam aos *trainees*. No início, intervinham para garantir que eles, os *trainees*, sobrevivessem. Mais tarde, no entanto, vigorava a lei do mais forte. Ninguém intervinha; era uma situação de vida ou morte. Chegada sua vez, dissera a si mesma que, se fosse para alguém morrer, esse alguém não seria ela. Surpreendera-se com a facilidade com que era capaz de matar, cravando a faca ou apertando o garrote, e eles também haviam notado, os instrutores, aqueles homens de olhar duro e nenhuma emoção, cuja tarefa era formar agentes capazes de sobreviver até mesmo nas situações mais extremas. Portanto, ela tinha sido escolhida para missões de provável violência, embora não tivesse esperado precisar usá-la tão cedo na carreira, e muito menos nas ruas de Londres.

Todavia, não era a possibilidade de violência que a preocupava agora, mas algo completamente inesperado: a intromissão da Inteligência Britânica. O que poderia tê-los atraído para Brunovsky, feito moscas na direção da luz? Certamente teria havido algum vazamento. Senão, como explicar o aparecimento deles, do nada? E por que ele os havia encorajado? Quanto eles sabiam da história toda, e qual seria a melhor maneira de lidar com a situação?

No apartamento próximo a Victoria Street, seu mais recente endereço, ela retirou da mochila o laptop e o companheiro dele, o aparelhinho preto, e os pousou sobre a mesa de jantar. Com sorte eles a ajudariam a encontrar todas as respostas que vinha procurando. Meia hora mais tarde, recostou-se na cadeira e suspirou de satisfação. Olhando pela janela, admirando os tons de rosa que o crepúsculo produzia na Catedral de Westminster, ficou imaginando sua mensagem correndo o mundo, apagando pegadas enquanto pulava de servidor para servidor, a caminho de seu destino final: certo gabinete em Moscou. Um gabinete do governo.

CAPÍTULO 18

Michael Fane sabia o quanto era importante deixar claro desde o início quem estava no comando. No treinamento que recebera, aprendera que, se você começa com um punho de ferro, mais tarde pode relaxar um pouco, mas nunca o inverso.

Pois esta seria sua oportunidade para mostrar tudo do que era capaz. Ignorando o friozinho no estômago, ele olhou através da janela para as árvores que encobriam Berkeley Square. O tempo havia mudado: o dia nascera esplêndido, mas agora um manto sépia, impelido pelos ventos do leste, se esparramava sinistramente pelo céu.

Michael sentou-se, mas não se aquietou. O pessoal da agência lhe havia cedido a saleta de entrevistas, no mesmo corredor em que ficava a espaçosa sala do brigadeiro Cartwright. Quando Liz o avisou que passaria uma semana fora e lhe pediu que conduzisse aquela entrevista em seu lugar, ele ficara bastante empolgado. Mais cedo ou mais tarde teria de pegar o boi pelo chifre, dissera a si mesmo, tomando de empréstimo o linguajar dos filmes de faroeste de que tanto gostava. Seu pai sempre torcera o nariz para esse tipo de filme, sugerindo que ele, Geoffrey Fane, conhecia bois bem piores. Provavelmente havia recrutado um sem-número de agentes nos velhos tempos — e em circunstâncias bem mais difíceis. Que mais poderia ter feito durante todos aqueles anos que passara no exterior? Já à época, Michael era esperto o bastante para saber que o pai não era realmente um adido cultural.

Não que eles se vissem com frequência. Vez ou outra saíam juntos: um jogo de críquete no Lord's australiano ou um almoço no Traveller's Club, tal como acontecera no aniversário de 16 anos de Michael, quando, subitamente lembrando que tinha um filho, Geoffrey se vira na obrigação de "marcar presença". Michael não culpara a mãe quando ela enfim jogou a toalha, incapaz de suportar mais as ausências do marido, sempre justificadas pelo trabalho. Ela agora vivia em Paris com o segundo marido, Arnaud, um advogado de fama internacional — o tipo de *haut bourgeois* estável com quem ela deveria ter se casado logo de início.

Michael se candidatara ao MI5 com o intuito de superar o pai no jogo dele, mas com o distanciamento seguro de uma organização rival. Recebera uma carta de Geoffrey convidando-o para almoçar cerca de duas semanas antes de começar a trabalhar. Inicialmente aceitara o convite; depois, no dia marcado, deixara um recado dizendo que estava doente. Desde então eles não haviam trocado uma única palavra, o que para Michael não representava problema algum.

Ele olhou para o dossiê que Peggy Kinsolving o ajudara a organizar. Passara a última hora ensaiando o que iria dizer, conferindo as fotos pela enésima vez e ajeitando as cadeiras. Em vez do sofá e da mesinha ao lado da porta, usados para conversas mais informais, ele optara por sentar-se do outro lado da mesa no canto oposto da saleta. Isso lhe daria um ar de mais autoridade.

Michael detestava parecer tão jovem. Seu pai, mesmo aos 20 anos (segundo atestavam as fotos de família), parecia um homem seguro e impositivo. Ninguém jamais o havia chamado de "imaturo". Michael ainda remoía essa palavra, usada pela ex-namorada Anna para justificar o rompimento deles.

Alguém bateu à porta, e ela se abriu. O brigadeiro irrompeu na saleta, com ar sério, acompanhado de uma funcionária do RH, uma mulher de pernas compridas. Atrás deles via-se um homem com um uniforme azul-marinho de motorista. Jerry Simmons. Ele parecia aflito.

— Aqui está ele — o brigadeiro disse a Michael. — Grite se precisar de ajuda. — Ele e a mulher saíram, batendo a porta com firmeza.

— Sente-se, Sr. Simmons — disse Michael, apontando para a cadeira que havia colocado diante da mesa. — Meu nome é Magnusson — acrescentou mecanicamente, como se tivesse dito aquilo um milhão de vezes antes.

Simmons sentou-se e encurvou o tronco, os braços relaxados entre as pernas semiabertas. Entrelaçou os dedos e olhou para Michael, visivelmente nervoso.

— Posso ver seu passaporte? — disse Michael, seco, estendendo a mão.

Simmons hesitou um instante, mas depois largou o passaporte sobre a mesa. Havia sido instruído a trazê-lo.

— Por que me chamaram aqui? — perguntou.

Ignorando a pergunta, Michael folheou o passaporte. Não havia muitas páginas carimbadas, o que não significava nada.

Marrocos uma vez; Chipre, duas. Destinos tipicamente turísticos.

— O senhor já esteve na Rússia?

— Rússia? — respondeu Simmons, surpreso. — Não. Nunca. Por quê?

Michael deu de ombros e acintosamente examinou o passaporte uma segunda vez. Depois o arremessou sobre a mesa, e o documento por pouco não caiu sobre o colo de Simmons.

— O senhor conhece algum russo?

— Bem... "conhecer" talvez não seja a palavra certa — disse Jerry. — Quando trabalhava no Dorchester, tive contato com vários estrangeiros, muitos dos quais eram russos. E agora trabalho para um russo, como o senhor já deve saber, e ele tem muitos amigos russos também. Mas por que o senhor quer saber?

— Trabalho para o Serviço de Segurança. Tivemos motivos para montar uma operação de vigilância em torno de um funcionário da embaixada russa. Seguimos este homem em diversos encontros que ele teve, alguns públicos, outros clandestinos. Um deles foi com o senhor.

— O senhor deve estar me confundindo com outra pessoa — disse Jerry. Mas seu rosto havia enrubescido, e as mãos agora se apertavam com força.

— Pode ser — retrucou Michael —, mas dizem que as fotos nunca mentem. — Ele abriu seu dossiê, retirou duas das fotos que havia trazido e as pousou sobre a mesa.

Jerry examinou-as com exagerada atenção.

— Quando foram tiradas? — perguntou, como se tivesse nas mãos as fotos de uma viagem de férias há muito esquecida.

— Recentemente — respondeu Michael.

— Converso com muita gente — disse Jerry. — Não tem nada de errado nisso.

— Claro que não. — Michael abriu um discreto sorriso, mas foi firme ao acrescentar: — No entanto, o que devemos deduzir quando flagramos o senhor conversando com um agente da inteligência russa? Velhos amigos rememorando os bons tempos? Creio que não.

— Trabalho para um russo, ora bolas. Conheço uma penca de russos, como acabei de falar.

— Aposto que sim, e vamos conversar sobre cada um deles. Mas é este russo aqui — Michael fincou o dedo numa das fotos — que me interessa agora.

— O brigadeiro sabe por que o senhor me chamou até aqui? — perguntou Simmons, já aventando o que estava por vir. Parecia estar se debatendo, como alguém que foi empurrado de um barco e tenta avaliar qual a profundidade da água e quais são as chances que tem de nadar até a costa.

Michael fitou-o com um olhar penetrante.

— O que você acha?

Simmons bufou um grunhido de desespero e pôs a cabeça entre mãos.

— No entanto — prosseguiu Michael —, é possível que Cartwright lhe dê mais uma chance. Se pedirmos a ele.

Resignação, mais do que esperança, foi o que se viu nos olhos de Simmons quando ele levantou o rosto.

— Se... — falou ele.

— Como? — disse Michael.

— Eu disse "se". Sempre tem uma "condição". O senhor vai pedir ao brigadeiro que não me mande embora se eu fizer o que o senhor pedir, não é?

— Naturalmente.

— E quando vocês não precisarem mais de mim, o que vai acontecer? Continuo com meu emprego?

— Isto é entre o senhor e o brigadeiro. Mas agora... que tal o senhor me dizer como foi que conheceu Rykov?

— Quem é Rykov? — devolveu Simmons.

Percebendo que o espanto dele era genuíno, Michael censurou-se por ter deixado escapar o nome do russo. Tarde demais. Ele apontou para o homem da foto.

— Ah, o Vladimir — disse Simmons, lentamente balançando a cabeça.

— Então. Quando foi que ele o procurou pela primeira vez?

Vinte minutos depois, Michael conhecia toda a história: a aproximação de Rykov, os encontros com o predecessor dele, Andrei, ainda nos tempos do hotel, o que ambos queriam saber, o dinheiro que haviam pago. Inicialmente Simmons negou ter recebido qualquer dinheiro, mas depois se dera conta de que isso podia acabar piorando as coisas para seu lado.

Ao longo da conversa, Michael fizera inúmeras anotações. Não queria que Jerry suspeitasse de que havia um gravador escondido numa das gavetas da mesa. De qualquer modo, era bem possível que o microfone não capturasse a voz baixa do motorista.

Terminado seu relato, Simmons parecia cansado.

— Ótimo — disse Michael. — Este tal Andrei... era seu único contato além de Vladimir?

Simmons rapidamente fez que sim com a cabeça, porém Michael logo se lembrou da máxima de Ackers sobre os espiões: a verdade era uma noção abstrata que idealmente não deveria ser colocada em prática.

— Pense melhor — ordenou ele. — Quem sabe o senhor não se lembra de mais alguém?

Simmons encarou-o de volta, mas agora com frieza, o olhar apagado de antes substituído por uma expressão glacial. Por um instante, Michael se sentiu incomodado. Havia algo de desconcertante naquele homem, ele pensou, como se a pressão estivesse aumentando sob aquela casca de mansidão, prestes a explodir. Mas Michael sabia que não devia recuar.

— Diga-me, por que o senhor acha que Vladimir está tão interessado em Brunovsky?

Simmons arregalou os olhos ligeiramente.

— Como assim?

— Vladimir colocou mais alguém na cola do russo?

— Não que eu saiba — disse Simmons, seco.

— Tudo bem — disse Michael. — Da próxima vez vou lhe mostrar mais algumas fotos para ver se o senhor reconhece mais alguém.

— Da próxima vez? — um tom fatalista havia retornado à voz de Simmons.

— Vamos nos encontrar novamente daqui a dez dias.

— Onde?

— Aqui mesmo — Michael não havia perguntado, mas estava certo de que o brigadeiro não se oporia. — Nesse meio-tempo, caso o senhor se lembre de mais alguma coisa, poderá me chamar neste número — ele anotou o número e o entregou.

— Já tenho o seu.

Simmons guardou o papel no bolso sem olhar para ele.

— É só isso? — disse, em tom sério.

— Por ora — respondeu Michael Fane.

Simmons se levantou bruscamente e saiu sem dizer palavra. Tão logo se viu sozinho, Michael sentiu um misto de alívio e exultação. Dali a pouco teria de ir ao encontro do brigadeiro, mas sentou-se por um instante, saboreando o gostinho do dever cumprido. Agora entendia por que Liz Carlyle, Peggy Kinsolving e, sim, até mesmo seu pai tinham tanto apreço por aquele tipo de trabalho.

Pensou novamente em Simmons. O homem está exatamente onde quero que esteja, refletiu. Não vai ser besta de tentar mentir para mim.

* * *

Jerry Simmons saiu do prédio com a cabeça fervilhando. Diabos, eles o haviam descoberto. Aquele merda do Vladimir... Por que marcar um encontro em Hampstead Heath? Piccadilly Circus, mesmo com aquela multidão, talvez tivesse sido melhor.

E como se isso não bastasse, ele, Jerry, agora estava sendo manipulado por um fedelho babaca. Se o nome do cara é Magnusson, remoeu Jerry, então o meu é Marco Polo. Agora ele estava com as mãos e os pés atados. "Magnusson" não lhe deixara nenhuma saída, assim como Rykov. Por outro lado, lembrando-se da arma que vira no cofre do russo, ele também não via motivo nenhum para contar toda a verdade.

CAPÍTULO 19

— Agora é sua vez — disse Sonia Warschawsky, animada.

Liz deu um passo adiante e examinou o quadro. Dias antes teria dito que se tratava do retrato de um cavalo e ponto final. Mas agora estava escolada.

— Vejamos. É uma pintura moderna, mas o manejo brilhante das cores confere à composição uma sensualidade bastante antiquada. São muitas as referências aos artistas do passado: o *chiaroscuro* do campo, por exemplo, vem direto de Vermeer. — Ela recuou um pouco, apertando as pálpebras numa expressão contemplativa. — E a precisão anatômica do cavalo é puro Stubbs.

— Excelente! — exclamou Sonia. — Mais uma semana e faço de você uma crítica profissional! — A velhinha deixou escapar uma sonora risada, pouco condizente com sua idade e elegância. Sonia era alta e esguia, incrivelmente ereta para uma mulher na casa dos 80 anos, com cabelos grisalhos presos à nuca com um camafeu, espantados olhos azuis, um nariz tão afilado quanto a proa de um navio, e a bênção de uma excelente "estrutura óssea" — no caso dela, maçãs salientes e um queixo pequeno, porém sólido. Usava um tailleur de tweed verde, seguramente comprado antes de Liz ter nascido, mas numa autêntica *maison* francesa, portanto ainda elegante apesar dos 40 anos passados desde sua confecção.

Nascida nos anos 1920 numa abastada família franco-russa, Sonia Warschawsky havia transitado com facilidade por toda a Europa, visitando parentes em belas mansões e charmosas casas de campo, conhecendo artistas e músicos, falando inglês, francês e russo com igual fluência — um fruto da aristocracia europeia do entreguerras. Estava na casa da avó no sul da França quando a Segunda Guerra eclodiu e os privilégios se acabaram repentinamente. No pânico de junho de 1940, fugira para a Inglaterra com alguns familiares mais jovens, a bordo de um navio mercante holandês, decerto o último a cruzar o canal. Terminada a guerra, sua extraordinária inteligência, vasta cultura e influência familiar conquistaram-lhe uma vaga no Girton College de Cambridge, e em Cambridge ela havia ficado, por fim assumindo uma cátedra na faculdade de Newnham, onde até hoje, vez ou outra, ela lecionava, sempre cheia de opiniões a dar, expressando-as com invariável entusiasmo e ocasional sarcasmo.

— Por hoje chega — declarou Sonia. — Que tal um chá?

Elas saíram da galeria do Fitzwilliam e foram para o café do museu, num pátio coberto. Aquele era o primeiro passeio que Liz fazia com a professora desde sua chegada a Cambridge três dias antes. Era como se estivesse na autoescola e pegasse o volante do carro, ao lado da instrutora, pela primeira vez.

Na quinta-feira anterior, bem cedo pela manhã, o carteiro havia tocado a campainha do apartamento dela em Kentish Town, e, ainda bocejando, Liz abrira a porta para receber o pesado pacote que o homem trazia: três livros ilustrados de história da arte, os quais ela passara o fim de semana inteiro folheando calmamente e com muita atenção. Na segunda-feira, ao se registrar no Royal Cambridge Hotel, Liz já era capaz de dizer não só o ano de nascimento de Gainsborough como também o tema de seis ou sete dos quadros dele.

Sonia morava sozinha numa pequena casa vitoriana de tijolos claros, a uns dez minutos de caminhada dos prédios da universidade. Na fachada, uma grande *bay window*, uma dessas janelas que se projetam para fora da casa, e ao lado da porta, uma treliça branca sobre a qual uma roseira já dava os primeiros passos de sua escalada primaveril.

Desde o início, Sonia dera a entender que sabia muito bem qual era o ramo de Liz, ainda que tivesse aceitado o codinome "Jane Falconer" sem fazer perguntas.

— A orientação que recebi — disse ela no primeiro encontro delas — foi para lhe dar um curso-relâmpago sobre a história da arte, com ênfase nos russos modernos e sobretudo em Pashko. É isso mesmo?

— Sim — respondeu Liz.

— E se entendi direito — prosseguiu a velhinha com um sorriso maroto entre os lábios —, o importante não é exatamente que você se torne uma especialista no assunto, mas que possa dar a *impressão* de que é.

Liz sorriu e disse:

— Um "resumo da ópera".

Ambas riram, e o gelo foi quebrado.

Logo elas estabeleceram uma rotina de trabalho. Sonia sentava-se na cadeira de balanço, e Liz, num velho sofá Knole, cercada de livros e anotações. Sobre as paredes viam-se inúmeros desenhos e pinturas, sobretudo de paisagens inglesas, mas alguns de temática russa — um pequeno retrato do czar Nicolau, uma água-tinta do Hermitage. Da mesma forma, os diversos objetos que decoravam as mesinhas laterais e o consolo da lareira eram na maioria ingleses, mas também havia uma caixinha laqueada preta com uma cena pintada à mão em dourado, da qual Liz havia gostado muito, e alguns ícones em miniatura.

Elas vinham trabalhando em ordem cronológica, tentando cobrir um século por dia. Sonia falava enquanto Liz fazia uma quantidade absurda de anotações. A velhinha era uma professora talentosa e espontânea, dada a aforismos que poderiam ser úteis a Liz:

"A escola de Norwich é Constable que se muda para Norfolk e passa mal durante a viagem"; "Pissarro não passa de um Cézanne subtraído da genialidade"; "Turner é o primeiro impressionista. Prefigura Monet em dois aspectos importantes: a luz... e a luz!"

A cada duas horas, mais ou menos, elas faziam um intervalo e iam para a pequena cozinha nos fundos da casa, onde, acomodadas na mesinha de pinho, tomavam o chá preparado por Sonia e conversavam sobre qualquer coisa que não fosse arte.

Sonia falava com franqueza e fascínio sobre a Europa do entreguerras, mas, sobre a própria vida depois de chegar à Inglaterra em 1940, era bem mais reticente. Contou que vivera a guerra nas proximidades de Londres e, muito discretamente, deu a entender que tivera alguma participação nas operações de inteligência: mencionou Bletchley como se conhecesse bem o lugar. Não se estendeu muito nisso. Liz sabia que ela tivera um marido (Warschawsky era o nome de casada), mas não sabia o que havia acontecido a ele, e não tinha a menor intenção de perguntar, sobretudo porque também não queria falar muito de sua vida pessoal.

Era o feriado da Páscoa, portanto o café do museu fervilhava de adultos e crianças. Quando enfim elas encontraram uma mesa livre, Liz foi buscar chá com bolinhos.

— Este anel é lindo — disse ela ao voltar com a bandeja, apontando para a grande esmeralda oval, cercada de pétalas de diamante e engastada em prata sobre ouro, do anel de Sonia.

— Quando minha mãe fugiu da Rússia, em 1921, ela saiu com as roupas do corpo e este anel. Era tão pobre que ia vendê-lo para pagar o aluguel, mas felizmente conheceu meu pai a tempo. — Ela deu um risinho. — Ele era francês. Eu falava russo e francês muito antes de aprender inglês. — Subitamente depôs a xícara e disse: — Bem, vamos deixar o passado de lado. Eu estava pensando... Você gostaria de jantar lá em casa amanhã? Vou receber uns amigos. Todos russos. Bem, anglo-russos, como eu.

— Será um prazer — disse Liz.

— Ótimo. Agora podemos dar uma olhada nos Monets, o que você acha? Não se preocupe. São apenas quatro.

Chegando ao hotel em que se hospedara, na Trumpington Street, Liz foi à recepção e pediu a chave do quarto. Do outro lado do balcão, o gerente, um homem diminuto de gravata-borboleta vermelha, sorriu e disse:

— Sua amiga a encontrou?

— Minha amiga? Que amiga?

— Uma mulher passou aqui mais cedo, perguntando pela senhora.

Liz não havia contado a ninguém que estava em Cambridge — nem mesmo à mãe, que poderia encontrá-la pelo celular se quisesse ou precisasse. Na Thames House, Brian Ackers sabia, além de Peggy Kinsolving e Michael Fane; talvez o diretor-geral do MI6, Geoffrey Fane, soubesse também. E só. Peggy era a única mulher entre eles, e jamais viria ao hotel.

— Espere um minuto — disse o homem ao perceber o ar perplexo de Liz. Saiu para a saleta dos fundos e dali a pouco voltou acompanhado de uma moça gorducha, de cabelos pintados de hena e piercing de prata no nariz batatudo. — Foi Camilla quem falou com sua amiga.

— É, falei — disse a moça. — Mais ou menos uma hora atrás. Informei o número do quarto e ela subiu pra ver se a senhora estava lá, mas a senhora já tinha saído.

— Você não deu a chave a ela, deu?

— Não, claro que não. Só entregamos chaves para os hóspedes registrados — protestou Camilla. O gerente balançou a cabeça em sinal de concordância.

— Ela deixou algum recado?

— Não — respondeu Camilla, e olhou de relance para o chefe. — Perguntei se ela gostaria de deixar, mas disse que não era preciso. Só queria saber se a senhora estava no hotel.

— Essa mulher — disse Liz, bruscamente —, como ela era?

Camilla aparentemente estranhou a pergunta.

— Normal — disse apenas.

— Mais velha, mais nova? Alta, baixa?

— Tipo assim... normal. Meio lá, meio cá.

— O que ela disse exatamente? Você consegue se lembrar?

— Disse: "Estou procurando pela Sra. Falk." Só isso.

— Falk? Mas meu sobrenome é Falconer.

A moça balançou a cabeça.

— Mas ela disse "Falk". Tenho certeza — acrescentou Camilla, impaciente. — Por causa daquele ator... o cara do *Columbo*, lembra?

Liz olhou para o gerente, que deu de ombros, sem saber o que fazer diante da incoerência de sua funcionária.

— Tem alguma Sra. Falk hospedada aqui? — perguntou.

O gerente consultou os dados pelo computador sobre o balcão.

— Não, não tem. E a senhora é a única hóspede desacompanhada.

— Bem, deixa pra lá — disse Liz. Pela cara emburrada de Camilla, sabia que não obteria mais nenhuma informação. — Não tem importância.

Pegou a chave e subiu para o quarto. A fronteira entre a precaução e a paranoia era muito tênue, sobretudo no tipo de emprego de Liz, e para não perder o juízo era importante manter-se no lado certo dela. Embora a lerda Camilla tivesse jurado de pés juntos que não entregara a chave, Liz abriu a porta com cautela e esquadrinhou o quarto antes de entrar. Tudo parecia em seu devido lugar; portanto, deixando de lado o receio, ela foi para o banheiro a fim de se preparar para o jantar na casa de Sonia. E quase imediatamente percebeu que a nécessaire, antes na cômoda do quarto, agora se encontrava na bancada da pia. O conteúdo havia sido retirado e organizado em duas meticulosas fileiras. Exceto um item: um frasco de antisséptico bucal havia sido derramado na banheira, formando uma desconcertante mancha vermelha.

CAPÍTULO 20

Assim como os convidados, o cardápio de Sonia era uma combinação anglo-russa. Eles começaram com um *borscht* frio que Sonia insistia em chamar de sopa de beterraba.

— Delicioso — disse Misha Vadovsky, um sujeito esguio que andava com o auxílio de uma bengala. Quando falava, numa melodia açucarada que fazia Liz se lembrar da BBC dos velhos tempos, seu pomo de adão inflava e recuava à maneira de um fole.

Sua mulher, Ludmilla, era uma figura minúscula que usava botas ortopédicas. Estudara com Sonia no bacharelado de Girton "milênios atrás", observara o marido com ironia.

Os Turgenev-Till eram o outro casal, uma aliança anglo-russa de sobrenomes que Sonia achava divertida. "Oscar lecionou em Courtauld por muitos anos", ela havia contado a Liz naquela mesma tarde, com um brilho malicioso no olhar. "Descende do grande escritor russo, o que a mulher certamente lhe contará antes de tirar o casaco. Embora há quem seja indelicado o bastante para dizer que Oscar é um parente *muito* distante."

À hora do jantar, eles se acomodaram em torno da mesa redonda na pequena sala de jantar. Assim que o sol de primavera se pôs, Sonia acendeu duas velas compridas, dessas de igreja, sobre castiçais de madeira. Ao lado de Liz havia uma cadeira vaga, e a anfitriã logo tratou de explicar:

— Dimitri telefonou mais cedo. Perdeu o trem e vai se atrasar um pouco.

Liz calculou que o somatório da idade dos comensais chegava a quatro séculos. Apesar disso, a conversa revelou-se bastante animada: quando não rememoravam o passado, eles versavam e brincavam sobre temas que iam de Stravinsky ao rap, sobre escritores russos dos quais Liz nunca tinha ouvido falar, bem como sobre os méritos comparativos do Sancerre (que Sonia serviu durante o prato principal) e do Saumur. Eram pessoas extremamente eruditas, constatou Liz, porém sem nenhuma afetação. A nobreza intelectual de uma Inglaterra que já não existia mais.

Mas, Liz podia perceber, havia algo de diferente neles. Algo que os diferenciava, por exemplo, dos melômanos que frequentavam a casa da mãe dela em Wiltshire. Refletindo um pouco, Liz identificou o que era: um "russismo" que eles faziam questão de alimentar. Como se tivessem ficado de fora do vasto caldeirão étnico que a Grã-Bretanha até então havia oferecido aos descendentes de imigrantes.

Misha Vadovsky mencionou uma missa à qual ele e Ludmilla haviam assistido numa igreja ortodoxa russa em Londres.

— Aquele lugar está com os dias contados. Falta pouco para que vire outra coisa qualquer, podem acreditar. Uma pena. Meus parentes frequentam essa igreja há mais de sessenta anos...

Oscar arriscou uma brincadeira:

— Você está dizendo que terá de levar seu negócio para outro lugar, é isso?

— Pois é justamente este o problema: os negócios — retrucou Misha, sério. — Para esse pessoal, como o Pertsev, as igrejas não passam de investimentos imobiliários. A maior oferta acaba levando a escritura.

— Ora Misha, você leva as coisas muito a sério — interveio Ludmilla. E virando-se para Liz, explicou: — Os oligarcas. Misha fica furioso quando eles compram alguma coisa. Acho até engraçado. Essa gente tem tanto dinheiro que nem sabe direito o que fazer com ele. Tenho certeza de que a próxima geração irá fazer coisas bem melhores, criar fundações, ou algo nesse sentido. Mas isso é para o futuro. — Ela riu. — Por enquanto é só gastar, gastar e gastar.

— É de dar nojo — disse Misha.

— Shhh — censurou Ludmilla. — Deixa de ser rabugento. Afinal, os jornais precisam de assunto. Toda semana tem um artigo qualquer sobre as extravagâncias dos oligarcas russos. Ou das esposas deles. Celulares cravejados de diamantes. Torneiras de ouro no banheiro.

— Outro dia estive com Victor Adler em Londres — interveio Oscar. — Ele me contou uma história sensacional.

— Este aí é tão desprezível quanto os Pertsev da vida — sentenciou Misha, mandando a diplomacia às favas. — Pelas costas, fica fazendo troça dos oligarcas. Mas na presença deles, parece um cortesão de Versailles, puxando o nobre saco do rei.

— Deixe que Oscar conte sua história — ordenou Ludmilla.

— O Victor tem aquele jeito dele — disse Oscar, aparentemente concordando com Misha. — Mas a tal história não deixa de ser engraçada. Ao que parece, um desses oligarcas queria comprar uma casa em Eaton Square. Contratou alguns corretores, mas a certa altura se esqueceu deles. Russo que é, avançou o sinal e procurou o proprietário diretamente. "Quanto você está pedindo pela casa?", perguntou. "Sete milhões", respondeu o homem. "Pois então ofereço dez." Negócio fechado, claro. Três dias depois, um dos corretores telefona pra dizer que eles haviam perdido a casa. "Que casa?" "A tal em Eaton Square", disse o corretor. "Oferecemos 7 milhões, como o senhor instruiu, mas um maluco qualquer entrou na disputa e ofereceu dez."

Enquanto eles riam, decerto alguém bateu à porta, pois Sonia se levantou de repente.

— Deve ser o Dimitri — disse.

Liz deduziu que o retardatário deveria ser mais um ancião anglo-russo, portanto se surpreendeu quando dali a pouco Sonia voltou à sala acompanhada de um homem na casa dos 40 anos. Era alto, de feições bonitas e tinha uma basta cabeleira que ele impacientemente varria com os dedos. Usava um suéter cinza de gola polo, calças escuras e um par de botas pontudas.

— Sente-se aqui, ao lado de Jane — disse Sonia. — E deixe que eu lhe sirva.

Liz logo se viu numa animada conversa com o recém-chegado. Ele tinha um aspecto exoticamente russo: maçãs eslavas, olhos negros e cílios tão compridos que seriam femininos no rosto de alguém menos viril. Falava inglês fluentemente, com um sotaque forte, gutural, e tinha o dom, raramente encontrado nos ingleses, segundo a experiência de Liz, de fazer parecer que tudo que ela falava era digno de ser ouvido. Conversava sem nenhuma inibição, mas com uma franqueza revigorante, e quando cumprimentou Liz pelo vestido, o comentário pareceu genuíno, bem diferente dos galanteios de praxe.

— Você é realmente bem inglesa — disse ele a certa altura, admirado, e Liz percebeu que tinha as bochechas quentes, feito uma criança que enrubesce diante de um súbito elogio.

— Diferente de nós? — brincou Ludmilla, apontando para os demais à mesa.

— Claro que sim! — respondeu Dimitri. — Vocês são russos. Talvez daqui a um século seus tataranetos vão *achar* que são ingleses. Mas nós sabemos como a coisa funciona: o espírito russo é *imortal*! — e bateu no peito como se fosse o Tarzan.

Dali a pouco Liz soube que Dimitri, longe de ser um trapezista do Circo de Moscou, era um dos curadores do Hermitage, especializado em Fabergé e em expressionismo russo.

— Alhos e bugalhos — disse ele, referindo-se às duas especialidades com uma das muitas expressões que ouvia ao acaso e repetia em contextos inesperados. Estava em Cambridge como professor convidado do King's College, e contou a Liz que tinha ido ao British Museum naquela manhã para fazer uma palestra sobre a exposição de arte russa que estava para ser inaugurada.

Quis saber qual era a relação dela com Sonia, e Liz explicou que tinha um interesse especial em Paksho. Os olhos do russo cintilaram.

— O mestre — disse ele apenas, mas para alívio de Liz, antes que o assunto pudesse se estender, Sonia começou a falar sobre a influência do fauvismo sobre os cubistas, ou teria sido o contrário?

Depois de um tempo Misha Vadovsky começou a bocejar, e sua mulher, a se remexer na cadeira. Foi então que o jantar chegou ao fim. Quando Sonia voltou à sala com o casaco de Liz, Dimitri ressurgiu também, vestindo uma jaqueta de couro.

— Posso acompanhá-la? — perguntou.

Por insistência do russo, eles evitaram o centro de Cambridge e vagaram pelas ruas laterais. O frio voltara a marcar presença depois de um dia quente e de céu aberto. Embrulhada na capa de chuva, Liz se perguntou quando eles retomariam a direção da cidade, onde ficava seu hotel. A certa altura, Dimitri tomou-a pelo braço e conduziu-a através de uma pequena ponte sobre o Cam. No escuro ela podia ouvir o discreto farfalhar das águas e vislumbrar à sua frente o elaborado portão de ferro que dava para uma avenida arborizada.

O portão estava trancado quando Dimitri tentou abri-lo. E agora?, pensou Liz, já um tanto incomodada com o frio e com a volta que o russo tinha dado.

— Uma das benesses de professor convidado — disse ele, e tirou do bolso uma chave.

Minutos depois eles alcançaram o gramado dos fundos da universidade, de onde avistaram a silhueta da capela, a luz cintilando nos vitrais. Liz, que conhecia o prédio apenas por fotografias, encantou-se com o que viu. E quando Dimitri se aproximou, ela pensou: por favor, não estrague esse momento.

Preocupou-se à toa.

— Lindo, não é? — Foi só o que ele disse. Depois conduziu-a através do gramado até a avenida King's Parade, que àquela hora se encontrava praticamente deserta. Eles seguiram caminhando no silêncio fantasmagórico, quebrado apenas pelo staccato dos sapatos sobre o calçamento.

Chegando ao hotel de Liz, Dimitri parou na calçada e disse:

— Foi um prazer conhecê-la.

— Igualmente — devolveu Liz.

— Volta logo para Londres?

— Depois de amanhã.

— Com certeza vai estar muito ocupada até lá.

— Bem, tenho minhas aulas com Sonia.

— Gostaria de revê-la em Londres, talvez pudéssemos jantar juntos.

Comovida pela aparente timidez do russo, Liz concordou.

Dimitri sorriu. Os cabelos caíram sobre a testa, e ele os varreu para trás num gesto brusco.

— Então... *au revoir* — disse.

No último dia de aula, Sonia falou apenas sobre arte russa, e no período da tarde concentrou-se em Pashko.

— Durante toda a sua vida, ele caminhou rumo à abstração. De início no estrangeiro, quando viveu na Irlanda e em Paris, depois na Rússia, para onde voltou depois da Revolução. Nos quadros dele, sempre percebo algo profundamente russo, mesmo naqueles que foram produzidos quando ele estava fora do país. Você deve ter notado isso ontem — observou com ironia —, como a Rússia sobrevive nas pessoas que saem de lá.

Antes de ir embora, Liz tentou agradecer a Sonia pela ajuda, mas a velhinha balançou a cabeça e disse:

— O prazer foi todo meu. Você tem um olho bom, é articulada para se expressar. Quanto a isso não me preocupo — ela hesitou um instante, depois prosseguiu: — Não sei ao certo quais são seus objetivos, e é assim que deve ser, mas acho que tenho algo importante a acrescentar. As pessoas geralmente se encantam com os russos. E com toda razão. Eles são românticos, intensos, têm uma alma extraordinária. A maioria tem um charme irresistível. Como o jovem Dimitri — ela abriu um sorriso malicioso, depois ficou séria novamente. — Mas no fundo são pessoas *duras*. Não se esqueça disso.

CAPÍTULO 21

Enquanto o Bentley avançava pela New Bond Street em meio à chuvinha fina daquele fim de tarde, Liz, sentada à frente, olhou de relance para Jerry Simmons. O banco de couro claro encontrava-se bem recuado a fim de dar espaço às pernas compridas e ao tronco forte do motorista. Simmons costurava o trânsito com calma e segurança; apesar da expressão tranquila, os olhos estavam alertas, e Liz notou que o espelho retrovisor havia sido posicionado de modo a refletir os passageiros no banco de trás. Michael Fane havia informado que Simmons concordara em cooperar, e Liz contava com isso. A ajuda dele seria de fundamental importância, sobretudo na eventualidade de uma briga.

Confortavelmente aninhada ao lado de Brunovsky, Monica Hetherington, namorada do magnata russo, conferia a maquiagem no espelhinho à sua frente. Era uma bela mulher, de pele alva e impecável, que poderia passar por russa ou polonesa em razão de suas feições e dos cabelos claros. Apesar do sobrenome tipicamente inglês, falava com um discreto sotaque que sugeria anos passados fora — talvez na África do Sul ou na Austrália. Ao ser apresentada a Liz, mostrara-se afável e educada, mas sem dar nenhum sinal de que se interessava por qualquer pessoa além de si mesma.

Ao lado dela, Brunovsky parecia inquieto. Remexia-se no banco e olhava impaciente para a rua a fim de acompanhar o avanço do carro. Ainda na mansão de Belgravia, cumprimentara Liz como se ela fosse uma velha amiga, alheio ao fato de que o interesse dela por Pashko não passava de um disfarce que ele próprio havia inventado. "Amanhã aquele espaço na parede estará preenchido", dissera então, com o entusiasmo de um garoto na véspera do Natal. E agora que eles se aproximavam do local do leilão, sua empolgação era ainda maior.

Diante dele, acomodada numa espécie de banco adicional, sua secretária particular, Tamara, disse algo em russo. Brunovsky conferiu as horas no relógio e deu de ombros. Ao contrário do patrão, ela não havia demonstrado qualquer emoção ao rever Liz: fora até um pouco rude. No carro, ao ver a moça tirar do rosto uma mecha dos cabelos amarelados, Liz reparou que eles eram tingidos, tal como denunciavam as sobrancelhas escuras. Apesar disso, e do rosto muito branco, com pouquíssima maquiagem, era uma mulher bonita. Usava o mesmo terninho marrom que vestira pela manhã, e a única joia era um pesado anel de ouro no dedo médio.

— Pare aqui, Jerry — disse Brunovsky, inclinando-se para falar com o motorista.

Com total desenvoltura, Simmons encostou o Bentley, desceu à calçada e abriu a porta para o patrão.

O salão em que seria realizado o leilão já estava repleto de compradores, agentes e curiosos. A maioria dos assentos já se encontrava ocupada, e algumas pessoas conversavam nos corredores laterais. Uma equipe de TV instalara uma câmera próximo à bancada do leiloeiro, uma complicação que Liz não havia antevisto: a última coisa que ela queria era aparecer inadvertidamente num noticiário qualquer. Mas respirou aliviada ao constatar que a câmera estava direcionada para a bancada, em cima de uma pequena plataforma, e não virada para a plateia.

Ao ver Brunovsky, um atendente se aproximou para conduzir o grupo dele a uma das fileiras da frente, onde os assentos já haviam sido reservados. Liz percebeu que Tamara desaparecera. Viu-se sentada entre Monica e um desconhecido de óculos com aros de tartaruga, que logo tratou de se apresentar:

— Harry Forbes — disse o homem, e estendeu a mão. — Como vai, Nikita? — falou em seguida para Brunovsky, sentado à esquerda de Monica. Voltando-se para Liz, acrescentou em voz baixa: — Sou o banqueiro de Nikita. Quer dizer, um deles.

Forbes vestia o indefectível terno risca de giz dos banqueiros, e Liz pôde notar uma ponta dos suspensórios vermelhos que se escondiam sob o paletó. Com a descontração e o sotaque de um americano da Costa Leste, ele explicou que não estava ali a trabalho, mas que era, ele próprio, um aficionado das artes. Ao saber que Liz era uma recente conhecida de Brunovsky, pouco afeita aos leilões, começou a apontar para alguns dos presentes no salão, quase todos russos: certo amigo de Abramovich e Rostrokov, dissidente político, dono de uma fortuna avaliada em 2 bilhões de libras esterlinas.

— Está vendo aquele ali? — disse, apontando para um sujeito alto e magro, de cabeça raspada e barba por fazer, sentado a algumas cadeiras de distância na mesma fileira em que eles se encontravam. A testa sulcada do homem traía certa tensão. — É Morozov. Adora competir com Nikita. A noite promete.

Liz fez que sim com a cabeça. Já ouvira falar de Morozov, mas não esperava encontrá-lo num evento tão ostensivo. Sabia que ele era um pacato pai de família; recentemente os jornais haviam noticiado algo sobre o filho dele, mas ela não lembrava exatamente o quê. Correndo os olhos pelo salão hiperiluminado, Liz pôde notar a ansiedade estampada no rosto dos compradores. O motivo de tanta tensão não era exatamente a importância do quadro que estava para ser vendido, mas sobretudo o fato de que ele passara sessenta anos sem ser exposto. O *Campo azul* fora pintado antes da revolução bolchevique, quando Pashko voluntariamente se exilara em Dublin para viver com a artista irlandesa Mona O'Dwyer. Ele havia voltado para a Rússia após a Revolução, mas deixara para trás, com a amante, muitas de suas obras. E com a morte dela em 1981, essas telas haviam passado às mãos da Irish National Gallery.

Exceto uma. *Campo azul* era uma das metades de um díptico pintado por Pashko em 1903. A outra, *Montanha azul*, fora destruída pela água de um cano estourado no apartamento de Pashko em Dublin. Ninguém ouvira falar de *Campo azul* por sessenta anos, até que uma moça entrou numa galeria dublinense dizendo que herdara da tia-avó um quadro e queria saber se aquilo tinha algum valor.

Agora, na plataforma do salão, um senhor grisalho, alto e elegante postou-se do outro lado da bancada e deu início às vendas. A plateia emudeceu.

O quadro de Pashko seria o último a ser leiloado, e Liz esperou pacientemente por quase uma hora enquanto eram arrematados cerca de setenta lotes, a maioria de antigas pinturas russas de tema religioso. Os lances foram subindo aos poucos, de alguns milhares de libras até cifras de seis dígitos, para um retrato de Pedro, o Grande.

— Senhoras e senhores, enfim chegamos aos lotes finais desta noite, pinturas russas do século XX. Por favor, o lote 71.

O atendente ergueu uma tela grande que Liz identificou como uma obra construtivista, um agrupamento aparentemente aleatório de círculos e quadrados atribuído a Vladimir Tatlin. Depois de um início morno, os lances subitamente começaram a pipocar por todo o salão, e a obra foi vendida por 320 mil libras.

As coisas começavam a esquentar. Em uma fração de segundo, as discretas convenções de um leilão inglês (catálogos erguidos, cabeças fazendo que sim, outras fazendo que não) deram lugar a vozes ruidosas e impetuosos braços estendidos. Uma senhora russa, de casaco de pele, tentou fazer um lance depois de batido o martelo, e protestou com veemência ao ser informada pelo leiloeiro de que a oferta viera tarde demais.

— Você devia ver os leilões de Moscou — comentou Harry, rindo. — Parece que a gente está numa feira de rua.

Dali a pouco, sem nenhum alarde, a *Campo azul* foi erguido pelo atendente.

— Lote 77 — disse o leiloeiro. — Um Pashko da fase inicial, datado de 1903. O lance mínimo é de 4 milhões. Alguém dá 4 milhões?

De início não houve nenhuma reação da plateia, pois todos ainda admiravam o quadro, uma tela de tamanho médio com um belo fundo de espirais em preto e azul. Curiosamente para uma pintura abstrata, as pinceladas escuras de fato lembravam, aos olhos de Liz, um campo; o traço vertical amarelo talvez pudesse ser interpretado como uma árvore distante. Bobagem, pensou Liz. Se o quadro se chamasse *Mar azul*, ela veria o mar.

O silêncio reverencial foi quebrado apenas quando alguém balançou a cabeça quase imperceptivelmente e o leiloeiro anunciou:

— Quatro milhões. Quatro milhões e cem mil. — A segunda oferta veio de alguém no fundo do salão. Brunovsky nem sequer havia piscado.

Na verdade, fez seu primeiro lance apenas quando o preço já havia atingido os 6 milhões: Liz estava olhando quando ele esticou o queixo num movimento rápido e brusco. Quase imediatamente, o preço subiu para 6,5 milhões.

A essa altura os primeiros licitantes já estavam mudos, canarinhos que bateram asas com a chegada dos gaviões. Morozov, a algumas cadeiras de distância, também fez sua oferta, abanando a mão no ar. Brunovsky meneou a cabeça em seguida, e Morozov abanou a mão novamente. Em apenas alguns segundos o preço havia alcançado a casa dos 8 milhões.

O leiloeiro olhou na direção do corredor, onde um atendente, recostado à parede com um telefone pregado ao ouvido, ergueu o braço. Prendendo o aparelho entre o ombro e o queixo, usou as mãos para mostrar nove dedos. Nove milhões, concluiu Liz, virando-se para Brunovsky a fim de ver como ele reagiria àquele salto quantitativo nas ofertas. Quase imperceptivelmente, ele ergueu o catálogo.

Morozov abanou a mão com vigor e subitamente o preço chegou aos 10 milhões. A atmosfera no salão agora estava elétrica. Quando o licitante que dava lances por telefone ofereceu outro milhão de libras, Brunovsky ficou visivelmente irritado. Hesitou um instante, como se já cogitasse desistir. O leiloeiro olhou em sua direção, mas Brunovsky, impassível, não olhou de volta. Liz viu que Morozov se inclinava para a frente na cadeira, olhando ansiosamente para Brunovsky, a careca suarenta brilhando contra a luz. E quando o leiloeiro se voltou para ele, Morozov subiu sua oferta para 11,5 milhões.

O licitante anônimo decerto não se intimidou, pois logo ofereceu 12 milhões, e continuou firme na disputa enquanto Morozov já começava a dar sinais de hesitação. Brunovsky, por sua vez, permanecia imóvel. Por fim, aos 13 milhões, Morozov levou a mão à testa e jogou a toalha.

— Senhoras e senhores, alguém cobre a oferta de 13 milhões? — O leiloeiro esquadrinhou o salão, mas ninguém se mexeu. Então bateu o martelo, e o quadro foi vendido para o anônimo ao telefone.

Liz olhou para Brunovsky a fim de ver a reação dele. Era de se tirar o chapéu: apesar da obsessão pela tela de Pashko, ele mascarava muito bem sua decepção, a ponto de esboçar um sorriso quando Monica tomou sua mão num gesto de solidariedade.

Morozov levantou-se para sair. Liz percebeu que ele estava relaxado e também sorria, mas seguramente se remoía por dentro.

— Morozov deve estar furioso — comentou ela com Harry Forbes.

— Que nada — retrucou o americano com um risinho. — Olha só pra ele. Não parece aborrecido, parece? — Sem esperar pela resposta, foi logo dizendo: — Morozov veio aqui só pra impedir que Nikita ficasse com o quadro. Ele não gosta de arte. Gosta do poder.

CAPÍTULO 22

— Boa-noite, Sr. Brunovsky — foi logo dizendo o porteiro uniformizado, apressando-se para abrir as portas do Bentley, parado em frente à entrada do Hilton Hotel de Park Lane.

Brunovsky e Monica passaram ao lobby e esperaram pela chegada dos demais. Os olhos do russo brilharam ao pousar na vitrine de uma joalheria logo ao lado da porta, reluzindo com os diamantes e as esmeraldas de um colar. Conduzindo Monica pelo cotovelo e seguindo na direção da loja, ele se virou para trás e disse:

— Nós nos encontramos no 28º andar.

Tão logo saiu do elevador e entrou no restaurante Windows on the World, Liz por pouco não perdeu o fôlego com o que viu: um panorama de quase 360 graus de Londres, os telhados de Mayfair em primeiro plano, o tapete escuro de árvores de Hyde

Park à direita e, mais adiante, as luzes de Kensington, Chelsea e Westminster, onde o rio serpenteava ao largo da London Eye e do Parlamento.

Não sei o que estou fazendo aqui, pensou Liz com seus botões, mas estou começando a me divertir.

Quando Brunovsky e Monica por fim chegaram, os garçons já haviam aberto duas garrafas de Krug.

— Veja só isto aqui — sorrindo de orelha a orelha, Monica balançou no ar um embrulho com laços de fita e dele retirou um delicado colar de diamantes e esmeraldas.

— Só uma coisinha pra comemorar — disse Brunovsky, sorrindo também, e esvaziou na boca um copo de água gasosa.

Estranho, pensou Liz. Por que tanta alegria? O homem acabou de perder o quadro dos seus sonhos.

O grupo já havia se acomodado ao lado do janelão que dava para o parque quando também chegaram à mesa Harry Forbes e uma dinamarquesa apresentada como Greta Darnshof, editora de uma importante revista de arte. Em seguida veio Tamara, que parecia ofegante.

— Cá estamos todos! — anunciou Brunovsky, animado. — Agora, um brinde ao felizardo comprador!

— Saúde! Saúde! — disse Harry Forbes, erguendo a taça de champanhe.

Só então Liz compreendeu: era Tamara que vinha dando lances pelo telefone. Por isso o bom humor de Brunovsky. Ele havia comprado o *Campo azul* afinal.

— Eu adoraria ver a cara do Morozov quando ele descobrir — Forbes disse enquanto o garçom servia o primeiro prato.

— Ainda não quero que ele saiba — declarou Brunovsky, levando o indicador aos lábios.

— Boca fechada — disse Forbes, balançando a cabeça com vigor.

Greta Darnshof, sentada diretamente à frente de Liz, usava um elegante vestido estilo *cocktail* preto e um único fio de pérolas, os cabelos cor de mel penteados para trás e presos numa fita de veludo.

— Ouvi dizer que você é especialista em Pashko — disse ele, inclinando-se para a frente. — Qual é a sua fase preferida?

— Talvez a dos primeiros anos depois de sua volta para a Rússia — respondeu Liz. E rapidamente acrescentou: — Mas não sou especialista. Apenas uma entusiasta. Na verdade, uma aprendiz.

Greta fitou-a como se soubesse de algo mais.

— É muito fácil se apaixonar por Pashko — disse. — No seu caso, quando foi que o romance começou?

Liz deu uma mordida na *terrine* a fim de ganhar tempo.

— Não sei direito — disse casualmente, com um sorriso plácido. — Acho que durante o bacharelado.

— E onde você estudou?

— Em Bristol — respondeu Liz.

— E como foi que conheceu Nikita?

— Amigos em comum.

— Russos?

— Não — disse Liz, com um ligeiro toque de irritação. Só faltava a mulher pedir seu currículo profissional.

De repente Brunovsky irrompeu numa gargalhada, e Liz, aliviada, virou-se na direção dele. Ele acabara de concluir a história que vinha contando a Harry Forbes, e percebendo o interesse de Liz, falou:

— Jane, escuta só essa. Eu estava contando ao nosso Harry aqui o que Morozov fez — depois de um gole na água mineral, prosseguiu: — Ele tem um filho mudo. A maternidade em Moscou fez alguma besteira quando o menino nasceu, e hoje ele estuda numa escola especial. Um dia não apareceu em casa, ninguém sabia onde ele estava, e Morozov foi logo achando que o filho tinha sido sequestrado. Chamou a polícia, fez o maior escarcéu. No fim das contas o pirralho ainda estava na escola. Alguns colegas tinham prendido ele no banheiro! O pequeno Ivanovitch lá, borrando as calças enquanto o pai se debulhava em lágrimas na delegacia! A toupeira! — E caiu na gargalhada outra vez.

Chocada com o mau gosto e a insensibilidade da história, Liz correu os olhos pela mesa a fim de ver se mais alguém estava pensando o mesmo que ela. Mas todos riam junto com o anfitrião, exceto Greta, que exibia um sorriso amarelo.

Brunovsky virou-se para dizer algo a Monica, e Liz, aproveitando a oportunidade, perguntou baixinho a Harry Forbes:

— Quem é esse Morozov afinal?

— É de São Petersburgo. Fez fortuna com os diamantes, depois tentou entrar na prospecção de petróleo. Não conseguiu, e bateu de frente com o governo mais ou menos na mesma época que Nikita.

— Eles se conhecem bem?

Harry deu de ombros.

— Se conhecem há muito tempo, mas não sei dos detalhes. Você vai ter que perguntar ao Nikita. Alguma coisa aconteceu entre eles.

Tão logo Brunovsky se voltou para os comensais, Forbes perguntou a ele:

— Nikita, até hoje não entendo por que o *Campo azul* demorou tanto para ser encontrado. Em sessenta anos, como é que ninguém o identificou antes?

Brunovsky riu.

— Talvez a velha que estava com o quadro não gostasse dele. Decerto guardava no sótão de casa.

— Alguns dizem que a *Montanha azul* ainda vai ser encontrada — interveio Greta.

— Em outras palavras — brincou Forbes —, a morte dela não passa de um grosseiro boato! — Ele riu com gosto, e Liz se deu conta de que achava o americano irritante. O bom humor dele parecia um tanto falso.

Brunovsky fez que não com a cabeça.

— A tela foi destruída. Foi a própria Mona O'Dwyer quem disse.

— Ou pelo menos é nisso que ela quer que acreditemos — disse Greta. — Mas o que tem a dizer nossa especialista em Pashko?

Por um instante Liz ficou se perguntando quem poderia ser a tal especialista, mas depois percebeu, assustada, que a dinamarquesa estava se referindo a ela. Por sorte o garçom surgiu à mesa para recolher os pratos, e Liz, em vão, tentou aproveitar o tempo para inventar uma resposta qualquer. Mesmo que conseguisse encontrá-la, intuía que o interrogatório de Greta ainda estava longe do fim. A mulher parecia determinada a testá-la, e cedo ou tarde faria alguma pergunta que a deixaria em maus lençóis.

O socorro veio de onde ela menos esperava.

— Francamente Greta — disse Monica Hetherington —, deixe a moça em paz. Ela acabou de chegar. — E, apontando para Liz, emendou: — Adorei esse seu vestido, Jane. De onde é?

CAPÍTULO 23

— Jerry a deixará em casa, claro — disse Brunovsky, enquanto o grupo recolhia os casacos no fim da noite. — Onde você mora?

Antevendo esse tipo de situação, Liz havia insistido com Brian Ackers para que ele autorizasse todo tipo de suporte operacional, incluindo um apartamento de disfarce.

— Battersea — respondeu ele casualmente.

— Ótimo. Jerry nos deixa em Eaton Square, depois a leva para casa.

O tal apartamento, num grande prédio vitoriano do outro lado da ponte de Battersea, era uma espécie de ilusão de ótica. Apesar da fachada relativamente elegante, o interior era um típico bunker do MI5. Carinhosamente apelidados de "buracos", esses apartamentos destinavam-se sobretudo a encontros com fontes recrutadas; vez ou outra eram usados para alojar algum agente durante a noite, mas nunca para reuniões sociais. Os móveis eram escassos, não combinavam uns com os outros, e já tinham visto dias melhores em gabinetes do alto escalão.

Liz jogou seu casaco sobre uma cadeira, ligou a lareira elétrica e se sentou num sofá murcho, estofado com uma esmaecida estampa floral. Pelo menos havia uma vista. A janela da sala dava para o Tâmisa, e por ela se via o trânsito do Embankment, na margem oposta do rio. A iluminação das ruas fazia com que os prédios do século XVIII de Cheyne Walk parecessem casinhas de boneca.

Ao refletir sobre os acontecimentos da noite, Liz, cética desde que recebera a missão de Ackers, teve mais certeza de que havia se metido num labirinto sem saída. Parecia estar num exercício de treinamento, sobretudo em razão da natureza surreal daquele mundo que agora ela frequentava.

Não era de todo estranha ao universo dos ricos; afinal, seu pai havia trabalhado para um grande proprietário de terras, e em Wiltshire ela havia crescido em meio a um sem-número de industriais latifundiários. No entanto, jamais presenciara tanto desprendimento com o dinheiro. Não que Brunovsky fosse um ostentador; simplesmente achava natural aquele estilo de vida: limusines, motoristas, jatinhos particulares, restaurantes caros, uma mansão em Belgravia e uma casa de campo. Coisas que os reles mortais viam apenas nas páginas de uma revista sofisticada.

Brunovsky não nascera rico. Adquirira sua fortuna de modo súbito e inesperado, por meio de negociações engenhosas durante a confusão econômica que sobreviera à Guerra Fria. Outra coisa estranha a respeito do russo era o ar de segurança que ele emanava. Seria real ou apenas uma fachada? Afinal, caso a informação de Victor Adler tivesse algum fundamento, ele não tinha motivo nenhum para se sentir seguro. Tampouco os demais oligarcas.

Liz se levantou e vasculhou os armários da cozinha. Encontrou um pote de achocolatado ainda no prazo de validade; esquentou o leite no fogão elétrico, depois voltou ao sofá com o chocolate pronto. Seria interessante, supôs, passar um tempo ao lado de um homem que literalmente podia comprar tudo que quisesse, mas aquilo ainda não lhe entusiasmava muito.

De repente sentiu-se sozinha. Acostumada à vida de solteira, raramente tinha crises de solidão. Temia pela solidão da mãe, não pela sua. Mas pelo visto sua mãe agora não estava mais solitária. Naquele fim de semana em que fora para Londres, surpreendera Liz ao ligar depois do teatro, quando estava em um restaurante qualquer da cidade, dizendo que não voltaria para casa. Entre um risinho e outro, explicara que passaria a noite no apartamento de "Edward". Liz precisara contar até dez para não perguntar se lá havia um quarto de hóspedes. Quem era esse Edward afinal?

Bem, ela é dona do próprio nariz, pensou Liz, bebendo do chocolate. Claro que sua mãe podia ter um namorado se quisesse. Só que... ela, Liz, precisava de um tempo para se habituar à ideia. De uma hora para outra, seu mundo fora virado pelo avesso. Acostumada a tomar conta da mãe, achava aquela súbita independência um tanto desconcertante. Sentia-se na pele de uma mãe que agora via a filha adolescente bater asas e abandonar o ninho.

Balançou a cabeça vigorosamente para apagar essa imagem, depois voltou os olhos para a janela e localizou a margem norte do Tâmisa. Lá é meu lugar, pensou, sentindo-se desterrada do lado de cá do rio. Achou engraçado que Londres se dividisse daquela maneira. Cogitou se o mesmo acontecia em todas as cidades cortadas por um rio. Paris se dividia em duas tribos, a da

Rive Gauche e a da Rive Droite. E as demais, como Moscou e São Petersburgo? Provavelmente, embora ela duvidasse que um dia fosse conhecer outra cidade bem o bastante para descobrir a resposta. Nomeações para o estrangeiro não eram comuns no MI5, e, fora isso, não havia nenhum motivo para que ela fosse morar no exterior.

A não ser que conhecesse alguém. Então ela se lembrou de Dimitri e cogitou se ele telefonaria tal como havia prometido ao se despedir em Cambridge. Esperava que sim, embora não vislumbrasse nenhum futuro com o russo. Dimitri, cedo ou tarde, voltaria para São Petersburgo, e ela não se via seguindo os passos dele. De qualquer modo, ela havia se apresentado como Jane Falconer, estudante de arte. Liz sorriu ao se imaginar sendo arrebatada por Dimitri, impetuosamente pedindo demissão do MI5, contando toda a verdade para o russo e indo embora com ele. O que diriam seus colegas? Ela tentou se imaginar usando chapéu e regalo de pele nos invernos gélidos da Rússia, estudando a língua, aprendendo a cozinhar *blini* e *borscht*, mas não foi muito longe. Nada daquilo iria acontecer.

Dando rédeas ao pensamento, de repente ela se viu com saudades do ex-chefe Charles. Agora eles se veriam com uma frequência bem menor: um almoço na cantina de vez em quando, talvez um papinho rápido quando se encontrassem no elevador ou nos corredores da agência. Mas bastava saber que ele ainda estava lá. Embora eles não trabalhassem mais juntos, a presença de Charles lhe daria uma espécie de segurança. Liz se sentia um tanto sozinha em meio àquela estranha operação.

Não tinha a menor confiança em Brian Ackers, e, por experiência própria, não ficaria nem um pouco surpresa se descobrisse que Geoffrey Fane a havia enredado numa intriga pessoal qualquer. Liz se perguntou o que Charles pensaria disso tudo. Nada de especial, concluiu, imaginando a expressão impassível dele ao ouvi-la contar o que andava fazendo. "Quais são exatamente os objetivos desta missão, Liz?", ele diria. "Quais são os riscos, e quais são os ganhos prováveis?" Quisera ela ter uma resposta qualquer para ambas as perguntas.

Hora de dormir, decidiu Liz, antes que as lágrimas brotassem. A autopiedade era uma das características que ela mais deplorava nos outros. Portanto, envergonhava-se de ter sucumbido a ela agora. Fui eu quem escolheu tudo isso, disse a si mesma. A culpa é minha, e de mais ninguém.

Ela apagou as luzes da sala e deixou a caneca de chocolate ao lado da minúscula pia da cozinha. No quarto dos fundos, onde havia uma única cama, já um tanto bamba, ela apertou o interruptor junto da porta, e a lâmpada que pendia do teto queimou na mesma hora. Amanhã eu troco, ela bufou, e se despiu no escuro.

CAPÍTULO 24

A mulher se encontrava no bar de um hotel não muito longe da Strand, lendo seu jornal. Às 11 horas da manhã, o lugar, além de mal-iluminado, estava quase deserto. Tal como previsto. Ela já havia esquadrinhado o salão, não queria deixar nada por conta do acaso. De onde estava, viu o homem entrar antes que ele pudesse localizá-la. Parecia um cafetão, com seu terno Armani preto e camisa de seda branca. Para ela, os italianos não mereciam nada além de desprezo.

Ele olhou à sua volta, confuso e visivelmente enojado.

— Cheguei cedo? — disse. — Por que você escolheu este lugar? Seu cliente não vai ficar nem um pouco impressionado.

— É conveniente. Sente-se — disse ela, apontando para as cadeiras em estilo dinamarquês em torno da mesa.

Ele se acomodou numa delas e riu.

— Que tal um drinque enquanto esperamos? — sugeriu, procurando por um garçom. Ninguém à vista.

— Não acho uma boa ideia — disse ela.

— Por acaso é um puritano que você está trazendo pra me ver?

— Não estou trazendo ninguém pra te ver, Marco. Somos só nós dois.

Ele a encarou por um instante, depois balançou a cabeça, irritado.

— Bem que você podia ter telefonado antes e me economizado o táxi. Eu estava em Kensington, sabia?

— Não se preocupe — disse ela. Inclinou-se para a frente e espalmou as mãos contra a mesa. Com o pé, puxou para mais perto a bolsa que se encontrava no chão. — Temos muitos negócios a tratar.

— Temos? — alegrou-se Marco. — Então ele autorizou você a negociar. Está interessado nas frisas?

— Não estou autorizada a nada — disse ela, e viu o espanto voltar aos olhos do italiano. — De qualquer modo, é sobre outras antiguidades que quero falar.

— O que exatamente? — retrucou ele num tom agressivo, tentando esconder certo nervosismo.

Ela alcançou a bolsa e de lá tirou uma pasta.

— Disto aqui — disse, e empurrou a pasta na direção do outro.

Marco examinou-a por um instante, visivelmente contrafeito, depois suspirou e retirou as duas páginas datilografadas que havia dentro. Encarou-as por um tempo muito mais longo do que teria sido necessário para lê-las, e quando enfim levantou os olhos, o rosto moreno se mostrava infinitamente mais pálido, e o suor brotava acima da boca. Ele jogou a pasta sobre a mesa, recostou-se na cadeira e, num gesto tipicamente italiano, ergueu as mãos para dizer:

— E daí? Você não pode provar nada.

Ela deu de ombros, deixando claro que não estava disposta a discutir.

— Não preciso — disse. — Nikita pode tirar suas próprias conclusões.

— Você não mostraria isto ao Brunovsky, mostraria? — indagou Marco, incrédulo.

— Claro que sim — respondeu ela com frieza, deixando de lado o tom casual com que vinha falando até então. — Nikita não vai gostar nada quando descobrir que todos aqueles objetos raros e lindos que você consegue para ele talvez não sejam o que aparentam ser.

Marco mostrava-se cada vez mais agitado. Por um momento deu a impressão de que partiria para a violência. Tomara que não, ela pensou. Não porque temesse se ferir ou algo do tipo, mas porque isso atrapalharia seus planos. Discretamente, baixou uma das mãos na direção da bolsa sob a mesa. Mas não precisou da arma que estava ao alcance de sua mão, pois, numa voz fraca e trêmula, o italiano disse:

— O que você quer de mim?

— Que você faça o que eu mandar — respondeu ela em tom de ameaça. — Não vai ser difícil, você verá. — Só mais algumas mentiras, pensou, como tantas outras que você já contou.

CAPÍTULO 25

— Vamos repassar tudo outra vez.

A tarde caía em Hampstead Heath, e alguns aproveitavam os dias mais longos para passear com seus cachorros. O sol se punha do outro lado de um arvoredo, projetando longas sombras sobre o banco em que Jerry Simmons e Rykov estavam sentados.

Jerry suspirou. Estava cansado, levantara de madrugada para deixar Monica no aeroporto — a namorada de Brunovsky encontraria uma amiga em Paris para dois dias dedicados exclusivamente às compras.

— Eu já disse tudo. Tem a secretária, Tamara, tem a Sra. Grimby, a Sra. Warburton, que é governanta, e mais uma empregada. E quase todas as noites, Monica. Tinha também uma bisca temporária, mas ela já sumiu. Ultimamente o decorador dele tem aparecido. Um sujeito chamado Tutti. Italiano. E fruta.

— Fruta? — perguntou o russo. Jerry fez um gesto desmunhecado, e Rykov por fim entendeu. — Você não está se esquecendo de ninguém?

— Já falei do americano, Forbes. Duas ou três vezes por semana ele dá as caras.

— Outros visitantes?

— Muitos. Mas nenhum regular. Só uma estudante interessada nos quadros de Brunovsky.

— Estudante? Você ainda não tinha falado dela.

— Acho que daqui a pouco vai sumir também.

— Quem é a garota?

— Jane não-sei-das-quantas — respondeu Jerry. — E não é nenhuma garota. Deve ter lá seus 30 anos. Deixei ela em casa outro dia. É uma dessas balzacas que voltam a estudar. — Percebendo a interrogação no olhar de Rykov, ele explicou: — Uma pessoa madura que quer se aprimorar. — E olhando o russo com azedume, acrescentou: — Costumamos fazer isto por aqui, sabia?

Rykov ignorou a farpa.

— Quero saber mais sobre esta Jane — disse. — Como ela é. E onde mora.

CAPÍTULO 26

— Ah, veja só este rato que o gato trouxe!

O sotaque claramente italiano pertencia a um homem alto e magro que emergira à porta da sala de jantar de estilo formal do primeiro andar. Era ali que Liz havia se abancado, pois o *Campo azul* de Pashko ainda se encontrava no cofre de um banco da City londrina. O atraso se devia à insistência dos seguradores por um esquema mais forte de segurança: só então o quadro poderia ser pendurado na salinha de jantar do andar de cima.

— Meu nome é Marco — declarou o homem, entrando na sala. Ele é mais ou menos da idade de Liz, esguio e moreno, de traços marcantes. Usava os cabelos bem curtos e um cavanhaque perfeitamente aparado. As roupas eram estilosas, e tinham um quê de exuberante: uma camisa polo amarelo-canário, calças de linho branco frisadas e botinas de couro marrom. — Marco Tutti — disse ele, e estendeu a mão.

— Muito prazer. Jane Falconer — disse Liz sem se levantar, apontando para os papéis esparramados sobre a enorme mesa de mogno, capaz de acomodar 24 pessoas sem que fosse necessário puxar as extensões. Todas as manhãs a empregada encerava o tampo até que ele ficasse brilhando. — Estou fazendo uma pesquisa para o Sr. Brunovsky.

— Ah, sobre o Pashko, pelo que estou vendo — disse Tutti, espiando os papéis por sobre os ombros dela. — *Campo azul* é um belíssimo quadro — acrescentou, e deixou escapar um risinho. — Porém caro demais. Por mim seria pendurado ali. — Ele apontou para a superfície acima da lareira, onde se via um espelho de moldura dourada. — Mas Nicky insiste em pendurá-lo lá em cima — bufou, inconformado com o despropósito do russo.

Ouviram-se passos no corredor, e dali a pouco Brunovsky se juntou a eles. Vestia um suéter de cashmere e calças de veludo cotelê. Seguramente acabara de chegar do campo.

— Marco — disse ele afobado. — Você chegou na hora, quem diria? Já se apresentou a Jane?

Tutti fez que sim com a cabeça, e Brunovsky perguntou:

— O que ela pretende colocar no lugar destes tecidos?

O italiano deu de ombros.

— Ela ainda está vendo as amostras — disse. — Algo mais colorido.

— Mais colorido... — repetiu Brunovsky, com ar de dúvida. E olhando para Liz, perguntou: — O que você acha?

— As amostras são lindas — respondeu ela com sinceridade. Já havia reparado nelas.

— Monica não acha — observou Brunovsky, balançando a cabeça, e apontou para Liz. — Mas *ela* gosta — disse enfaticamente para Tutti.

— Não importa o que eu acho — protestou Liz, e Tutti concordou de imediato, já contando com a comissão que pretendia embolsar.

— Mas você é inglesa — argumentou Brunovsky, como se isso fosse uma infalível garantia de bom gosto.

— Monica também é inglesa — insistiu Tutti.

Não vou me meter nessa, pensou Liz. Brunovsky crispou os lábios e disse:

— Ela chega hoje de Paris. Converso com ela logo mais. — Olhou novamente para Liz, que fez questão de encarar a tela do computador.

Ela agora contava com um novo laptop fornecido por Ted, o Nerd, tal como era conhecido o especialista em informática da Thames House. Protegido por senha, o tal laptop havia sido equipado com tantas ferramentas de segurança que o mais esperto dos hackers nem sequer seria capaz de fazer o login. Como precaução adicional, Ted havia se certificado de que a máquina não armazenava nada que pudesse dar pistas da verdadeira identidade de sua usuária.

Liz havia começado naquela semana, passando as manhãs em Belgravia e as tardes na Thames House, no comando de seu departamento. O novo esquema vinha complicando sua vida. Ela agora precisava ficar duplamente atenta ao se deslocar de um lugar para outro, certificando-se de que não estava sendo seguida. Mesmo duvidando de que alguém na casa de Brunovsky suspeitasse de algo, não podia se dar ao luxo de relaxar: não tinha informações suficientes sobre o que acontecia a seu redor.

Uma vez lá, na casa do russo, ela passava quase todo o tempo pesquisando a vida de Sergei Pashko, com especial atenção aos anos de exílio na Irlanda, quando ele havia pintado o *Campo azul*. À maneira de uma atriz aplicada, decidira que a melhor maneira de interpretar sua personagem — Jane Falconer, estudante de arte e admiradora de Pashko — era entrando na pele dela. Depois do aperto que passara com o interrogatório de Greta Darnshof no restaurante do Hilton, viu que precisava se preparar para a eventualidade de uma nova sabatina.

Mas seu real objetivo era colher o máximo possível de informações que pudessem ser úteis à sua missão para depois repassá-las a Peggy Kinsolving na Thames House Procurava por qualquer incongruência que pudesse lhe dar uma pista qualquer. A Sra. Grimby, por exemplo, não chegava a ser antipática, mas fazia questão de se mostrar ocupada na cozinha e não gostava de conversar. A Sra. Warburton, por outro lado, era uma verdadeira fofoqueira, quase uma caricatura da tradicional doméstica que sabe tudo sobre todos da casa. Tamara era a única que se mostrava invariavelmente antipática, mal cumprimentando Liz quando vez ou outra saía do escritório. Mas nada levava a crer que ela — ou a Sra. Warburton, ou a Sra. Grimby — fosse algo diferente daquilo que aparentava ser. Muito embora, lembrou-se Liz, o mesmo pudesse ter sido dito semanas antes sobre o motorista Jerry Simmons.

Liz escolhera trabalhar na sala de jantar porque de lá tinha uma boa visão do hall de entrada, podia ver quem entrava ou saía, sobretudo as pessoas que vinham falar com Brunovsky no escritório contíguo ao de Tamara. Mas na véspera ela se dera conta de que controlava apenas uma das entradas para a caverna do russo, pois certas pessoas saíam de lá sem que ela as tivesse visto entrar. Lá pelo meio da tarde, pouco depois de a Sra. Grimby lhe trazer uma bandeja com chá e biscoitos, ela ouvira vozes em russo no escritório. Uma delas era de Brunovsky, e a outra era feminina, mas não era de Tamara, cuja voz Liz agora podia facilmente reconhecer. As vozes foram se acalmando até um zum-zum indistinto, depois se exaltaram novamente, e por fim Liz ouviu a porta bater com violência e passos no jardim.

Concluiu que alguém havia entrado pelas portas de vidro do escritório, que davam para o jardim, e deixado a casa pelo portão que conduzia à ruela dos fundos. Por que esse caminho, senão para evitar ser vista por Liz? Nesse caso, tratava-se de alguém que sabia exatamente onde ela estaria.

Brunovsky vinha vê-la a todo instante. Tinha a concentração de um mosquito, e qualquer pretexto bastava para que ele deixasse o trabalho de lado. No entanto, perguntou-se Liz, que trabalho faria alguém com uma fortuna avaliada em 6 bilhões de libras? Algo que o levasse a 7 bilhões? Fosse como fosse, o oligarca constantemente deixava seu pequeno escritório, aparecia na sala de jantar e, desculpando-se por interromper o "trabalho" de Liz, entabulava uma conversa qualquer sobre algum assunto que havia chamado sua fugidia atenção. Nessas ocasiões, mostrava-se sempre relaxado, simpático, um rapazote entusiasmado com a vida, a arte, o bom tempo da primavera. Liz cada vez mais tinha dificuldade para associá-lo ao inescrupuloso explorador que certamente ele havia sido para amealhar tamanha fortuna. Bilhões não caíam no colo de ninguém. Além disso, a história mostrava que na queda de qualquer império apenas os inescrupulosos sobreviviam e prosperavam. A vontade de Liz era perguntar: por que essa encenação toda? Por que a impressão de que sou um personagem na peça que você está dirigindo? E quem é a plateia?

Ele agora observava o jardineiro prender uma roseira junto aos degraus da porta de entrada, enquanto Tutti, dramaticamente, tecia loas à estatueta de Rodin que encontrara numa viagem recente a Paris. Você está indo bem, pensou Liz ao observar o italiano, não precisa exagerar. Ao que parecia, Tutti não só era responsável pela decoração das casas de Brunovsky como também intermediava as investidas dele no mercado de arte.

Brunovsky e Tutti saíram da sala, agora falando sobre os méritos de uma pintura que Tutti vira numa galeria de Lyon. Liz voltou sua atenção para o Google, que, como sempre, mostrava informações em excesso: 16 mil resultados para "Sergei Pashko + Irlanda + Campo Azul", embora os primeiros da lista fossem notas da imprensa sobre a compra do *Campo azul* por um licitante anônimo.

Não que Brunovsky estivesse tentando fazer segredo de sua aquisição: se até a doméstica sabia que ele havia torrado milhões num "quadro qualquer", um rival tão curioso quanto Morozov cedo ou tarde acabaria descobrindo a identidade do comprador. Provavelmente mais cedo do que tarde, pensou Liz, lembrando-se do que o banqueiro Harry Forbes havia contado sobre a inveja que o outro tinha de Brunovsky. Embora ambos fossem ferrenhos opositores de Putin, estava claro que Morozov e Brunovsky se detestavam com todas as forças.

Com os olhos pregados na tela do computador, Liz refletia sobre a estranheza do mundo, com suas inusitadas alianças e rusgas, quando ouviu alguém se aproximar. Levantou o rosto e deparou com Monica Hetherington do outro lado da mesa, recém-chegada de sua viagem. Ela usava um vestido lilás sem mangas que deixava à mostra o porte atlético e os braços bronzeados; os cabelos louros estavam cuidadosamente despenteados, com algumas mechas mais claras, como se douradas pelo sol.

— Que história é essa de meter o bedelho onde não foi chamada? — cuspiu Monica, furiosa, as mãos apoiadas na borda da mesa.

— Como? — devolveu Liz, surpresa.

Monica apontou para as janelas compridas da fachada e disse:

— Nicky falou que você o aconselhou a manter essas cortinas horríveis!

— Calma lá — disse Liz. — Não estou aqui para decorar a casa. Ele perguntou se eu gostava das cortinas, e eu disse que sim. Só isso. Ok?

Monica a encarava com o cenho franzido. Liz torcia para que a discussão terminasse ali; não tinha a menor intenção de se indispor com a namorada de Brunovsky, muito menos por conta de algo tão irrelevante quanto a escolha de um tecido de cortina.

— Desculpa — disse ela. — É que levei três meses pra fazer a cabeça do Nicky e, quando chego de viagem, descubro que ele mudou de ideia outra vez. Sabe, não é fácil conseguir as coisas por aqui. Nicky é um cara legal, adoro ele de paixão, mas não tolera que discordem dele. É russo, né? Acho que os russos têm uma relação diferente com as mulheres — observou, ela com uma ponta de tristeza. — Então, tenho que ir aos poucos, comendo pelas beiradas.

— Ah, os homens... — disse Liz, tentando reconfortá-la.

— Não é? — disse Monica, e riu.

Liz apontou para as cortinas.

— O que você pretende colocar no lugar delas?

— Quer ver? — Monica saiu ao hall e voltou com um livreto de amostras. Folheou os retalhos até encontrar uma estampa de enormes rosas centifólias sobre um fundo verde-limão. Um horror.

— Lindo. — Foi só o que Liz conseguiu dizer.

— Sempre gostei de rosas. Desde menina.

— Onde foi que você cresceu?

— Eu? Aqui e ali. Papai era armador — disse Monica, exibindo um sorriso vago. — A gente estava sempre mudando. Portugal, Itália, Caribe, Cingapura. Conheço todos os portos do planeta. E você, de onde é?

Liz deu de ombros.

— Do sudoeste. Nunca fui mais longe do que Londres. Mas como foi que você conheceu Nikita?

— O Nicky? Aqui mesmo, em Londres. Numa festa — Monica destacou o retalho do livreto e foi até a janela para contrapô-lo ao tom creme da cortina que pretendia mudar. — O que você acha?

— Gostei. Ficou ótimo — disse Liz, esforçando-se para soar convincente. Eu devia embolsar parte da comissão de Tutti, ela pensou.

— Então fala pro Nicky, está bem? Aposto que ele vai perguntar.

— Falo, sim. Claro.

Ela largou as amostras sobre a mesa e, apontando para o computador à sua frente, perguntou:

— E as pesquisas, como vão?

— Bem — respondeu Liz.

— Está sendo bem tratada aqui? — quis saber, à maneira de uma irmã mais velha. Liz se deu conta de que, apesar da repentina agressividade minutos antes, a namorada de Brunovsky tinha o mérito da cumplicidade feminina.

— Muito bem, não precisava se preocupar.

— Exceto pela Tamara, aposto. — Monica riu novamente.

— Não deixe aquela bruxa montar em você. Quando ela vem dando coices pro meu lado, mando a perua se catar. Sempre funciona. Pelo menos por um tempo. Faça o mesmo se ela te amolar.

A posição de Liz na casa do russo dificilmente se comparava à da amante todo-poderosa; portanto, ela apenas aquiesceu com a cabeça e sorriu.

— Os outros são todos gente boa — prosseguiu Monica. — A Sra. W. acha que sabe tudo que rola por aqui; talvez até saiba, mas é inofensiva. A cozinheira é uma fofa. Um dos jardineiros era meio tarado, mas já foi pra rua.

Liz observou que, à medida que a conversa ia ficando mais íntima, o sotaque de Monica ia descendo alguns degraus na hierarquia das castas sociais. Seria South London despontando sob a África do Sul? Ou quem sabe Essex? Difícil dizer, mas se o pai dela era um figurão da marinha mercante, pensou Liz, o meu era Sua Excelência o prefeito de Londres.

CAPÍTULO 27

Geoffrey Fane espichou as pernas compridas e deixou o corpo cair contra o espaldar acolchoado da poltrona. Por um breve instante permitiu-se fechar os olhos. Passara as duas horas anteriores numa reunião particularmente frustrante no Ministério de Defesa, debatendo os níveis desejáveis de presença do MI6 no Afeganistão, e agora esperava pela chegada de Elizabeth Carlyle. Liz, ele disse a si mesmo, Liz. Preciso me lembrar de não chamá-la de Elizabeth. Ela havia ficado inexplicavelmente irritada ao ser chamada assim no último encontro deles. Talvez tenha achado que eu estava sendo condescendente, cogitou. Mas... por que diabos seria condescendente *não* usar um apelido? Como são defensivas essas mulheres do MI5 hoje em dia! Felizmente, do lado de cá da cerca ainda somos todos homens. Ou quase todos. A vida fica bem mais fácil.

Fane acenou para o garçom e pediu mais uma taça de Chablis. O serviço no American Bar do Savoy ainda era excelente e o lugar tinha algo de sofisticado, ligeiramente decadente, que lhe aprazia. Por isso ele continuava a frequentá-lo, apesar da multidão que se reunia ali depois do expediente. Fane raramente chegava ao bar antes das 20 horas.

Seu segundo drinque acabara de chegar quando Liz entrou. Ele ficou de pé e esperou até que ela se acomodasse na poltrona à sua frente. Também esperou que ela fosse servida para depois ir direto ao assunto da noite. Sabia que Liz não gostava de conversa fiada e deveria estar curiosa para saber por que havia sido chamada para uma reunião ali, em vez de Vauxhall Cross.

— Obrigado por ter vindo — falou. — Sugeri que nos encontrássemos aqui porque já antevia que minha reunião no ministério iria até mais tarde. Gostaria de saber como vão as coisas na casa de Brunovsky, e também repassar uma informação que recebemos de Moscou.

Liz olhou por sobre os óculos. Meus Deus, pensou Fane, a mulher está com os dois pés atrás. Até hoje não confia em mim.

— Falei com o Brian sobre este encontro — disse Liz.

Então é isso, conclui Fane. Ela acha que estou tentando atropelar seu chefe.

— Ótimo — retrucou ele casualmente. — Também falei.

— Bem... Até gosto do contato com a arte — confessou Liz.
— Mas para dizer a verdade, não sei se vou chegar a algum lugar com isso. Até agora não vi nada que desse motivo para alguma suspeita. Se esses motivos de fato não existem, ou se não estou devidamente posicionada para descobri-los, ainda não sei dizer. Muita coisa está acontecendo na Rússia. Pelo que sei, a vida de Brunovsky é bastante normal. Pelo menos até onde a vida de um oligarca pode ser normal. Ele acabou de comprar um qua-

dro, de um artista russo chamado Pashko, por 13 milhões de libras, e agora me tornei uma especialista em Pashko. Você leu nos jornais?

— Foi Brunovsky que comprou? Segundo li, o quadro foi comprado por um anônimo.

— Foi assim que ele quis fazer — disse Liz, preparando o terreno para o que realmente queria dizer. — Brunovsky tem uma espécie de rusga com outro russo chamado Morozov, que também estava dando lances no leilão. Não sei direito o que se passa entre eles, mas, pelo visto, é uma espécie de rivalidade de juventude.

— Morozov. Nunca ouvi falar.

— Até onde sei, fez fortuna com diamantes. Um oligarca de segunda categoria — disse Liz, com um sorriso. — Milhões, em vez de bilhões. Acho que Nicky o vê apenas como mais um chato. É Morozov quem alimenta boa parte da competição.

Então ela já pensa no russo como "Nicky", observou Fane, ligeiramente perplexo.

— Eliz... Liz — ele se corrigiu a tempo —, descobrimos algo em Moscou que você precisa saber. Stakhov foi preso. Caso você não se lembre, foi ele quem contou a Victor sobre a existência de um plano para matar um dos oligarcas que vieram para cá. Claro, existe a possibilidade de que uma coisa não tenha nada a ver com a outra. Victor disse que Stakhov andava desiludido com o governo de Putin, e é bem provável que ele tenha dito algo errado na hora errada. Mas também existe a hipótese de um vazamento. Talvez os russos tenham descoberto que ele deu com a língua nos dentes e estejam desconfiados de que já sabemos das intenções deles. Nesse caso, você precisa tomar cuidado. Estamos de olhos e ouvidos bem abertos em Moscou, e as decisões serão tomadas assim que tivermos mais informações.

— Não creio que esteja correndo nenhum perigo — disse Liz. — Brunovsky é o único que sabe quem realmente sou, e além do mais, é a vida dele que está em jogo. Não vai dizer nada. Mas... talvez seu pessoal de Moscou possa fazer um pequeno levantamento para mim. Sobre o tal Morozov. Gostaria muito de saber a origem dessa rusga dele com Brunovsky, se é algo sério ou apenas uma bobagem, e também o que aconteceu entre os dois, e como foi que Morozov saiu da Rússia. Saiu porque foi obrigado, ou apenas porque queria levar uma vida de luxo em Londres?

— Talvez um pouco das duas coisas, você não acha?

— Acho — concordou Liz —, mas preciso ter certeza. Não entendo essa antipatia de Morozov por Brunovsky. Sei que ambos têm a mesma opinião a respeito de Putin.

Típico das mulheres, pensou Fane, surpreso com a atitude de Liz: primeiro ela sugere que está perdendo seu tempo, mas tão logo fica sabendo da possibilidade de ser afastada do caso, finca o pé e demonstra mais interesse. A mulher tem o faro de um perdigueiro, ele reconheceu, não pela primeira vez. Seria mais que bem-vinda ao MI6.

Ao vê-la sorrateiramente conferindo as horas no relógio, Fane mudou de assunto. Não a tinha convidado para falar apenas de Brunovsky, embora ninguém mais soubesse de suas segundas intenções. Nos últimos tempos, vinha pensando cada vez mais no filho. Estranho. Quando Michael ainda era garoto, ele, Geoffrey, nem sequer se lembrava de que tinha um filho. Mas desde o divórcio, e sobretudo desde que Michael havia entrado para o MI5, o rapaz volta e meia lhe vinha à cabeça.

Fane queria que ele se desse bem — mas não apenas para honrar o nome da família. Sabia que Michael não era maduro o bastante, tampouco estável, e sabia também que a culpa disso era parcialmente sua. Não havia dado ao filho um bom exemplo e portanto não podia esperar que ele agora tivesse uma personalidade exemplar. Essa mulher sentada à sua frente, Elizabeth, Liz, ou fosse lá como ela preferia ser chamada, tinha todas as qualidades que ele gostaria de ver num filho. Era calma, confiável, independente. De espírito forte, quanto a isso não havia dúvida. E para completar, também era muito bonita. Michael era mais jovem, mais inexperiente, e sobretudo não havia recebido a educação ideal. Geoffrey Fane sabia que não havia cumprido seu papel como pai, e era o filho quem agora pagava por isso.

— Antes de você ir embora... — disse ele a Liz, e logo viu a prudência voltar aos olhos dela. Sabia que ela estaria pensando algo como "O que será que ele vai tirar da cartola agora?" — Meu filho, Michael...

— Sim, o que tem ele?

Fane olhava fixamente para a taça de vinho à sua frente; sentia-se constrangido, mas precisava perguntar:

— Só queria saber se ele está se saindo bem.

— Não seria melhor perguntar para ele? Michael sabe muito bem como está se saindo.

Fane assustou-se com a rispidez da resposta, sentindo o rosto arder, mas agora que havia começado, não via sentido em voltar atrás.

— Eu não deveria ter tocado neste assunto, mas... como posso dizer? — Ele se sentiu ainda mais constrangido. — Há uma certa *distância* entre nós. Praticamente não nos falamos mais.

— Eu não sabia — devolveu Liz, a voz ligeiramente mais doce.

Fane deu de ombros.

— É aquela coisa... — disse, e com um sorriso amarelo, acrescentou: — Sei que os casais se divorciam civilizadamente, mas a mãe de Michael e eu não fomos capazes disso. Não houve derramamento de sangue, nada disso, mas também não foi fácil. E Michael se viu no meio do fogo cruzado Nunca foi minha intenção que ele tivesse de escolher entre o pai e a mãe.

O que não era exatamente a verdade, ele pensou. Já estávamos afastados muito antes do divórcio.

Liz olhou para Fane com uma expressão pensativa e depois de um tempo disse:

— Michael está indo muito bem.

Fane, no entanto, percebeu a momentânea hesitação na voz dela, viu que ela estava apenas sendo educada. Michael não estava indo nada bem, mas ela não queria dizer.

— Claro, ele ainda tem muito que aprender — emendou Liz.
— E está aprendendo.

— Obrigado — disse Fane, e exalou um suspiro. — Você é muito gentil.

Ambos sabiam o que realmente acabara de ser dito.

Liz ficou de pé e disse:

— Obrigada pelo drinque.

— O prazer foi meu — disse Fane, levantando-se também para lhe apertar a mão. — Obrigado por ter vindo.

Depois de se sentar novamente e chamar o garçom, viu Liz lançar um rápido olhar para trás enquanto saía do bar. Sentiu-se na pele de um idiota, o que raramente acontecia, e ficou irritado consigo mesmo. Já sabia a verdade sobre Michael, e Liz, a despeito do que tinha dito, não fizera mais que confirmá-la. Ele havia exposto sua fraqueza à toa, e, na selva em que transitava, as fraquezas estavam lá para ser exploradas. Liz com certeza saberia fazer bom uso da munição que ele mesmo tinha dado.

Caminhando pela Strand rumo ao ponto de ônibus, Liz refletiu sobre sua conversa com Fane. Não havia sido inteiramente honesta sobre a situação na casa de Brunovsky, mas preferira esperar até encontrar algo mais substancial que a vaga sensação de que as coisas não eram o que pareciam ser. Talvez algo mais tangível viesse de Moscou.

Ainda no saguão do hotel, já absorta em seus pensamentos, Liz não havia notado a mulher de casaco comprido que guardara seu laptop na mochila e depois se levantara para segui-la porta afora.

Liz vinha pensando na rapidez com que uma pessoa podia mudar de opinião com relação a outra. Fane era chamado por aqueles que já haviam trabalhado com ele no MI6 de o Príncipe das Trevas, em razão não só das feições aquilinas mas também do ar sinistro e ameaçador que ele emanava. De modo geral, era visto como um homem implacável na perseguição de seus objetivos, nem um pouco preocupado com os calos em que precisava pisar ao longo do caminho. Contudo, minutos antes ele havia revelado um aspecto até então desconhecido de sua personalidade: estaria realmente preocupado com o filho, ou apenas se sentia culpado? De qualquer modo, Liz ficara surpresa ao vê-lo baixar a guarda, e agora cogitava de que maneira isso poderia afetar a relação deles.

Liz entrou no ônibus, ainda seguida pela mulher do hotel, que se acomodou num dos bancos de trás. Pensava em como aquela missão, que a obrigava a morar e trabalhar sob identidade falsa a menos de 2 quilômetros de seu gabinete em Thames House, havia complicado sua vida. Achava que não teria forças para levar aquilo muito adiante. Decidira passar a noite em Battersea, à revelia do que ditavam a prudência e o profissionalismo: ora, tendo acabado de usar a identidade real para se encontrar com Geoffrey Fane, o mais correto seria que ela voltasse para o apartamento de Kentish Town. No entanto, concordara em ir cedinho à casa de Brunovsky e não queria deixar Kentish Town ainda de madrugada, de modo que tivesse tempo suficiente para apagar as pegadas antes de ir ao encontro do russo. Em seguida,

Liz pensou na semana que estava por vir, e nas novas complicações que viriam junto com ela.

Dimitri havia telefonado naquela tarde, sugerindo um jantar. Ele chegaria de Cambridge dali a dois dias, na tarde de sábado. Liz se deu conta de que a única roupa que ela tinha no apartamento de Battersea adequada o bastante para uma noite fora era o vestido que ela havia usado no jantar pós-leilão no restaurante panorâmico do Hilton. Provavelmente, formal demais para o destino que Dimitri tinha em mente. Da última vez que passara no apartamento de Kentish Town, pensara em levar mais peças para Battersea, mas fora interrompida por... o que mesmo? Ah, sim, pela mãe que havia telefonado antes que ela pudesse fazer a mala. O namoro de Susan com o tal Edward a deixava de tal modo irritada que ela havia apenas recolhido algumas poucas coisas e saído.

Por um instante, cogitou trocar de ônibus e seguir para o norte da cidade a fim de buscar algo mais adequado no apartamento de Kentish Town. Mas viu que não tinha a energia e a paciência necessárias para o desvio de rota. Além do mais, não queria consumir todo o resto da noite apenas com aquilo. Decidiu então se contentar com o que já tinha em Battersea. Poderia usar uma das saias que costumava vestir para trabalhar, uma blusa de seda e os brincos de prata que herdara da avó, talvez o colar de contas de vidro que ganhara de aniversário da mãe. Isso deveria bastar para o encontro com Dimitri, fosse lá o que ele fosse.

O trânsito estava tranquilo e o ônibus chegou rápido ao rio, seguiu pelo Embankment e por fim atravessou a Albert Bridge. Liz deixou os pensamentos de lado e desceu com outros dois passageiros no ponto mais próximo ao seu apartamento, a apenas uma quadra de distância. Esperou que eles se afastassem, depois seguiu adiante e subitamente achou sinistra a tranquilidade da rua naquela hora em que a maioria das pessoas já se encontrava em casa e o crepúsculo começava a dar lugar ao breu da noite. As copas largas das árvores bloqueavam a claridade que ainda vinha do céu, e o espaçamento entre os postes de luz criava intermitências de escuridão. Liz apertou o passo e, chegando ao prédio, olhou para trás antes de abrir a porta. As únicas pessoas na calçada eram um homem, que se afastava rapidamente, e uma mulher mais adiante, que ela não conseguia ver muito bem.

Uma vez no apartamento, sintonizou o rádio numa estação de música erudita e, desinteressada pela composição atonal que ali tocava, mudou para outra, de repertório mais conservador. Não havia comido nada desde a manhã, e o delicioso Chablis tomado de estômago vazio no Savoy começava a deixá-la meio zonza. Examinando o armário da cozinha, encontrou apenas algumas latas de sopa, nada de sólido que pudesse comer. A perspectiva de ir a um dos pubs daquela parte esnobe da cidade não lhe apetecia nem um pouco: eram lugares barulhentos, e ela precisava de um pouco de paz para reorganizar as ideias e recuperar a energia depois de um dia particularmente confuso. Pouco depois, no entanto, lembrou-se de um pubzinho tradicional não muito longe dali, um lugar calmo onde uma mulher podia se sentar sozinha sem ser importunada, ler seu livro enquanto comia um singelo rosbife com salada. Liz voltou à rua e, pensando no tal pub, cogitou se Dimitri se encaixaria no cenário.

CAPÍTULO 28

O A4 andava sobrecarregado. Uma operação urgente do contraterrorismo havia absorvido todos os recursos disponíveis. Brian Ackers vinha pressionando o máximo para que o chefe do departamento liberasse pelo menos uma equipe para vigiar a ligação entre Rykov e Jerry Simmons, mas até ele tinha de concordar que o possível sequestro de um soldado de licença em Londres, por parte de uma gangue de militantes influenciados pela Al Qaeda, deveria ter total prioridade. Mas no último minuto, um dos extremistas fora preso pela polícia ao tentar roubar uma loja e agora estava sob custódia, o que liberava a equipe antes destacada para vigiá-lo. Por sorte, tratava-se da equipe de Wally Woods, que conhecia Rykov muito bem.

O dia transcorrera sem nenhum sobressalto, como tantos outros em que eles tinham seguido Rykov. O russo havia passado boa parte da tarde na embaixada, e depois tomou alguns drinques na companhia de uma loura desconhecida no bar do Kensington Gardens Hotel. Saíra de lá às 18h30 e seguira de táxi rumo ao West End, onde jantara com outra mulher, identificada como a Sra. Rykov, no Chez Gérard da Dover Street. Ambos haviam saído por volta das 20h30, e Wally Woods, sentado à direção de seu carro na esquina da Picadilly, vira o russo passar por ele e chamar um segundo táxi. O dia ainda estava claro, e o sol baixo pintava de rosa as bolotas de nuvem que cobriam o Green Park.

Tudo indicava que o casal seguiria para o complexo da Delegação de Comércio da Rússia, em Highgate, onde eles tinham um apartamento. Mas quando o táxi estacionou, para surpresa de Wally, Rykov embarcou a mulher, bateu a porta do carro, atravessou a rua e seguiu a pé pela Picadilly, na direção da Hyde Park Corner. Embrenhando-se pelas ruazinhas de Mayfair, Wally por fim emergiu no lado direito da Picadilly e logo foi avisado pelo rádio de que Rykov estava chamando mais um táxi. Sem hesitar, juntou-se aos outros de sua equipe e seguiu no encalço do russo.

Dali a 15 minutos, o táxi virou na Cheyne Walk e atravessou o rio pela Albert Bridge. Na margem sul, tomou a Parkgate Road e por fim estacionou numa arborizada ruazinha secundária, diante de um prédio residencial. Wally parou na esquina seguinte. Bernie Rudge, que havia continuado pela Albert Bridge Road, procurou um retorno e voltou.

— O alvo está indo na sua direção — informou Wally, e deu o nome da rua em que o táxi havia parado. Depois arrancou, lentamente deu meia-volta e desceu pela mão oposta.

— Alvo na mira — anunciou Bernie. — Chelsea 1 está descendo. Entrou num prédio. Deixa comigo.

Wally ficou se perguntando que diabos poderia estar acontecendo. Sabia que existia um apartamento operacional naquela mesma rua. Alguns meses antes ele havia limpado as pegadas de um contato que viera à cidade para se encontrar com o pessoal do contraterrorismo. Seguramente eles teriam sido informados caso Chelsea 1 também fosse um contato e estivesse a caminho de uma reunião. Difícil acreditar, no entanto, que era coincidência o fato de ele ter escolhido aquela ruazinha obscura de Battersea.

— Alvo seguindo em frente — disse Bernie. — Caminhando rápido. Viu alguma coisa. Voltando na sua direção, Maureen. Pode cuidar dele?

— Afirmativo — respondeu Maureen. — Alvo na mira.

— Uma mulher está vindo na direção oposta. Atravessou a rua. Entrou no mesmo prédio para onde estava indo Chelsea 1. Deve ter sido ela que o espantou.

Estranho, pensou Wally. Se Chelsea 1 estava indo se encontrar com alguém num daqueles apartamentos, por que dera meia-volta? O que estava acontecendo?

— Confirmando. Uma mulher entrou no mesmo prédio. É uma das nossas. Outra mulher, desconhecida, está se aproximando... Passou direto pelo prédio e agora está indo na sua direção.

Da central de controle do A4 na Thames House veio a instrução para que um dos carros permanecesse na rua até confirmar o endereço procurado por Rykov, e para que os demais seguissem o russo, ignorando a desconhecida. Também foi confirmada a inexistência de qualquer registro sobre um possível encontro com Rykov.

Sentado em seu carro, protegido pela escuridão de um hiato entre os postes de luz, Wally ficou observando a porta do prédio de apartamentos. Dali a um ou dois minutos, Liz Carlyle saiu à calçada, atravessou a rua e seguiu a pé por uma via lateral. Wally mal acreditou no que viu. Imediatamente aventou um milhão de possibilidades, algumas das quais eram de causar arrepios. Pelas comunicações de rádio, sabia que Chelsea 1 já voltava de táxi para Highgate. A segunda mulher havia desaparecido. Portanto, sem mais o que fazer ali, Wally avisou ao controle que estava de partida.

Battersea Mansions. Sim, ele pensou, foi aqui mesmo que ajudei a apagar as pegadas de um contato três meses atrás. Aquela agência vai ferver amanhã. Ou eles não foram devidamente informados, ou algo de muito estranho está acontecendo. Tomara que Liz Carlyle saiba o que está fazendo.

CAPÍTULO 29

A última mensagem de Moscou não havia sido exatamente uma surpresa. Alertava que as autoridades britânicas talvez tivessem informações que pudessem colocar a operação em risco. Naquela altura, ninguém sabia ao certo o que os ingleses já haviam descoberto. Um suspeito estava sob custódia em Moscou, estava sendo interrogado, e novas informações seriam enviadas em breve.

Ela precisava descobrir onde morava a tal Jane Falconer. Perguntar ao motorista estava fora de questão, embora ela tivesse entreouvido quando ele contou a Brunovsky que ela morava em Battersea. O nome dela não estava na lista telefônica; não havia nada nos registros do Tribunal Eleitoral. Mas havia sido razoavelmente fácil segui-la hoje até o Savoy. Ela havia se encontrado com um homem no bar do hotel, depois viera para Battersea, que ficava a uma boa distância da Albert Bridge Road.

Ela tinha certeza de que não havia sido notada no ônibus; além disso, seguira na direção oposta quando ambas desceram no mesmo ponto. Depois dera meia-volta e a observara de longe, até vê-la desaparecer no interior de um grande prédio vitoriano mais adiante naquela mesma rua. Embora tivesse olhado para trás antes de entrar, Jane Falconer dificilmente poderia tê-la reconhecido como a mulher que descera junto com ela do ônibus. Agora já estava escurecendo, e ela caminhava lentamente pela calçada, pronta para atravessar a rua se preciso fosse. Ao passar diante da fachada do prédio, sólido como uma armadura de tijolos vermelhos, ela olhou casualmente para a placa e guardou o nome: Battersea Mansions.

Mais adiante, ela aventou como poderia descobrir qual era o apartamento certo, pois havia pelo menos vinte naquele conjunto. Poderia perguntar a outro morador, mas com toda certeza o imóvel não estaria no nome de Jane Falconer. Entrar no prédio seria muito arriscado. Observá-lo de fora seria mais arriscado ainda, mas aparentemente não havia escolha.

Ela estava prestes a ir embora quando viu um homem de sobretudo azul do outro lado da rua. Parecia aflito e indeciso, olhando ao redor a todo instante, caminhando ora para um lado ora para outro em meio à penumbra. Do seu lado da calçada, ela baixou os olhos para não chamar atenção e passou por ele. Viu de relance quando o sujeito finalmente se decidiu e saiu andando a passos largos na direção da Parkgate Road.

Ela esperou que ele dobrasse a esquina e virou-se a fim de prosseguir na vigilância do prédio. Só então notou o Ford velho estacionado do outro lado da rua. Os faróis e o motor estavam desligados, mas ao volante havia um homem que parecia estar cochilando.

Estranho. Se ele estava ali à espera de alguém e não ia demorar, o mais normal seria que tivesse deixado os faróis acesos. Ela chegou ao fim do quarteirão e, dobrando a esquina, passou por outro carro estacionado com os faróis apagados. Mas com duas pessoas dentro: um homem e uma mulher, ela ao volante. Estariam vigiando o mesmo prédio? Difícil dizer. Talvez fossem apenas um casal esperando a poeira baixar depois de uma discussão qualquer. Mas dois carros? Não, só podia ser uma equipe de vigilância. Mas quem eles estariam vigiando?

Vencida pela curiosidade, ela decidiu voltar. E tão logo dobrou a esquina, viu uma mulher, embrulhada numa capa de chuva, sair do prédio Battersea Mansions. Era Jane Falconer.

Hora de bater em retirada, decidiu a mulher, e prosseguiu no seu caminho. Viu quando o carro do casal passou pelo Ford estacionado e piscou os faróis rapidamente. Suas suspeitas haviam sido confirmadas: eles estavam esperando por Jane. E o homem de sobretudo azul estaria com eles também? Se estava, por que fora embora?

Subitamente a mulher se deu conta do inusitado daquela situação em que vigilantes vigiavam vigilantes. Se Jane era uma agente de baixo escalão, plantada na casa de Brunovsky para protegê-lo, então o que aquelas outras pessoas estavam fazendo ali? Que motivo teriam para vigiá-la? Isso não fazia nenhum sentido, a menos que, por algum motivo, eles acreditassem que ela precisava de proteção.

Pois estavam certos.

A mensagem que ela enviou mais tarde naquela noite foi bastante direta, bem como a resposta recebida seis horas depois: *Permissão concedida.*

CAPÍTULO 30

— Liz! Quanto tempo! Ouvi dizer que está nos braços do Príncipe das Trevas. Por que será que os filés vão sempre pra você?

Dave Armstrong, um velho amigo dos tempos do contraterrorismo, deparou-se com Liz ao entrar no elevador no quinto andar.

— Seja lá o que você ouviu, é desinformação — retrucou Liz, rindo. — Quanto aos filés, trabalhar para o Drácula não é lá minha ideia de felicidade. Pode acreditar, Dave, você está no paraíso. No seu lugar, fincaria os pés debaixo daquela mesa para o resto da vida. Por falar nisso, e o Charles? Alguma notícia sobre a volta dele? — perguntou ela como quem não queria nada, mas sem enganar Dave por um instante sequer.

— Sinto muito. Nada de novo nesse front — respondeu Dave, esboçando um sorriso. — Você vai ao bota-fora do Slater?

— Puxa, já tinha até me esquecido — disse Liz —, mas se você está indo, então vou também. Sempre tive certa simpatia pelo velho.

Colin Slater havia passado quase trinta anos no MI5, chegando ao posto de diretor-assistente. Consumira boa parte deles no Departamento de Proteção Corporativa e, na reta final, devia pensar que navegaria por águas tranquilas até a aposentadoria. Seu trabalho, embora tivesse lá seus desafios, nunca tinha sido especialmente estressante.

Mas depois, como quase todos ao seu redor, Slater havia sido atropelado pelo furacão do 11 de Setembro. Transferido com todo o departamento para o contraterrorismo, passara os dois últimos anos fazendo o que muitos dos colegas de Liz já faziam em tempo integral: trabalhavam para evitar que o impensável se tornasse realidade. Agora, na sua festinha de despedida, parecia um tanto combalido enquanto, com uma taça de vinho numa das mãos, recebia os cumprimentos e abraços dos colegas no átrio central da Thames House. Aparentava ter uns 15 anos a mais do que os 60 que de fato tinha, pensou Liz. Será que vamos acabar todos assim?

As cerimônias de despedida, como tudo mais na Thames House, obedeciam a um protocolo. Os discursos cabiam ao superior imediatamente acima de quem estava indo embora: ao diretor-geral, para os diretores de departamento; ao diretor, para os diretores-assistentes, e assim por diante. Portanto, foi Michael Binding, convocado para ocupar interinamente a diretoria do contraterrorismo no lugar de Charles, quem pediu silêncio e deu início aos elogios de praxe sobre a carreira de Slater. No fundo da sala, em meio ao semicírculo de ouvintes, Liz se viu ao lado de Geoffrey Fane. Ele já havia falado com ela antes, sem demonstrar nenhum constrangimento após a delicada conversa que eles haviam tido no Savoy. Pelo contrário, mostrara-se visivelmente mais afável, como se alguma barreira tivesse sido quebrada entre eles.

Por sorte, as palavras de agradecimento de Slater foram breves, e Liz já se preparava para sair à francesa quando ouviu alguém dizer:

— Boa-noite, Liz.

Era uma voz masculina, mas tão baixa que ela não soube dizer de quem era. Virando-se, defrontou-se com Charles Wetherby a poucos passos de distância. Ele vestia um blazer de tweed e calças de flanela, sem nenhum resquício da habitual formalidade. Levada por um impulso, Liz cumprimentou-o com um beijo no rosto, depois se afastou, e Charles retribuiu com um sorriso.

— Você está ótimo — disse ela. O que não era inteiramente verdade: ele parecia bem de saúde, estava corado, decerto em razão das longas caminhadas, mas o rosto estava tenso, e o olhar, sem brilho e cansado.

— Você também, Liz. Então, está gostando do novo trabalho?

— Não é bem o que eu esperava — disse Liz. E percebendo o espanto do ex-chefe, aproveitou a inesperada oportunidade para desabafar, mesmo sabendo que corria o risco de ser inconveniente. Contou sobre sua desconfortável posição na casa de Brunovsky e das maquinações de Henry Pennington, do ministério, razão de sua presença lá. Embora não conseguisse disfarçar o desgosto, fazia o possível para manter o bom humor. — Ano passado eu era o gato que estava caçando o rato, pois agora o rato sou eu, quem diria?

Mas Charles não achou graça.

— Espero que esteja tomando os devidos cuidados — disse sério.

Liz ficou ligeiramente surpresa.

— Claro que estou — disse. — Mas não creio que esteja correndo qualquer perigo.

Charles a encarava com aquele olhar que ela já conhecia: o "olhar de raios X", tal como Dave Armstrong o havia batizado. No início, Liz se irritava com esse olhar, mas com o tempo percebeu que se tratava de um sinal de concentração, o que significava que ele refletia sobre algo que o preocupava.

— Você está numa posição de risco, Liz. Está naquela casa por um motivo. Brunovsky sabe quem você realmente é; outros por lá talvez saibam também. Se o tal complô realmente existe, e se alguém já suspeitar de algo, você está muito vulnerável.

— São duas grandes incertezas, Charles, mas eu entendo.
— Ele parecia tão sério que Liz queria mudar de assunto. Mas a única pergunta que de fato queria fazer, sobre a volta dele ao trabalho, também era a única que ela não deveria fazer. Dave Armstrong já havia dito que Joanne Wetherby não estava nada bem.

— Ótimo — disse ele, e abriu um sorriso como se quisesse quebrar a própria seriedade. — Você disse que ia manter contato. Vou cobrar, hein?

— Pode cobrar, Charles.

— Ligue para a minha casa sempre que quiser.

Enquanto esperava na fila para cumprimentar Colin Slater, Liz viu Charles em meio a uma compenetrada conversa com o diretor-geral, que franzia o cenho, visivelmente preocupado.

CAPÍTULO 31

Como é que ele pode se hospedar num lugar caro desses?, perguntou-se Liz, vendo Dimitri dar um longo gole na taça de vinho. Eles estavam na biblioteca do hotel-butique de Covent Garden, uma aconchegante *town house* georgiana em que os hóspedes serviam os próprios drinques.

Observando-o, Liz se deu conta de quanto ele lembrava Brunovsky. Tinha o mesmo gosto pela vida, uma espécie de entusiasmo juvenil, mas sem os excessos bizarros do oligarca. No lugar deles, apenas uma postura sensual e hedonista diante da vida, como se ele quisesse abraçar o mundo com seus braços grandes e fortes.

— Outro dia eu estava lendo sobre a viagem que o nosso primeiro-ministro fará à Rússia mês que vem — disse Liz. — Depois de visitar Moscou, ele vai a São Petersburgo. A mulher dele quer muito visitar o Hermitage. Você sabia disso?

— Claro que sim — disse Dimitri. — Sou em quem vai acompanhá-la ao pavilhão do Fabergé no Palácio de Inverno.

— O primeiro-ministro também vai?

— Não, não vai — disse Dimitri.

— Que pena.

— Que nada. — O russo deu de ombros. — Você conhece muitos políticos?

— Não — respondeu Liz com sinceridade. Burocratas eram outra coisa.

— São todos iguais. "Prazer conhecê-lo" — disse ele numa voz afetada, curvando-se numa discreta mesura. — "Estou impressionadíssimo" — acrescentou, com um sorriso presunçoso.

Liz riu, e, voltando à voz normal, Dimitri disse:

— Essa gente não acredita em nada.

— E você, Dimitri, acredita no quê? — devolveu Liz.

— Acredito na Rússia — disse ele, e ergueu a taça para um brinde.

— Na arte, não? — perguntou ela.

Dimitri se surpreendeu, depois abriu um largo sorriso.

— Na arte também, claro. Mas o que eu quis dizer é que não sou filiado a nenhum partido político. Não sou democrata nem comunista. Também não tenho religião. Sou russo e ponto final.

Liz sorriu de volta, admirada com a extraordinária simplicidade da solução. Quantas questões espinhosas seriam evitadas! Mas o que aquilo significava exatamente? Ninguém poderia ser tão prático assim. Muito menos um intelectual, um historiador da arte.

Ela tentou se imaginar dizendo "Acredito na Inglaterra". Seria capaz de uma coisa dessas? Por certo que sim, em determinadas circunstâncias, mas o que isso significaria? Apenas uma espécie de nostalgia por alguns lugares que ela conhecia, como o rio Nadder no verão, quando os campos ficavam floridos; ou o parque de St. James no outono, quando os patos se amontoavam para se proteger do frio de novembro e os homens começavam a usar sobretudos para ir ao trabalho? Ou será que essa crença na Inglaterra também incluiria um conjunto de valores: a civilidade que de algum modo ainda vigorava naqueles tempos tão crassos, mesmo ali, na confusão urbana de Londres; ou o entusiasmo que levava Dave Armstrong a suar a camisa trabalhando no contraterrorismo, quando podia ganhar cinco vezes mais no mercado financeiro da City? Seria disso que Dimitri estava falando? Dificilmente. Na verdade, Liz começava a suspeitar que ele não estivesse falando de nada.

— Ei, Jane, cadê você? — levantando os olhos assustada, ela deparou com Dimitri se remexendo na cadeira. — Parece que está a léguas de distância! Vem, vamos jantar.

Do lado de fora ainda estava claro. Na praça de Covent Garden, um músico tocava seu violão, não muito longe de um garoto de rosto pintado que fazia malabarismo com laranjas. Eles pararam um pouco para vê-los, depois seguiram pela Strand.

— Já que você é inglesa e eu russo, achei que devíamos optar por um meio-termo — disse Dimitri ao abrir a porta do restaurante Joe Allen's. Liz sabia que o lugar, um conhecido reduto de atores de teatro, servia comida tradicional americana: hambúrgueres enormes, costeletas com molho *barbecue*, caldos de feijão de Boston, pãezinhos de milho. Coisas das quais ela geralmente procurava passar bem longe.

Descendo a escada, eles chegaram a um porão com paredes de tijolo aparente. O lugar estava lotado. Pessoas esperavam por suas mesas tomando drinques junto de um comprido balcão de mogno, mas tão logo Dimitri se apresentou à recepcionista, eles foram conduzidos até uma mesa mais afastada, onde o barulho era ligeiramente menor.

— Sugiro o churrasco — disse o russo quando a garçonete veio receber os pedidos.

— Muito americano da sua parte.

— Claro. Três dias na Califórnia foram... Como é mesmo que se diz? Um intensivão.

— É verdade — disse Liz. E ao se lembrar do "intensivão" que ela mesma havia feito com Sonia Warschawsky em Cambridge, perguntou a Dimitri se ele a vira recentemente.

— Sim. Sonia ficou muito empolgada com o Pashko.

— Com o *Campo azul*?

— Exatamente. Ela queria muito saber quem era o tal anônimo que comprara o quadro. Sondando alguns amigos, descobri, claro, que se tratava de um oligarca.

— Alguém que você conhece? — perguntou Liz casualmente.

— Já fomos apresentados — respondeu Dimitri —, mas não posso dizer que o conheço. Sei que tem uma cultura maior do que a da maioria dos oligarcas. Talvez permita que pessoas como Sonia visitem o quadro.

Liz balançou a cabeça sem grande ênfase, desconcertada com o fato de que ele conhecia Brunovsky. A última coisa que queria era deixar Dimitri descobrir que ela estava trabalhando na casa do oligarca.

— E a *Montanha azul*? — perguntou ela, mudando de assunto. — Acha que um dia ela será encontrada também?

Dimitri sacudiu os ombros, esperando que a garçonete acomodasse à sua frente o prato enorme de costeletas. Depois abriu um sorriso voraz na direção de Liz, cujo atum grelhado parecia bastante frugal em comparação. Partindo uma das costeletas, disse:

— Antes eu achava que a *Montanha azul* não passava de mais uma lenda urbana. Mas agora que encontraram o *Campo azul*, quem sabe? É bem possível que ela apareça também. Ouvi dizer que as casas do interior da Irlanda são lindas, mas que muitas estão caindo aos pedaços, cheias de teias de aranha e cantos empoeirados com cobras e, talvez, quadros perdidos.

— Não há mais cobras na Irlanda — interveio Liz. — São Patrício cuidou de espantá-las todas.

— Ah, o poder da religião... — disse Dimitri, balançando a cabeça. — A história até que é boa.

Dali a pouco, falou de um amigo que comprava obras de arte para os oligarcas e por muito pouco não havia desembolsado 10 milhões por um Rothko falso.

— Recomendei que ele procurasse se aconselhar melhor, e por sorte foi o que ele fez. Às vezes, quando ele se interessa por algum artista do meu período, eu o ajudo a verificar a autenticidade dos quadros. Recebo por isso — ele acrescentou. — Uma ninharia.

Talvez isso explicasse os hotéis e restaurantes caros, pensou Liz.

De repente ela ouviu algo que lembrava os trinados de um passarinho. Dimitri levou a mão ao bolso do blazer, e só então ela se deu conta de que tinha ouvido o toque de um celular.

— Só um minuto — disse ele, e atendeu a chamada. Pouco depois o sorriso sumiu do rosto, dando lugar a feições tensas, dois grandes sulcos entre as sobrancelhas. Ele falava em russo, monossilabicamente. Terminada a conversa, guardou o aparelho mas continuou preocupado.

— Está tudo bem? — perguntou Liz.

— Não — respondeu ele sem rodeios. E com um gesto de irritação, explicou: — Era esse amigo de que lhe falei. Está em Londres e precisa da minha ajuda.

— Ajuda? A essa hora? — surpreendeu-se Liz. Ela não sabia ao certo para onde caminhava aquela noite, mas jamais teria previsto semelhante fim.

— Sinto muito. Em outras circunstâncias, chamaria você para ir junto. Mas meu amigo se meteu num... — ele parou um instante, procurando pela palavra certa.

— Numa encrenca?

— Isso mesmo. Uma encrenca. Ele não vai gostar se eu aparecer com alguém. Droga! — exclamou ele, levando a mão à testa.

— Não se preocupe — disse Liz. — Entendo perfeitamente.

— Ela já havia feito a mesma coisa antes, abandonado jantares, certa vez até um concerto, mas sempre por conta do trabalho, nunca por causa de um amigo.

Na calçada da Exeter Street, Dimitri se ofereceu para acompanhá-la até o carro.

— Não precisa — disse ela. — Vamos chamar um táxi pra você. Seu amigo está esperando.

Antes de entrar no táxi, o russo encarou-a com seriedade e disse:

— Espero não ter sido um estraga-prazeres. Para mim a noite foi maravilhosa.

— Para mim também.

— Quando nos vemos outra vez?

— Depende de você — disse Liz, casualmente. — Ligue quando voltar a Londres.

Por um instante, Dimitri relaxou as feições e voltou a sorrir como antes.

— Prioridade número um — prometeu. E sem mais dizer, inclinando-se para a frente, deu um beijo rápido na boca de Liz.

Que diabos foi aquilo?, ela se perguntou a caminho do carro. Gostara da companhia do russo em Cambridge, mas, por alguma razão, o mesmo não havia acontecido em Londres. Dimitri parecia estar interpretando um papel, o entusiasmo adolescente exalava algo de falso. Mas que motivos ele teria para isso? Talvez se sentisse menos à vontade num território que não era o seu. Ou talvez ela estivesse apenas imaginando coisas. No entanto, pensando novamente em Cambridge, Liz se lembrou do estranho incidente no quarto do hotel, para o qual ela ainda não havia encontrado uma explicação satisfatória. E de repente pensou em Charles, no alerta que ele dera. Pela primeira vez, ficou preocupada.

CAPÍTULO 32

Depois de um dia de céu claro, as nuvens haviam retornado, empanando o luar e escurecendo a rua. Próximo à esquina do prédio vitoriano, uma pequena escada conduzia a um porão onde era armazenado o lixo dos apartamentos, um bolorento cubículo de concreto convenientemente localizado para a coleta semanal.

Ela vinha observando a rua por diversas noites, mas até então não havia encontrado nenhum sinal de uma possível equipe de vigilância. Agora se encontrava a meio-caminho da pequena escada, de onde podia ver ambos os lados da rua estreita, parcamente iluminada pelos postes já muito antigos. Quando alguém passava, ela descia os degraus e, escondendo-se atrás das latas, esperava até se ver sozinha novamente. Só então retomava a sentinela.

Vestia-se de preto da cabeça aos pés: uma jaqueta de capuz, calças com bolsos grandes e um par de tênis. De longe poderia ser confundida com um garoto adolescente; portanto, tomava todos os cuidados para que ninguém a visse de perto. Segundo o plano que arquitetara com precisão cirúrgica, tudo deveria parecer um incidente corriqueiro.

Ela ouviu os passos curtos e firmes de alguém que dobrava a esquina. Arriscando uma espiadela, viu que a mulher se aproximava. Ninguém mais à vista. Dessa vez ela não desceu para se esconder, mas se agachou junto ao corrimão da escada e ali ficou, imóvel, certa de que as roupas escuras a deixariam invisível, pelo menos até que a invisibilidade não importasse mais.

Os passos foram ficando cada vez mais próximos, contrapondo-se às batidas de seu próprio coração, já acelerado pela adrenalina. Tão logo viu a sombra comprida que se formou na calçada, a menos de 1 metro de distância, ela levou a mão a um dos bolsos. Segundos depois viu passar a mulher em carne e osso, caminhando rapidamente, uma bolsa pendurada no ombro esquerdo. Só então irrompeu do esconderijo.

Alcançou-a com apenas alguns passos e, num gesto ágil, passou o braço pelo pescoço dela, imobilizando-a com tamanha força que por um instante os saltos da mulher se despregaram da calçada. Uma clássica chave de braço. A mulher começou a gritar, mas logo se viu sem ar nos pulmões.

Com a mão esquerda ela agora empunhava o estilete Stanley, já com a lâmina para fora.

— Não se mexa — sussurrou, e apertou a ponta da lâmina contra o braço da mulher. — Se ficar quieta, não vai se machucar.

Ainda sufocando sua vítima com o braço direito, usou o estilete para cortar a alça da bolsa dela, num golpe rápido e certeiro. Tão logo ouviu o baque surdo contra o chão, disse:

— Relaxa. Já consegui o que queria.

Mas em vez de relaxar, a mulher retorceu o corpo e desferiu um coice forte contra a canela de sua agressora, momentaneamente jogando o braço esquerdo dela contra a grade do prédio. Apesar da surpresa, ela, a agressora, logo recuperou o equilíbrio. Deu-se conta de que tinha nas mãos um alvo mais difícil que o imaginado, portanto decidiu terminar logo o serviço. Já estava com a lâmina pronta para cortar a garganta da mulher quando ouviu alguém gritar:

— Ei! O que você está fazendo? Pare já com isso!

Virando-se para trás, viu um grupo caminhando pela rua, vindo de um pub ou indo para uma festa qualquer. Pelo menos umas seis pessoas, que com certeza tinham visto tudo. Os gritos ficavam mais altos à medida que eles se aproximavam, correndo na direção dela.

Sua prioridade, mais que terminar o serviço, era não ser pega. Portanto, usando apenas a força, obrigou a mulher a se virar na direção da escada que levava ao depósito de lixo. Subitamente largou o pescoço dela e empurrou-a com violência: viu-a tropeçar e depois cair de rosto sobre os degraus, aterrissando com violência contra uma das latas de metal.

Em seguida apanhou a bolsa do chão e partiu em disparada na direção oposta à das vozes que se aproximavam, correndo rua abaixo e dobrando a esquina, atravessando mais duas ruas até chegar à segurança de seu carro estacionado. Abriu a porta e por um instante ficou ali, ouvindo atentamente. Nada. Se alguém viera atrás dela, havia desistido na metade do caminho. Rapidamente ela tirou a jaqueta, jogou-a junto com a bolsa sobre o banco de trás e por fim entrou. Deu partida no carro e seguiu com certa velocidade, mas também com prudência, rumo à Albert Bridge Road. Atravessava a ponte quando um carro da polícia veio na direção contrária com as luzes piscando.

Ela teria outras oportunidades para cuidar da tal mulher, mas seria presa apenas uma vez. Deu-se conta de que escapara por um fio.

CAPÍTULO 33

— Uma moça, você diz. A senhora tem certeza?

Sentada numa tosca cadeira de plástico, Liz levantou o rosto, aliviada por não estar mais enxergando as coisas em dobro apesar das dores de cabeça e do enjoo.

— Falei que era alguém do sexo feminino. Não sei quantos anos ela tinha.

Fazia três horas que ela já estava no St. Thomas's Hospital, o que não chegava a ser muito para um pronto-socorro naquele horário da noite. Na sala de espera, lâmpadas fluorescentes deitavam uma luz forte e cruel sobre a pequena multidão ali reunida. Bem à frente de Liz sentava-se um casal: o homem segurava um dos braços, gemendo de dor, enquanto a mulher examinava as próprias unhas. Mais adiante, um bêbado fedorento, embrulhado num casaco imundo, roncava esparramado sobre três cadeiras. Um rapazote, tão maltrapilho quanto o bêbado, havia vomitado no chão sem que ninguém aparecesse para limpar.

Não havia nada a fazer senão esperar pacientemente, folheando as páginas de uma surrada revista, obrigando os olhos a produzir um mínimo de foco. Por fim chamaram o nome dela: uma enfermeira limpou a testa esfolada de Liz, terrivelmente dolorida, para depois levá-la à radiologia para tirar uma chapa do ombro contundido ao bater contra o concreto. Ao voltar de lá, Liz fora recebida pelos dois policiais que agora a interrogavam.

— A senhora conseguiu ver a mulher? Acha que pode descrevê-la? — perguntou o mais jovem da dupla, um homem alto, de expressão séria e inquisitiva.

— Não exatamente — respondeu Liz. — Pelo canto dos olhos vi algo se mexer na escuridão e, quando dei por mim, já havia sido imobilizada por trás. Acho que ela usava alguma coisa na cabeça.

— Provavelmente um gorro. Para esconder o rosto — disse o policial mais velho. O rosto gordo e marcado dava a impressão de que o homem já tinha visto de tudo na vida.

— Ela falou alguma coisa? — quis saber o mais jovem.

— Não muito. Falou algo como "Não se mexa, se não quiser se machucar". Depois pegou a minha bolsa e disse: "Já consegui o que queria". — Liz se lembrava vagamente das palavras, mas ainda tinha na cabeça uma imagem vívida do estilete Stanley, bem como a lembrança do que lhe dissera a intuição no momento do ataque: não era exatamente a bolsa que a mulher queria. Os policiais, no entanto, não precisavam saber disso.

Por sorte, o policial mais velho parecia satisfeito com a hipótese de um simples assalto; não via a hora de dar o fora dali. Seu companheiro mais jovem, por outro lado, parecia menos convencido.

— Estranho — disse. — Uma mulher assaltando sozinha. Geralmente elas agem em bando.

Liz permaneceu calada.

— Isso está cada vez mais comum nos dias de hoje — disse então o veterano. — Semana passada, em Tulse Hill, prendi uma garota que tinha roubado um velho com uma faca em punho. Era de meter medo em qualquer marmanjo.

Ele riu, mas o companheiro apenas franziu o cenho. Acabem logo com isso, por favor, pensou Liz. Uma investigação era a última coisa de que ela precisava naquele momento. Não demoraria muito para que eles deparassem com a inexplicável lacuna de informações em torno de "Jane Falconer". Seria péssimo se ela tivesse de pedir a Brian Ackers que mandasse seu pessoal jogar panos quentes sobre o caso.

— Os senhores já terminaram com a Srta. Falconer? — perguntou a enfermeira na recepção. — O médico quer vê-la agora.

O mais jovem hesitou um pouco, mas o veterano logo assentiu:

— Sim, já terminamos — e sorrindo para Liz, emendou: — Cuide-se, mocinha, e assim que tivermos alguma novidade, entramos em contato.

— Obrigada — disse Liz, mais aliviada do que ele podia imaginar.

O médico, de bigodinho fino, parecia atarefado quando Liz entrou na minúscula e abarrotada saleta de atendimento. Com um gesto impaciente, ele acenou para que ela se instalasse na cadeira à sua frente e foi logo dizendo que a radiografia não havia apontado nenhuma fratura. Protestou apenas superficialmente quando Liz se recusou a passar a noite em observação no hospital.

— Tudo bem — disse, mais suave. — Vou providenciar uma ambulância para levá-la de volta. Tem alguém para cuidar de você?

— Tenho, sim — disse Liz, tentando não pensar no apartamento frio e oco que a esperava em Battersea. — Minha mãe.

— O que não deixava de ser verdade, pelo menos uma verdade em potencial. Se necessário fosse, sua mãe não hesitaria em socorrê-la.

— Fique de cama por um ou dois dias — recomendou o médico. — Não tente apressar sua recuperação. Se tiver enjoos ou perder o foco da visão outra vez, volte para cá imediatamente. Não se assuste se ficar um pouquinho emotiva. Passou por uma situação terrível. Coisas da vida. Poderia ter sido qualquer outra pessoa naquela calçada, mas infelizmente foi você.

Enquanto esperava pela ambulância, Liz refletiu sobre o assunto. Talvez se tratasse mesmo de um assalto comum. Mas não, tudo indicava que o ataque havia sido uma operação profissional, muito bem planejada e direcionada especificamente contra ela. Mas por quê? O que eles poderiam querer dela? No estado combalido em que se encontrava, dificilmente ela chegaria a uma resposta. Só de pensar, sentia a cabeça latejar ainda mais. Portanto, armazenou todas as perguntas nas gavetas da mente para retomá-las depois, tão logo se sentisse melhor.

Quando enfim chegou a ambulância, Liz sentiu um repentino frio na espinha; viu novamente a lâmina a poucos centímetros de sua garganta. A tal mulher não queria bolsa nenhuma: queria matá-la. E enquanto estava no carro, auxiliada por uma enfermeira, subitamente ouviu na cabeça o toque do telefone de Dimitri.

CAPÍTULO 34

Quanta demora, pensou Peggy Kinsolving, encarando o telefone na esperança de que ele tocasse. Não tocou.

Ela se sentia de mãos e pés atados. Já havia feito sua parte; portanto, só o que lhe restava agora era esperar que os outros fizessem a deles. Olhou para a hortênsia no vaso sobre a mesa. Estava encardida e murcha. Regá-la de vez em quando talvez ajudasse um pouco, pensou. Seu pai, que possuía uma pequena estufa no quintal da casa onde criara a família, costumava dizer que a filha tinha um "dedo podre" para as plantas.

Peggy era experiente o bastante para saber que *todo mundo* tinha algo a esconder. Afinal, sua própria claustrofobia era algo de que ninguém tinha conhecimento. O que a vinha incomodando nos últimos dias, enquanto ela fazia o possível para destrinchar as migalhas de informação que recebia de Liz, era que nenhum dos membros do círculo de Brunovsky parecia ter um passado oculto.

Sim, o marido da Sra. Warburton tinha cumprido uma pena de seis meses por danos corporais graves, e a empregada nova, a garota eslovaca chamada Emilia, havia mentido para a imigração em Heathrow sobre o tempo que pretendia permanecer no país. Mas era impensável que esses delitos fizessem parte de um complô contra Nikita Brunovsky. Quanto aos outros, Peggy simplesmente não acreditava que eles não tivessem nada a esconder. Tinham, mas ela ainda não havia descoberto.

Ela olhou vagamente para os dois primeiros números da *Private Collection*, a nova revista de arte que Greta Darnshof havia criado, impressa em papel grosso e brilhante, repleta de ilustrações e, estranhamente, isenta de qualquer publicidade. A menos que tivesse uma extraordinária circulação, certamente era subsidiada. Mas por quem?, perguntou-se. Um milionário filantropo e amante das artes? Russo talvez? Ou seria Greta rica o suficiente para custeá-la com recursos próprios? Ela havia pedido às autoridades dinamarquesas que investigassem Greta Darnshof, mas até então não recebera nenhuma resposta.

Do mesmo modo, entrara em contato com o FBI em Washington, pedindo informações sobre Harry Forbes. Depois de um demorado silêncio, e diversos pedidos de urgência, eles finalmente haviam respondido, dizendo que o homem tinha a folha corrida completamente limpa. Ao que tudo indicava, Forbes era exatamente quem dizia ser: um banqueiro do setor privado, ex-Goldman Sachs, com uma vasta rede de clientes e contatos no mundo das artes.

Daquele grande tabuleiro de suspeitos também fazia parte Marco Tutti, o decorador italiano, dublê de marchand. Peggy lembrou-se do jovem Signor Scusi, da conferência em Paris, e lhe telefonou em Roma. Em seu inglês ainda macarrônico, Scusi mostrara-se a simpatia em pessoa, oferecendo-se de pronto para levantar a ficha de Tutti. Depois de um tempo, no entanto, ligara de volta, constrangido, para dizer que não havia encontrado nenhuma mancha no passado do italiano; mais ainda, não havia encontrado passado algum. Pedira a Peggy que novamente soletrasse o nome dele, o que ela fez, mas depois não dera nenhuma notícia. Dez dias já haviam corrido desde então.

Peggy detestava esperar pelos outros. Sentia-se nas alturas quando fazia suas pesquisas por conta própria, um perdigueiro farejando suas presas, indo na direção que lhe apontava o focinho. Agora, no entanto, sua frustração só fazia crescer. Pela primeira vez, tinha a impressão de que aquelas informações eram de fato urgentes. Dois dias antes, ao ver Liz com um enorme hematoma na testa e mancando ligeiramente de uma perna, sentira no estômago a primeira pontada de aflição. Liz dissera que havia sido assaltada, que os assaltos eram muito comuns naquela parte da cidade. Quase simultaneamente, o A4 havia divulgado que Rykov fora visto nas imediações do apartamento de Battersea que Liz vinha usando como fachada. Mas em nenhum momento Liz havia sugerido a possibilidade de que uma coisa estivesse relacionada com a outra. Por certo haveria um vínculo qualquer. Seria Brunovsky? Peggy intuía que sim. E havia aprendido, com ninguém menos que a própria Liz, a seguir sua intuição.

Um recado foi deixado sobre sua mesa. Era de Beckendorf, o veterano chefe do Serviço de Inteligência alemão: dizia que Igor Ivanov, adido econômico da embaixada russa em Berlim e provável agente de apoio de um Ilegal, estava de viagem marcada para Londres dali a alguns dias, junto com uma comitiva de comércio. Peggy tomou o papel e, caminhando a passos largos, seguiu para a sala de Liz, onde encontrou Michael Fane.

— Alguma novidade interessante? — perguntou ele, vendo Peggy entregar o papel a Liz.

Peggy não lhe deu nenhuma atenção. Liz leu a mensagem, depois passou o papel a Michael para que ele lesse também.

— Mas o que Ivanov realmente vem fazer aqui? — perguntou Michael.

— Se já soubéssemos — disse Peggy, ríspida —, não estaríamos aqui conversando, você não acha?

— Michael — disse Liz —, descubra onde Ivanov vai se hospedar e veja se é possível colocarmos uma escuta no quarto dele. Ah, veja também se o A4 pode ficar no encalço dele durante toda a estadia em Londres. Talvez essa seja nossa chance de saber quem é esse Ilegal, se é que ele existe.

Dali a pouco, quando elas já estavam sozinhas na sala, Peggy olhou para Liz e disse:

— Você cortou o cabelo. Gostei da franja, mas ainda dá pra ver o hematoma.

— Puxa, muito obrigada — ironizou Liz.

— Estou preocupada — disse Peggy. — Você podia ter se machucado muito mais — e diante do silêncio que recebeu como resposta, perguntou: — Você contou ao Brian?

— Claro que sim. Ele disse que os assaltos acontecem a toda hora, e acontecem mesmo, não é?

— É, acontecem — disse Peggy, mas sem nenhuma convicção.

CAPÍTULO 35

O mês de maio chegou na quinta-feira, e pela primeira vez a temperatura ultrapassou os 20 graus. Enquanto caminhava da estação de Hyde Park Corner para a casa de Brunovsky, mentalmente repassando os últimos acontecimentos, Liz olhou desolada para os próprios braços, brancos feito alabastro, e por um instante se perguntou se naquele verão ela enfim conseguiria um bronzeado decente.

Embora tivesse dito o contrário para acalmar Peggy, ela continuava, sim, a cogitar a possibilidade de algum vínculo entre o assalto e a presença de Rykov em Battersea. Intrigava-se sobretudo com a segunda parte da charada. Como teria Rykov descoberto o endereço do apartamento de fachada e por que aparecera por lá? Saberia da existência dela, de que ela morava ali, ou estaria apenas a serviço de outra operação com a qual ela não tinha nada a ver? Talvez tivesse conseguido o endereço com Jerry Simmons, que a havia deixado em casa depois do leilão. Mas se tivesse falado com Simmons, por que Simmons não havia comunicado a Michael Fane, uma vez que havia sido recrutado por ele? E que relação isso poderia ter com o assalto? Teria sido mesmo um incidente sem importância, ou algo bem mais sinistro? Em todo caso, o ataque fora feito por uma mulher, portanto Rykov estava acima de qualquer suspeita. Além disso, um diplomata russo, mesmo que trabalhando secretamente para um serviço de inteligência, dificilmente sairia à rua para assaltar alguém.

Havia ainda outra possibilidade: a de que alguém relacionado a Brunovsky soubesse de sua real identidade e por algum motivo quisesse matá-la. Por enquanto ela não tinha nenhuma resposta, mas independente do que fosse fazer, ela iria se mudar daquele apartamento o mais rápido possível.

Tão logo foi recebida pela empregada na casa do russo, Liz deixou tudo isso de lado e entrou na pele de seu personagem. Imediatamente percebeu certa excitação no ar. Tamara andava de um lado a outro no corredor, nem sequer se dando ao trabalho de cumprimentá-la com o costumeiro e rápido meneio da cabeça. No escritório, Brunovsky falava alto ao telefone, com evidente empolgação. A Sra. Warburton espanava as mesinhas do hall de entrada.

Na sala de jantar, Liz já ia abrindo o laptop sobre a mesa quando notou a presença de dois homens sentados diante da janela que dava para a rua. Pareciam um par de anões de jardim, encarando-se mutuamente. Ao vê-la, um deles ficou de pé. Era Marco Tutti, dessa vez em trajes formais: um terno preto de risca de giz. O outro se levantou mais lentamente.

— Olá — disse ele, e só então Liz pôde ver que se tratava de Harry Forbes, mais americano do que nunca, vestindo uma camisa listrada e suspensórios vermelhos.

— Desculpem se interrompi alguma coisa.

Mas Forbes fez que não com a cabeça, e sorriu de um modo nitidamente infantil.

— Não interrompeu nada — disse. — Estávamos apenas papeando.

Nesse instante, vozes agitadas vieram do hall de entrada. Olhando pela porta, Liz viu Tamara e Greta Darnshof paradas ali, ansiosamente à espera de algo.

— Venha — disse Forbes, apontando o queixo para o hall. — O bebê acabou de chegar.

A porta da frente estava aberta. Brunovsky se encontrava à soleira, ladeado por Tamara e Greta. Do hall, Liz, Tutti e Harry Forbes espiaram o que acontecia na rua. Três vans da Securicor haviam estacionado diante da casa; na traseira de uma delas, a do meio, reunia-se meia dúzia de homens uniformizados, todos de capacete. Dois outros saíram de dentro do carro, carregando um pacote embrulhado em isopor branco. Na calçada, um magricela de óculos e terno esperava por eles. Sem dúvida o inspetor da seguradora, pensou Liz. O homem estava branco como um fantasma, certamente por conta da aflição em torno do desembarque.

Assim que eles subiram os degraus da frente, Brunovsky começou a aplaudir, e imediatamente todos fizeram o mesmo. Liz sentia-se um tanto ridícula ao aplaudir uma pintura, mas havia algo de comovente na empolgação infantil do oligarca diante da chegada de seu precioso *Campo azul*.

O cortejo acompanhou a pintura escada acima. Os carregadores colocaram-na sobre a mesa da pequena sala de jantar, e o inspetor da seguradora se incumbiu de retirar a embalagem, lentamente, com um cuidado que pareceria falso não fosse o ligeiro tremor das mãos dele. Por fim terminou seu trabalho e olhou para Brunovsky. Durante um tempo ninguém disse nada.

A certa altura, com um gesto da cabeça, Brunovsky permitiu que os dois carregadores de avental verde pendurassem o quadro na parede e o conectassem ao sistema de alarme.

— Perfeito! — exclamou Marco Tutti, subitamente se juntando a Brunovsky diante do quadro. Em seguida, num tom de voz mais baixo, emendou: — Mas em pouco tempo você terá que abrir espaço para mais um quadro nesta sala, sabia?

— Mais um quadro? — devolveu Brunovsky, surpreso.

— Talvez outro Pashko — disse o italiano com malícia, provocando o russo como se tivesse algum segredo.

Brunovsky virou-se para encará-lo.

— De que diabos você está falando?

— Bobagem minha — admitiu Tutti, dando de ombros. — Ou talvez não. Um passarinho me contou que talvez a *Montanha azul* não tenha sido destruída afinal. Ao que parece, a publicidade em torno do *Campo azul* — ele apontou para o quadro na parede — provocou uma busca intensa pelo irmão gêmeo dele.

— A *Montanha* foi destruída — sentenciou Brunovsky.

— Não são apenas boatos... — insistiu Tutti.

Liz não pôde deixar de admirar a persistência do italiano, pois Brunovsky já estava a ponto de ter um ataque. Também se deu conta de uma coisa: apesar das roupas elegantes e dos modos afetados, o que Tutti realmente tinha era a verve e a lábia de um verdadeiro cafetão. Venderia um risco no chão se fosse preciso.

— Um marchand amigo meu — ele prosseguiu —, que mora perto de Cork, na Irlanda, contou que diversos figurões da Northam's visitaram a região na semana passada. Um deles era Archie Davenport-Howse.

— O especialista em arte russa da casa de leilões — sussurrou Harry Forbes ao ouvido de Liz.

— Não acredito! — exclamou Brunovsky, perplexo. E olhando fundo nos olhos de Tutti, disse: — Alguém chegou a ver o quadro? O que você está dizendo é pura invencionice.

— Eu não teria tanta certeza assim — interveio Greta Darnshof, parada junto da porta. Estava linda, Liz tinha de admitir, no clássico terno Chanel que escolhera para vestir. Se Monica estava mais para uma *It Girl*, Greta tinha os dois pés fincados na alta-costura. — Grigor Morozov também acredita nisso.

— Como assim? — perguntou Brunovsky, mas com toda deferência à dinamarquesa.

— Ouvi dizer que Morozov despachou dois asseclas para a Irlanda a fim de apurar a notícia.

— Ele ficou louco ou o quê? — Brunovsky correu os olhos pela sala em busca de apoio moral.

— Louco, sim — respondeu Greta. — Mas para botar as mãos na *Montanha azul*.

Tutti riu e disse:

— Ou para que *você* não bote as mãos nela.

Brunovsky cedeu afinal e baixou os olhos para o chão enquanto refletia.

— Isso não pode acontecer — falou dali a pouco. Em seguida, ergueu a cabeça e olhou para Tutti com uma expressão calma, porém determinada. — Se a *Montanha azul* ainda existe, quero que você a encontre para mim — disse. — Custe o que custar.

Mais tarde naquela manhã, Liz estava na sala de jantar do andar de baixo quando Brunovsky entrou com um ar contemplativo. Ele fechou a porta do hall e disse:

— Jane, andei pensando. Nós dois sabemos por que você está aqui. Suponho que não tenha encontrado nada de suspeito.

— Não — disse ela com cautela —, não encontrei. — A única pessoa que corria algum perigo era a própria Liz, mas não havia motivo para contar nada ao russo. Talvez ele estivesse se perguntando se a presença dela ali ainda fazia sentido, e por um momento Liz se animou com a possibilidade de sair daquele ambiente bizarro e voltar a seu trabalho normal.

— Não estou surpreso — disse ele. — Ainda assim é um grande prazer tê-la aqui conosco, mas não é exatamente isso que está me preocupando.

Aquilo só podia ser uma deixa para que ela perguntasse:

— Então *o que* está preocupando o senhor?

Hesitante, Brunovsky contornou um trecho da mesa antes de responder:

— Você já foi seguida?

— Não — disse Liz, mentindo com a maior naturalidade possível.

— Pois eu fui uma vez, durante três meses pela KGB. Nos velhos tempos. — Ele abriu um sorriso débil. — Sou mais velho do que parece. Quando você está sendo seguido, tem a impressão de que saiu à rua num dia quente, mas por algum motivo está usando um sobretudo pesado. Por mais que você tente, não consegue tirá-lo. E quando consegue, *presto*, de repente o casaco volta para os seus ombros.

— Muito desagradável — disse Liz, espantada com a precisão da analogia.

— De fato, não é nada bom. Pois é assim que me sinto em relação ao Morozov. Não que ele me siga fisicamente, pelo menos até onde sei, mas o homem sempre dá um jeito de aparecer no meu caminho, como uma sombra.

— Quando foi que isso começou?

— Há dez anos. Na Rússia. Ele veio me procurar, pedindo que eu o ajudasse a proteger um amigo dele, Levintov, um judeu de Kiev que havia pisado nos calos de um dos grandes criminosos. Falei com algumas pessoas que eu conhecia nos serviços de segurança. E também com um policial que certa vez eu havia subornado. — Brunovsky disse isso sem o menor traço de constrangimento, e Liz se lembrou de que, na ética primitiva do estado russo, subornar um policial era coisa corriqueira. — Encontrei um guarda-costas para Levintov — prosseguiu ele. — Morozov ficou muito agradecido. Mais que isso. Me cobriu de presentes, me convidou para passar uns dias na *datcha* dele... Mas certa noite, o tal Levintov voltava de um balé quando foi seguido por dois carros, e em determinado momento homens saltaram desses carros com Kalashnikovs em punho e dispararam mais de cinquenta balas contra o carro dele. Levintov morreu na hora, e o motorista e o guarda-costas também.

— Gente da máfia, é isso?

Ele fez que não com a cabeça.

— No fim das contas a máfia não tinha nada a ver com a história. Soube por algumas autoridades de altíssimo escalão que se tratava de um grupo de rebeldes da KGB. Levintov os havia trapaceado num negócio qualquer, e eles quiseram se vingar.

Brunovsky agora estava junto da janela, admirando as roseiras do jardim da frente. Falou baixinho:

— Quando contei tudo isso a Morozov, ele não acreditou. Disse que eu havia traído o amigo dele, e que teria que pagar por isso. Não fiquei muito preocupado na época, depois me mudei para a Inglaterra. E dali a pouco ele se mudou também. Por minha causa, só pode ser.

CAPÍTULO 36

Michael Fane estava animado. Aquela seria sua primeira participação numa missão operacional, e ele mal podia parar quieto. Igor Ivanov havia chegado na véspera e estava hospedado num hotel pequeno de Bloomsbury. Quatro equipes do A4 estavam a postos para segui-lo aonde fosse.

— Alguma novidade? — perguntou Michael, entreabrindo a porta da sala de operações pela terceira vez naquela manhã.

— Não — disse Reggie Purvis, rispidamente. — Nem vai ter. Sua operação foi pro ralo. O contraterrorismo recrutou todas as equipes.

— O quê? — exclamou Michael, irritado. — Vou reclamar!

— Faça o que quiser, rapaz — retrucou Reggie, o rádio dando sinal de vida com um súbito ruído de estática —, mas agora dá o fora. Estou ocupado.

De volta aos cubículos do escritório, Michael perguntou a Peggy:
— Por que eles tiraram o A4 do Ivanov?
— Por causa de um alerta. Um suposto agente da Al Qaeda chegou de avião da Turquia; tudo indica que vai se encontrar com uma célula no norte da cidade.
— Então ninguém está vigiando Ivanov enquanto ele está aqui?
— Não. E ele volta para a Alemanha amanhã.
— Mas nesse meio-tempo ele pode ir pra qualquer lugar! — protestou Michael.
— De acordo com a transcrição das chamadas telefônicas, ele vai almoçar com Rykov. Rykov ligou para ele hoje de manhã para confirmar. Um almoço tipicamente inglês: no Wiltons da Jermyn Street.
— Aonde mais ele vai?
— Não faço a menor ideia. E sem o A4, não vamos ficar sabendo.
— Isso é absurdo! — disse Michael. — E o Ilegal? Como vamos saber quem ele é se não seguirmos Ivanov? Vou reclamar com a Liz.
— Eu não faria isso — disse Peggy, mas Michael já lhe havia dado as costas.
— Não — disse Liz com firmeza quando Michael enfim se calou. — Lamentável, sim, mas absurdo, não. É uma questão de adequar recursos a prioridades. Esse é sempre o problema.

Liz não estava nem um pouco disposta a debater o assunto. Michael tentou, mas ela rapidamente o interrompeu, deixando claro que a conversa terminava ali.

Ele saiu contrafeito, certo de que um erro fatal estava sendo cometido. Em tese não deveria se importar: afinal, era apenas um subordinado, recém-chegado ao jogo. Mas custava a acreditar que uma oportunidade daquelas estava sendo negligenciada, e sobretudo que Liz não se dava conta disso.

"Mostre alguma iniciativa." Não era isso que seu pai costumava dizer quando o via perdido e entediado, sem nada para fazer? Especialmente naquele fatídico verão do ano anterior, antes do divórcio dos velhos, quando, recém-formado na universidade, ele não tinha absolutamente nada com o que se ocupar. Seu pai não largava do seu pé, cobrando iniciativa. Um tormento.

Mas talvez ele tivesse alguma razão. Tudo bem, decidiu Michael, "iniciativa" aqui vou eu. Ele voltou à sua mesa com uma ideia começando a se formar. Quando avistou Peggy Kinsolving, interceptou-a como se estivesse chamando um táxi.

— O que você vai fazer no almoço? — perguntou.

— Vou até o Arquivo Público — respondeu ela rapidamente, e continuou andando.

Deixa estar, pensou Michael, e se perguntou quem receberia de bom grado seu convite. De repente se lembrou de Anna, a ex-namorada. Queria ver se ela o acusaria de imaturidade agora. Então pegou o telefone e dali a cinco minutos se viu explicando:

— Não, nada de sanduíches. Muito pelo contrário, eu garanto. — Tentou parecer o mais cortês possível.

Ficou ouvindo por um instante.

— Puxa, Anna — disse afinal. — Encare como se fosse um favor. Não foi você mesma quem disse que devíamos continuar amigos?

Roland Phipps se remoía de tédio. O que não deveria ser nenhuma surpresa, ele pensou. Tony Caldecott já o havia alertado de que o almoço seria de primeira, mas a conversa talvez não fosse lá muito estimulante. De fato não era, mas também não precisava ser tão enfadonha assim. Esse mérito ninguém poderia tirar dos diplomatas russos: apenas eles eram capazes de enfadar alguém até que uma lagosta e um Puligny-Montrachet se transformassem em papelão e mijo frio — no Wiltons, ainda por cima.

Ele e Tony se conheciam desde muito: mais exatamente desde o segundo campeonato de remo de Winchester, o que bastava para que eles se vissem pelo menos duas vezes por ano. Phipps havia entrado para o Lloyd's depois de se formar em Winchester, e Tony, no serviço militar. Em nenhum momento eles chegaram a perder contato, mas depois Tony ressurgira na City, com um banco de investimento, canalizando capital de risco para a exploração de gás na Rússia.

— Não será tão mal assim, meu velho. Um encontro estritamente social — Tony havia dito. — Meu amigo Vladimir, da Delegação de Comércio, está recebendo na cidade um figurão que ele precisa impressionar. Preciso de você para dar ao almoço uma cor local.

Bem, Tony era um velho camarada, mas ele, Roland, havia feito por merecer cada centavo daquela dispendiosa patuscada. Em princípio não tinha nada contra a Rússia, ainda que seus negócios tivessem sofrido ligeiramente depois de Chernobyl. Mas Tony não o havia preparado para o tédio daqueles dois.

Um deles — Rakov? Rykov? — falava inglês bem, tão bem que aparentemente fazia questão de demonstrá-lo, pois não parava de tagarelar. O outro, por sua vez, era de meter medo: um eslavão de aspecto sinistro, saído direto de um filme de James Bond, mal abria a boca para dizer o que quer que fosse. Difícil trocar alguma ideia com ele.

Mais uns trinta minutos pela frente, calculou Roland, olhando discretamente para o relógio. A menos que a hospitalidade de Tony incluísse um demorado conhaque com o café. Pena que aquele avião ali não esteja conosco, ele lamentou, referindo-se à moça sentada à mesa logo atrás dos russos. Por um instante cogitou se seria grosseiro deixá-los para ir ao banheiro, mas dali a pouco, cerimônia às favas, pediu licença e saiu para os fundos do salão.

Só no caminho de volta, depois de uma demorada ausência, foi que ele notou a presença do rapaz que acompanhava o tal avião. Achou que o conhecesse, e de repente se lembrou.

— Com licença — disse, debruçando-se sobre a mesa, embalado pelo vinho e pela vontade de postergar tanto quanto possível sua volta à maçante companhia dos russos. — Você não é o filho de Geoffrey Fane?

O rapaz corou, e a moça olhou assustada para a figura que invadia seu território.

— Sou Michael Fane — disse o rapaz, quase sussurrando.

Deve ser tímido, pensou Roland, ao contrário do pai. Geoffrey Fane sempre fora um homem seguro, desenvolto, mesmo nos tempos de escola.

— Roland Phipps — ele se apresentou. — Desculpe interrompê-los. Mas como vai seu pai? Está bem? — O rapaz apenas fez que sim com a cabeça. — Então mande a ele um grande abraço — disse Roland. Por fim, reverenciando a bela moça à sua frente, deu um tapinha no ombro do rapaz e foi se sentar.

— Você se lembra de Geoffrey Fane? — perguntou ele assim que Tony chegou ao fim de uma longa explanação sobre a emissão de debêntures. — Aquele ali é o filho dele. Estava no Lord's com o Geoffrey, anos atrás. É a cara do pai.

Voltando-se para o russo falante, disse:

— Desculpe, é que acabei de ver o filho de um velho conhecido — refletiu um instante, cogitando se estava prestes a cometer uma indiscrição. Que nada, decidiu, não nos tempos atuais. — Sempre desconfiamos de que o pai dele fosse um espião.

Vendo a interrogação no olhar de Rykov, Roland tratou de explicar:

— Um agente do Serviço Secreto britânico — e para o impassível Ivanov, disse: — James Bond. Esse tipo de coisa.

Pela primeira vez, os olhos de Ivanov cintilaram. Ele sabia muito bem do que se tratava. Muito interessante, seu sorriso parecia sugerir.

Santo Deus, pensou Roland, quando é que isso vai acabar?

CAPÍTULO 37

De Roma, Scusi por fim respondeu a Peggy: desculpava-se por não ter respondido mais cedo, mas havia se casado dez dias antes e viajado para a Úmbria em *luna di miele*. Infelizmente, seus colegas não haviam conseguido localizar Marco Tutti. A título de cortesia, ele anexara uma lista de pessoas associadas ao mundo das artes que tinham sido judicialmente condenadas nos últimos dez anos.

Peggy suspirou, perguntando-se como poderia encontrar mais informações que justificassem uma segunda investigação por parte de Scusi. Tinha certeza de que uma solicitação de vigilância ao A4 seria recusada; de qualquer modo, dificilmente eles encontrariam algo que incriminasse o italiano.

Ela correu os olhos pela lista de nomes que Scusi tinha mandado. Nada que lembrasse "Marco Tutti", ainda que vagamente.

Abaixo dessa lista havia outra, com o nome das pessoas que tinham sido deportadas da Itália, supostamente por algo além de mau comportamento: contrabandear antiguidades para fora do país, ela sabia, era quase lugar-comum. Peggy rapidamente leu a mixórdia de sobrenomes internacionais: Erickson, Goldfarb, Deschamps, Forbes... Ela parou e leu novamente. Harry Forbes, extraditado da Itália.

Então pegou o telefone e ligou para Roma. *Pronto*, respondeu alguém, e quando por fim foi transferida, depois de ser atendida por uma sucessão de secretárias monolíngues, Peggy já estava quase arrependida de ter ligado.

— Signor Scusi, desculpe incomodá-lo outra vez, mas conheço um dos nomes da lista de deportados que o senhor me mandou. Harry Forbes. Diz aqui que ele foi extraditado da Itália por ter participado de um esquema de contrabando de antiguidades. O que eu gostaria de saber é se mais alguém estava envolvido nesse esquema.

— *Uno momento* — Peggy podia ouvi-lo folheando alguns papéis. — *Si*. Dois outros homens foram condenados também. Mas não foram deportados. — Ele deixou escapar um risinho irônico. — Foram presos porque eram cidadãos italianos. Camurati e Marcone, eram esses os nomes.

Peggy não tinha muito como explicar sua solicitação seguinte, estava apenas seguindo seu instinto.

— O senhor poderia me dar mais detalhes sobre eles?

Quatro horas depois ela já estava examinando a mensagem mais recente de Scusi. Foi para a sala de Liz e colocou um dos anexos sobre a mesa.

— Por que está me mostrando uma foto de Marco Tutti? — perguntou Liz.

— Porque o nome verdadeiro dele é Luigi Marcone. Foi condenado por fraude na Itália e passou três anos numa prisão da

Sicília. As autoridades também prenderam Harry Forbes, mas ele foi apenas deportado. Ambos foram acusados de ajudar alguns *tombaroli*, violadores de túmulo, a contrabandear moedas de ouro da Sicília para colecionadores americanos. Quando saiu da prisão, Marcone mudou o nome para Tutti e se mudou para a Inglaterra. Mas pelo que você disse, ele ainda está totalmente envolvido no mercado das artes.

Liz refletiu um instante.

— Não vejo como isso faz dele uma ameaça para Brunovsky. A não ser para o bolso do russo, claro. Seguramente está passando a perna em Brunovsky de alguma maneira, mas não temos motivos para acreditar que tenha algum vínculo com os russos.

— Eu sei.

— Mesmo assim, vale a pena ficar de olho nele. E em Harry Forbes também.

— Mas eu não entendo uma coisa — disse Peggy. — Por que o nome de Forbes não consta dos registros do FBI? Eles deveriam ter alguma coisa, já que o homem foi deportado da Itália.

— Falta de comunicação entre dois departamentos, eu suponho — disse Liz. — De qualquer modo, nos dias de hoje acho que eles não dão muita bola para outra coisa além do terrorismo — ela encara sua assistente por alguns segundos. — Estou impressionada com o que você descobriu — disse.

— Os italianos são muito bons — devolveu Peggy, modestamente.

— Você também é muito boa.

Peggy sentiu as bochechas arderem. Sabia que havia corado. Alguém bateu à porta. Michael Fane.

— Posso ter uma palavrinha com você? — perguntou ele a Liz. E olhou para Peggy. — Se possível em particular?

Peggy se levantou.

— Mais tarde nos falamos de novo — disse para Liz. Ao sair da sala, notou que Michael não mostrava sua habitual empolgação. Parecia preocupado. Ótimo, ela pensou sem nenhuma comiseração, talvez ele tenha metido os pés pelas mãos.

E de fato tinha. Tropeçando nas palavras, confessou que havia seguido Rykov no almoço com os ingleses. Liz mal pôde acreditar no que ouviu; nem sequer tentou disfarçar seu espanto.

— Idiota!

Michael derreou a cabeça como um cachorrinho fujão que volta para o dono.

— Que foi que deu em você?

— Bem, eles cancelaram a vigilância do A4... — ele ergueu a cabeça e, coçando uma das faces, tentou expor sua defesa. — Achei um absurdo, alguém tinha que ir atrás do Ivanov. Quis mostrar um pouco de iniciativa, só isso.

— O que você mostrou não foi iniciativa, Michael, foi estupidez — Liz apertou o queixo com firmeza, visivelmente tentando controlar a raiva. Calou-se por um tempo, depois disse: — Por que você não falou comigo antes?

— Achei que você não ia permitir.

— E não ia mesmo. Mas teria evitado essa enrascada em que você se meteu. Michael, o que você precisa entender é que aqui todo mundo faz o que faz por um motivo. O A4 é responsável pela vigilância, não eu ou você. Eles sabem como se fazer invisíveis. Você não, como acabou de provar. Numa investigação, Michael, você sabe apenas de uma parte do que está acontecendo. Nunca se esqueça disso. Por acaso não lhe ocorreu que talvez você estivesse olhando a conexão Rykov-Ivanov pelo ângulo errado? É possível que a realidade das coisas seja bastante diferente daquilo que você supõe, e, ao agir de maneira tão estúpida, você passou informações. Eles agora sabem que estamos interessados. Pense nisso — balançando a cabeça num gesto de exasperação, Liz pegou o telefone.

— Quer dizer então que estou em apuros? — perguntou Michael.

Mas Liz já ia dizendo:

— Brian, preciso vê-lo com urgência. Tudo bem, já estou descendo. — Ela desligou o telefone e se levantou sem ao menos olhar para Michael. Mas antes de sair, disse: — Se você prestasse mais atenção ao trabalho, em vez de ficar dando uma de James Bond, saberia que Rykov foi mandado subitamente de volta pra Rússia. Por que não vai pra sua mesa e tenta descobrir o que isso significa?

CAPÍTULO 38

Assim como a de Charles Wetherby, a sala de Brian Ackers dava para o Tâmisa, mas ao contrário de Charles, ou de qualquer outro com uma sala naquele lado do prédio, Brian havia posicionado sua mesa de tal modo que ele ficasse de costas para a vista. Que tipo de pessoa faria uma coisa dessas?, pensou Liz ao entrar na sala. Por sobre os ombros do chefe, sentado à mesa, ela viu que o sol forte coloria de azul-cobalto as águas do rio. Uma lancha deslizava lentamente contra as marolas, puxando um homem sobre uma prancha de surfe com um banner publicitário tremulando atrás de si. "Olha, Brian", ela quase disse, mas diante da expressão dele, mudou de ideia.

A mesa de Ackers era sobrenaturalmente organizada, com um bloco de papel A4 ao centro do mata-borrão e, à esquerda, uma pilha reta de pastas. O único adorno era um porta-canetas de mármore verde que ele jamais usava: um presente dado pelos russos da KGB, segundo ele mesmo já havia contado com incontida ironia, durante a primeira visita deles a Thames House após o fim da Guerra Fria. Ele havia pendurado um mapa gigantesco da extinta União Soviética na parede, tão grande que decerto viera de alguma sala de operações do Exército; na extremidade oposta à da mesa, prateleiras que iam do chão ao teto abrigavam os inúmeros volumes de sovietologia que ele havia acumulado ao longo de toda a vida.

Liz fez um breve relato sobe a malfadada operação de vigilância de Michael Fane, e, pelos lábios crispados de Brian, deduziu que ele não tinha a menor intenção de poupar o garoto. A irritação que ela própria sentira inicialmente já havia abrandado: Michael tinha sido tolo e impulsivo, seu erro era mais sério do que fatal. Ela precisava evitar que Brian exagerasse na dose.

— O que Fane fez é motivo de demissão — disse ele ao fim do relato.

— Eu sei — respondeu ela. — Mas acho que há atenuantes.

— Atenuantes? O que poderia justificar uma atitude precipitada dessas?

— Nada, você tem razão, mas Fane achava que estava fazendo a coisa certa. Não estava, claro. E agora sabe disso, pode acreditar. Tenho certeza de que não vai fazer uma besteira dessa outra vez. Na verdade, o problema é que ele ainda é muito jovem e inexperiente para as responsabilidades que carrega nas costas.

— Bem, quanto a isso podemos dar um jeito — disse Brian, voltando ao mau humor inicial. — Mandá-lo de volta para a Segurança Corporativa, para o posto de assistente do qual ele nunca deveria ter saído, talvez sirva de lição para o nosso atrapalhado Sr. Fane.

— Claro — disse Liz, em tom conciliatório. — Mas quem ocuparia o lugar dele? Na situação atual... Você sabe.

— É verdade — assentiu Brian a contragosto. — Suponho que um Fane seja melhor do que nenhum. Você acha que ele fez um estrago muito grande?

— Espero que não — disse Liz, que se preocupava justamente com isso: que os ingleses no restaurante tivessem comentado com Rykov e Ivanov sobre a conexão de Geoffrey Fane com o MI6, e que os russos estivessem, desconfiados de que já haviam sido descobertos, fosse lá o que estivessem tramando. — O que realmente me intriga — prosseguiu ela — é o fato de que Rykov foi subitamente despachado de volta para a Rússia. Um dos nossos informantes contou que recebeu um telefonema dele, um telefonema de despedida. Rykov estava quase histérico. Tudo indica que ele está em maus lençóis. Fico me perguntando se tudo isso não está relacionado.

Brian inclinou-se para a frente, uma expressão de coruja no rosto, as mãos meticulosamente cruzadas sobre a mesa.

— Não creio. Mas só o fato de você cogitar essa hipótese dá uma medida da enorme estupidez cometida por Michael Fane. O que vamos fazer com ele?

— Para ser honesta, Brian, eu deixaria as coisas como estão. A imprudência dele será registrada no próximo relatório de desempenho. Além disso, vou deixar bem claro que ele está na corda bamba. Duvido que faça mais alguma besteira.

Brian pensou no assunto, e por um instante Liz receou que ele fosse insistir numa punição qualquer.

— É melhor que não faça mesmo — disse Brian enfim, e recolheu uma das pastas sobre a pilha para indicar que a reunião havia terminado.

Ao sair da sala, um tanto aliviada, Liz mais uma vez matutou sobre o possível significado daquela sequência de acontecimentos. Ao contrário do chefe, não via como mera coincidência a proximidade entre a partida de Rykov e a imprudência de Michael.

CAPÍTULO 39

— Tá a fim de sair pra tomar alguma coisa? — era Monica, emergindo atrás de Liz, que trabalhava no laptop.

— Claro — respondeu Liz calmamente, mascarando sua surpresa.

— Vou subir pra me trocar. Volto daqui a meia hora pra te buscar.

Liz assentiu com a cabeça e ficou observando a namorada de Brunovsky enquanto ela subia as escadas. Monica usava jeans de grife e uma blusa de seda à altura do umbigo. Casual, mas chique. Liz sentiu-se um tanto sem sal no que ela própria usava: uma saia da M&S e uma blusa lilás, sua favorita, ainda que passasse longe das últimas tendências da moda.

De repente veio um berro do escritório de Brunovsky:

— Tamara!

Liz ouviu passos apressados e dali a pouco a secretária se materializou de saia e suéter pretos, marchando ofegante para os fundos da casa enquanto Brunovsky berrava:

— Tamara! *Idite siuda!*

A chegada dela aparentemente não apaziguou o oligarca, que continuou a berrar num incessante palavrório em russo. A certa altura, Tamara voltou pelo corredor, o rosto geralmente frio e impassível agora estriado por uma mistura de lágrimas de rímel.

Liz ficou tentada a consolá-la, mas segundos depois Brunovsky veio atrás da secretária e novamente berrou com ela. Monica ressurgiu na sala, ainda vestindo as mesmas roupas. Apontou para a saleta de Tamara e disse:

— Melhor a gente ir de uma vez.

— Tudo bem — disse Liz, aliviada.

— Quando ele fica assim — observou Monica com fastio —, leva horas para se acalmar.

O lugar era uma grande *town house* em Knightsbridge e se chamava White Palace, apesar dos tijolos vermelhos da fachada georgiana. Entrando no foyer acarpetado, coroado por um gigantesco candelabro, elas foram recebidas por um homem de smoking:

— Seja bem-vinda, Srta. Hetherington. Como vai o Sr. Brunovsky?

— Em plena forma — disse Monica, piscando para Liz. — Viemos só para um drinque rápido, Milo.

Descendo por uma escada de ferro em espiral, ela conduziu Liz até um grande porão. O teto se dividia em abóbadas de tijolo aparente, e o piso era de tábuas corridas, de um carvalho embranquecido. As mesas se distribuíam em diversos nichos, iluminados por pontos de luz nas paredes. Monica escolheu a mesa do canto e elas se acomodaram no banco acolchoado.

— Ufa! — exclamou Monica. — Ainda bem que saímos daquela casa.

Correndo os olhos pelo salão, Liz notou que as poucas pessoas ali presentes eram quase todas mulheres. Apesar de muito bem-vestidas, não pareciam madames de Sloane Square recuperando o fôlego depois de uma exaustiva tarde de compras na Harvey Nichols, figuras comuns naquela parte de Londres. A maioria tinha algum traço estrangeiro, discreto porém perceptível: um nariz romano, maçãs eslavas, joias extravagantes que cheiravam a Budapeste mais do que a Knightsbridge.

— Isto aqui é um clube privê? — perguntou ela.

— Não exatamente. Basta ser apresentado ao Milo. Neste horário costuma ser frequentado sobretudo pelas esposas dos russos. Homens são raros aqui.

— É. Já percebi. Parece um Women's Institute só para dondocas.

Monica riu.

— Mais tarde chegam as solteiras, à procura do príncipe encantado. Ou melhor, do russo encantado. É uma espécie de matadouro para os oligarcas. Por isso não deixo o Nicky nem chegar perto daqui. Não vou dar mole para a concorrência, vou?

— Não, claro que não — concordou Liz, perguntando-se se fora ali que a garota havia conhecido Brunovsky.

O garçom veio à mesa, e Monica pediu uma garrafa de Cristal. À revelia de Liz, que queria apenas uma taça de vinho.

— Vai com tudo, mulher! — disse Monica, e chacoalhou a pulseira de brilhantes como se estivesse numa mesa de pôquer. Longe de Brunovsky, percebeu Liz, ela parecia outra pessoa: bem-humorada, sem travas na língua, até mesmo um pouco maluquinha. — É por minha conta! Quer dizer, por conta do Nicky! — Ela se corrigiu, abrindo um sorriso de satisfação. Depois apontou para as duas mulheres que haviam acabado de entrar, ambas altas, magras e louras, porém meio vulgares, com vestidos justos demais e saltos muito altos. — Está vendo aquelas ali? — disse. — Estão caçando. Mas chegaram antes da hora. Os russos só vêm mais tarde.

— Erraram no cálculo, é isso? — ironizou Liz.

Monica não entendeu muito bem.

— Parecem duas biscas, eu sei, mas é disso que os russos gostam. — Ela estufou os peitos e os balançou à maneira de uma miss em trajes de banho, e Liz riu. — Pelo menos no início. — Uma ponta de tristeza despontou nos olhos dela. — Depois as coisas mudam. "Quero que você seja uma *dama britânica*" — disse ela, numa impressionante imitação da voz de Brunovsky. — Você é que é feliz, não precisa nem se esforçar.

Suponho que seja um elogio, pensou Liz, timidamente tirando os cabelos do rosto. Monica arregalou os olhos e disse:

— Caramba! Achei que fosse uma sombra, mas não é. Você está com um hematoma horrível na testa! Que foi que houve?

— Dei uma topada na porta, no meu apartamento.

— Sei. É sempre uma porta, não é? — disse Monica, e com sarcasmo acrescentou: — Conheço um monte delas: a porta Philip, a porta Ronnie... Essa foi a pior de todas. E não vamos esquecer, claro, da porta Nicky.

Liz achou desnecessário negar que havia sido agredida por um namorado. Ficou se perguntando se Monica costumava apanhar do russo. Tudo indicava que sim, mas, observando o corpo forte da moça, produto de visitas diárias à academia, cogitou se ela teria condições de enfrentar o namorado. Provavelmente não: Brunovsky era baixo, mas parrudo como um touro. Então, ponderou se Monica seria forte o suficiente para tê-la empurrado na escada daquele depósito de lixo. "Não se mexa", a mulher havia dito. Teria sido ela?

— Tamara parecia bem abalada — observou.

— Não precisa ficar com pena. Aquela bruxa.

— Nunca vi o Nicky explodir daquela maneira.

— Dê tempo ao tempo, Jane, e você verá outra vez. — Monica já estava na segunda taça de champanhe. Esvaziou-a na boca e alcançou a garrafa para uma terceira.

Enquanto ela falava, contando como havia sido sua recente viagem a Paris, Liz observava o movimento no salão. Alguns homens já haviam chegado. Uma mulher de traços marcantes e cabelos cor de fogo, embrulhada num vestido revelador, estava sentada sozinha ao balcão. Não se dava ao trabalho de disfarçar: a cada homem que chegava, oferecia-se acintosamente com o olhar. Um dos homens foi ter com ela, mas depois de uma conversa rápida, balançou a cabeça e se afastou.

— Olha, vou te dizer uma coisa — declarou Monica, enrolando cada vez mais a língua à medida que terminava a terceira taça de champanhe —, acho que o Plaza Athénée é superestimado. Prefiro mil vezes o George V. E você, Jane, viaja muito a trabalho? Aliás, com o que exatamente você trabalha?

— No momento estou fazendo pesquisas. Para uma tese.

— Ninguém fica rico com pesquisas — disse Monica. — Você devia descolar um russo também.

Liz sorriu, mas não disse nada. E subitamente se fartou. O que estou fazendo aqui?, perguntou-se, e mais uma vez esquadrinhou o salão: um reles mercado em que poder e sexo eram as moedas de troca. Pegou a bolsa e disse:

— Monica, muito obrigada pelo convite, foi muito divertido, mas preciso ir.

Monica olhou as horas no relógio.

— Jesus! — exclamou. — Eu também. Nicky já deve estar cuspindo fogo. Combinamos de sair para jantar.

A caminho da escada, elas passaram pela mulher de cabelos ruivos, ainda sozinha ao balcão, à cata de alguém. Ao ver Monica, ela sorriu de um modo irônico e soprou um beijo no ar.

No andar de cima, Liz perguntou:

— Quem era aquela?

— Uma vadia que conheci anos atrás —, Monica respondeu animada, e Liz percebeu que era o champanhe falando. Mas depois ela se recompôs e, afagando o braço de Liz, disse: — Brincadeirinha. Nunca vi a perua antes.

CAPÍTULO 40

Contrariando o costume, Geoffrey Fane oferecera-se para atravessar o rio e vir pessoalmente falar com ela, e àquela altura já estava vinte minutos atrasado. Sua iminente chegada impedia Liz de se concentrar no que quer que fosse, e ela já estava prestes a ligar para Vauxhall Cross para saber se Fane de fato estava vindo quando ele enfim entrou na sala.

— Desculpe o atraso — disse Fane, jogando a capa de chuva sobre uma cadeira livre junto à parede. Sentou-se à frente de Liz e casualmente cruzou as pernas, passeando os olhos pela sala. Vendo-o, Liz arrependeu-se de não ter feito muito para personalizar o ambiente. O único acréscimo que fizera à insípida decoração oficial havia sido uma gravura, uma paisagem de Nadder Valley, que ela havia comprado num antiquário próximo à casa da mãe. — Muito bonita — disse Fane, levantando-se para admirá-la. — Conhece bem essa região?

— Foi onde cresci — respondeu Liz, aliviada com a aprovação dele.

— Uma bela parte do país. Costumo pescar por lá. — Fane refletiu um instante e, subitamente, entrou no assunto que o levara até ali. — Recebi notícias de Moscou sobre Morozov. Nosso pessoal mandou um relatório bem detalhado. O mais interessante, na minha opinião, é que Morozov já foi da KGB, diretor da PGU, com postos em Nova York e na Alemanha Oriental, onde sofreu um infarto em 1989. Foi mandado de volta a Moscou e deixou a KGB em 1990. Os dois filhos mais velhos ainda vivem nos Estados Unidos. O caçula está aqui.

— Muito interessante — disse Liz. Pensou um pouco e acrescentou: — Mas nada disso bate com o que Brunovsky me contou a respeito dele. — Ela repassou a Fane a história de Brunovsky sobre a origem da animosidade de Morozov.

Fane ouviu com atenção, franzindo o cenho de vez em quando. Ao fim do relato, disse:

— Realmente, uma coisa não bate com a outra. Segundo o relatório de Moscou, Morozov entrou no setor privado depois que Yeltsin subiu ao poder. Com um grupo de investidores, conseguiu comprar uma das concessões postas à venda durante o processo de privatização das estatais. Ele e os sócios pagaram uma quantia relativamente pequena por uma mina de diamantes industriais ainda inexplorada, e foi com isso que ele fez sua fortuna. Uma fortuna modesta para o padrão dos oligarcas — ironizou ele —, mas não para o nosso. E para aumentá-la, quis monopolizar parte do mercado de diamantes. Só que monopolizar um mercado custa caro. Morozov e os sócios não tinham cacife para financiar a empreitada sozinhos, então chamaram alguém que tinha. Para encurtar a história, quando os preços começaram a subir, esse novo sócio pulou fora, o monopólio se desfez, e os preços despencaram. De uma hora para outra, os diamantes que eles tinham em carteira estavam valendo menos do que valiam à época da compra. Morozov foi quem mais sofreu, pois havia investido mais dinheiro que os outros, provavelmente metade de sua fortuna. Adivinhe quem era o tal sócio.

— Brunovsky, claro.

— É o que dizem.

— Quer dizer então que a história de Brunovsky é pura invencionice?

— Parece que sim. Mas lembre-se, essa é a versão dos amigos de Morozov.

— Mas não deixa de ser plausível. Aliás, é a primeira indicação até agora de que realmente existe um complô contra Brunovsky. Se Morozov já foi da KGB, e tem essa história dos diamantes entalada na garganta, ele teria os meios para levar a cabo uma vingança de grandes proporções.

— Exato — disse Fane, e se levantou para buscar a capa de chuva. — Vou ver o que posso levantar sobre o tal Levintov. Tenho a impressão de que, se ele morreu mesmo, foi de velhice, e não de uma chuva de balas. Mas nunca saberemos ao certo.

— Ótimo — disse Liz. — E eu vou pedir a Peggy para falar com os americanos e os alemães, talvez eles tenham algo sobre a passagem de Morozov por esses dois países. Obrigada por ter atendido minha solicitação tão rápido.

— Não há de quê. Para mim, trata-se de uma operação conjunta. — Fane se calou um instante, mas depois, lançando um olhar inquisitivo sobre Liz, disse: — Brian falou que você está pensando em jogar a toalha. O que não deixa de ser compreensível. Mas eu ficaria muito agradecido se você segurasse as pontas mais um pouco. Acho que estamos fazendo algum progresso.

Ele ficou ali, abraçado à capa de chuva, sem dar nenhum indício de que pretendia sair. De repente pareceu hesitante, inseguro.

— Soube que meu filho Michael andou se comportando mal — disse por fim.

Santo Deus, pensou Liz, só pode ter sido o Brian. Achei que tivéssemos colocado um ponto final nessa história.

— Nada de muito sério.

— Tomara que não.

— Todos nós cometemos erros — observou Liz, recorrendo à primeira platitude que lhe veio à cabeça. — Michael pelo menos teve o juízo de reconhecer o dele.

Fane assentiu com a cabeça, mas não parecia apaziguado. Antes de sair, disse constrangido:

— Brian contou que, por sugestão sua, nenhuma medida será tomada. Eu lhe agradeço por isso.

Tão logo se viu sozinha, Liz cogitou se na imaginação de Fane ela havia intercedido em deferência a ele, mais que ao próprio Michael. Incomodava-a que talvez ele tivesse razão.

Ainda tinha mais por vir. Terminado o expediente, Liz desceu à garagem no subsolo da Thames House e com seu Audi velhinho, porém confiável, saiu à rua que dava para os fundos do prédio. Mais adiante, na esquina da Marsham, avistou uma figura esguia e se deu conta de que era Fane, à procura de um táxi. Com o parlamento reunido, dificilmente haveria um carro livre naquela parte da cidade. Ela pensou duas vezes, depois reduziu e encostou.

— Quer uma carona? — perguntou ao baixar o vidro da janela.

— Puxa, é você! — disse ele, visivelmente aliviado. — Muita gentileza sua, mas não quero tirá-la do caminho — disse ainda, mas já abrindo a porta do Audi.

— Kensington? — arriscou Liz.

— Fulham, na verdade — disse Fane, e entrou. — Embora esteja vivendo em Paris, Adele ainda é a proprietária de Phillimore Gardens — explicou ele, com uma ponta de amargura.

Liz desceu pela Horseferry Road na direção do Embankment. Sabia que àquela hora o itinerário mais rápido seria esse; além disso, gostava de ver a Albert Bridge iluminada em seus tons de rosa e branco, o que lembrava um bolo confeitado.

Eles seguiram em silêncio por alguns minutos enquanto Fane admirava a paisagem do rio.

— É impressionante como estão construindo por lá — ele apontou para a margem sul, onde novos prédios residenciais surgiam como torres de Lego. — Na minha infância, aquilo era um deserto.

— Você cresceu em Londres?

— Sussex — disse Fane. — Mas minha avó tinha uma casa em Pelham Crescent. Nem posso imaginar o quanto uma casa dessas valeria hoje — observou, não com nostalgia, mas com certo azedume em razão das circunstâncias que hoje o afligiam.

— Você vinha sempre para vê-la?

— Durante as férias, e ficava por uns dias. Vovó era um doce de criatura, me levava para tudo quanto é lugar: autos de Natal, museus, concertos... o roteiro cultural de *cabo a rabo* — ele aparentemente gostava da rima. — E você?

— Vínhamos de Wiltshire anualmente, eu e minha mãe. Para as liquidações de fim de ano.

— Então ambos somos do interior — disse Fane. — Agora está explicado.

— O que está explicado? — devolveu Liz, ligeiramente ríspida.

— Nossa afinidade — respondeu ele calmamente. Mas Liz estava certa de que ele queria dizer outra coisa.

Chegando a Cheyne Walk, Fane começou a apontar o caminho. Liz dobrou à direita e seguiu pela Fulham Road até chegar a uma ruazinha tranquila, exclusivamente residencial. À parte um homem que esperava paciente enquanto seu terrier farejava a base de um poste e um portão batido mais adiante, a rua estava deserta. Mais ou menos na metade da rua, por instrução de Fane, Liz reduziu a velocidade diante de uma casa espaçosa, revestida de estuque e dividida em dois apartamentos.

— Quer beber alguma coisa? — ofereceu Fane, e apontou para a calçada. — Pode parar aqui, a essa hora é permitido.

— Obrigada — disse Liz. — Fica para outra vez.

— Tem certeza? — perguntou ele, aparentemente surpreso com a recusa.

— Amanhã acordo cedo.

Fane assentiu com relutância, agradeceu a carona e desceu.

Seguindo adiante, Liz olhou pelo retrovisor a tempo de vê-lo subindo a escadinha de casa. Teria ficado ofendido?, perguntou-se. Provavelmente sim. Fane decerto não era um homem habituado a rejeição. Teria feito apenas um convite sem segundas intenções? Provavelmente não.

Ao contrário de muitas colegas, Liz jamais havia saído com alguém do trabalho. Passara perto — houve um tempo em que sua amizade com David Armstrong ameaçara resvalar em algo mais. E a bem da verdade, no fundo do coração, Charles sempre fora uma possibilidade, apesar de ser casado. Portanto, não se tratava de um princípio, mas apenas de uma circunstância.

Em casa, Geoffrey Fane serviu-se de uma dose de uísque e se acomodou no sofá para enfrentar a noite que teria pela frente. Pena que Liz não tivesse entrado; era uma mulher atraente, e uma noite na companhia dela, ou mesmo algumas horas, por certo teria sido bastante agradável. Pensando nela enquanto olhava para o copo, teve a impressão de que já a tinha visto em algum lugar, muito tempo antes. Uma lembrança lhe veio à cabeça: um jogo de críquete em Winchester, contra Eton. Devidamente paramentado, ele esperava sua vez de rebater quando uma garota, sentada numa cadeira dobrável a alguns metros de distância, lhe chamou a atenção. Linda, mas de um modo indefinível. Filha de um professor de Eton, ou irmã de alguém, ele não lembrava mais. Quisera de todo jeito chamar a atenção dela, mas a moça estava muito concentrada no jogo. Quando chegou sua vez de entrar em campo, ele ficou de pé e subitamente ouviu alguém gritar "Boa sorte!"; ao olhar para trás, viu a moça sorrindo para ele, um sorriso do qual ele jamais se esqueceria. Naquele dia ele havia marcado setenta pontos, e ao voltar para o banco, erguendo o taco para agradecer os aplausos, procurara por ela. Mas a moça já havia partido, e ele jamais voltaria a vê-la. Assim era a vida; sonhos, oportunidades perdidas. E agora... Liz seguramente não era nascida à época do tal jogo contra Eton, mas ainda assim era aquela mesma garota, senão uma sósia dela.

CAPÍTULO 41

— Conte a ela a novidade — disse Brunovsky.

Jane levantou o rosto lentamente quando ele irrompeu na sala de jantar acompanhado de Marco Tutti. O italiano vestia um exuberante terno chocolate sobre uma camisa rosa, apesar da tarde ensolarada. Ele hesitou, mas Brunovsky espetou-o nas costelas e disse:

— Anda, conta — parecia bastante empolgado.

— Achamos que a *Montanha azul* foi encontrada — disse Tutti a contragosto.

— É mesmo? — Liz tentou disfarçar o ceticismo. — Onde?

— Na Irlanda, onde mais? — disse Brunovsky. Ele acabava de chegar da partida de tênis que jogava semanalmente com outro oligarca e ainda estava vestido a caráter: short branco e uma polo Lacoste verde-limão. Liz notou que as pernas dele, muito brancas sob as espirais de pelos negros, eram razoavelmente musculosas, como as de um ciclista profissional.

— Claro — disse ela, placidamente.

Brunovsky olhou para Tutti, que, percebendo a deixa, retomou a palavra:

— Uma senhora de sobrenome Cottingham é a proprietária. Vive a uns 60 quilômetros de Cork.

— E por que resolveu sair da toca agora?

— Parece que viu uma foto do *Campo azul* no jornalzinho local, quando a venda foi noticiada. E percebeu que o quadro era quase idêntico ao que ela havia adquirido anos atrás.

— E ninguém havia notado a semelhança antes? — devolveu Liz com uma ponta de sarcasmo, perguntando-se por que diabos Brunovsky não conseguia ver que nada daquilo fazia sentido.

Marco deu de ombros.

— Talvez sim — disse. — Acontece que essa tal Sra. Cottingham sempre foi um tanto... como é que se diz quando uma pessoa não gosta da companhia dos outros?

— Reclusa — respondeu Brunovsky, cujo vocabulário invariavelmente deixava Liz admirada. Ela precisou se conter para não rir: a história do italiano era ridiculamente previsível.

— Obrigado — disse Marco. — Pois bem. Ela entrou em contato com um sobrinho em Dublin e pediu a ele que tentasse encontrar um comprador.

— E ele procurou você? — perguntou Liz.

— Na verdade ligou para a Northam's, e eles ligaram para o Harry.

— Harry foi o comprador que usei como fachada na aquisição do *Campo azul* — explicou Brunovsky. — E Tamara deu os lances por telefone. Eu não queria ser descoberto. — Ele jogava um peso de cristal de uma mão para a outra, impaciente com tantos detalhes. — Nada disso é relevante, Jane — falou com rispidez, porém sorrindo para tirar o peso das palavras. — Você não entende? A *Montanha azul* foi encontrada, e quero que ela venha para as minhas mãos!

— Ninguém a viu ainda?

— Não — disse Brunovsky —, mas sabemos como ela é. Tenho fotos no meu escritório. Venha.

Os três seguiram pelo corredor rumo aos fundos da casa. No escritório do russo, um elegante portfólio de couro jazia sobre a secretária inglesa, no topo de uma pilha de clipes de jornal e anotações manuscritas. Brunovsky pegou-o, entregou-o a Liz e indicou que ela se acomodasse no pequeno sofá. Ficou de pé à frente dela, dando as costas para a mesa, e Marco se sentou na cadeira sob o retrato grande do cossaco. Observando a pintura, Liz notou o olhar belicoso do soldado montado a cavalo.

Ela abriu o portfólio e deparou com diversas fotos coloridas, de 25x20 centímetros, todas tiradas de frente, mas de diferentes distâncias — na mais fechada delas era possível ver a assinatura do artista no canto direito da tela. O quadro mal se distinguia do *Campo azul*. Lá estavam as mesmas espirais em preto e azul, as mesmas pinceladas de textura densa. A única diferença que Liz podia perceber era a ausência do traço vertical amarelo que ela havia tomado como uma árvore, e talvez uma sensação de altura ou vertigem — presumivelmente a "montanha" que dava título à obra. Fora isso, os dois quadros tinham uma curiosa semelhança. Ou ardilosa, pensou Liz, já convicta de que se tratava de um embuste.

— O que é isto? — perguntou ela de repente, apontando para a mancha ferruginosa que atravessava o canto superior direito da pintura na foto.

— Ah! — disse Marco, roçando o cavanhaque com o indicador. — Acreditamos que isto seja um dano provocado pela água.

— Não diga — retrucou Liz. — O cano estourado.

— Exatamente — disse Brunovsky, batendo palmas como se aplaudisse a astúcia de Liz.

— Mas como se explica que o quadro tenha ficado perdido por tanto tempo?

Brunovsky olhou para Tutti, que começou a manusear a correia do relógio nervosamente.

— Isso permanece um grande mistério — disse o italiano. — Nenhuma informação nos foi dada nesse sentido. Mas a Sra. Cottingham explicará tudo quando nos encontrarmos com ela.

— Vamos nos encontrar com ela?

— Sim, caso cheguemos a um acordo — disse Tutti.

Ele agora parecia enigmático, mas Brunovsky, impaciente, disse:

— Não temos nenhum segredo com Jane, Marco. Pelo menos quanto à minha pinacoteca — acrescentou ele, e sorriu com malícia.

— O quadro será bastante caro, eu suponho — disse Liz secamente.

— Mais do que o *Campo azul* — disse Brunovsky, como se gostasse da ideia. — Algo em torno de 20 milhões de libras, na opinião do Marco. — Uma bagatela, ele parecia dizer, e talvez fosse mesmo, em se tratando de um oligarca. — Marco diz que eles querem algum dinheiro antes de falar conosco. Um "depósito de garantia", segundo dizem.

— Quanto eles estão pedindo? — perguntou Liz ceticamente.

— Um milhão — respondeu Marco, e sacudiu os ombros para mostrar que não podia fazer nada a respeito. Liz notou que dessa vez, ao roçar o cavanhaque, a mão do italiano estava tremendo. — Se a venda não se concretizar, eles irão reter 100 mil a título de recompensa pela oportunidade dada.

Brunovsky estalou a língua, contrafeito.

— Diga a eles que *meio* milhão é mais do que suficiente como depósito, e que o dinheiro será restituído integralmente se não chegarmos a um acordo.

Marco Tutti cruzou as mãos e crispou os lábios feito um garotinho obediente.

— Naturalmente, se essa é a sua vontade — disse. — Mas não creio que a Sra. Cottingham será flexível. Parece bastante segura de que outra pessoa pagará pelo privilégio de compra sem hesitar caso não o façamos.

Brunovsky arregalou os olhos para o decorador.

— Outra pessoa? — exclamou. — Que história é essa agora? Achei que ela tivesse nos procurado primeiro. Tem mais alguém no páreo, é isso? — E esbugalhando os olhos ainda mais, continuou: — Não vá me dizer que... É quem estou pensando? — Brunovsky desferiu um sonoro tapa na própria testa e, virando-se para Liz com um esgar de consternação quase cômico, disse entre os dentes: — *Morozov!*

Seguiu-se um momento de silêncio.

— Esqueça o que acabei de dizer — disse o russo afinal. — Pago o milhão que eles querem.

Pela primeira vez Marco não se atrapalhou com as mãos.

— Deixe comigo — disse, servil. — Vou falar com o sobrinho que aceitamos as condições deles.

Liz mal pôde acreditar no que ouviu. Só lhe restava aplaudir a perspicácia de Tutti como estrategista. Então era assim que os oligarcas faziam negócio: um milhão de libras apenas por uma opção de compra, com uma razoável bolada não restituível. Mas, e se não houvesse quadro nenhum, ou apenas uma falsificação? Por acaso Brunovsky não percebia a loucura disso tudo? Talvez ele fosse mesmo um louco — por Pashko, na melhor das hipóteses, ou talvez por Morozov. Liz resignou-se: jamais entenderia a rivalidade entre aqueles dois.

CAPÍTULO 42

— Desculpe, mas preciso atender — disse Brian Ackers, levando a mão ao telefone que tocava.

Liz acabara de relatar o que havia levantado sobre o passado de Marco Tutti e o segundo Pashko que ele havia "descoberto". Brian parecia preocupado, e agora, ouvindo o que ele falava ao telefone, Liz se deu conta de que havia uma operação em andamento sobre a qual ela nada sabia. Em razão do tempo consumido na casa de Brunovsky, ela andava mal informada sobre os acontecimentos na contraespionagem.

E para quê? Apesar de toda a agitação provocada pelo "complô" de Victor Adler, Brian não parecera especialmente interessado no que ela acabara de contar. Tudo indicava que ela havia sido despachada para um desvio. Talvez esse desvio levasse a algo importante, mas até então ela não havia encontrado sequer uma pista. O fato de que Rykov havia recrutado Jerry Simmons certamente não passava de uma atrapalhada tentativa de manter um oligarca sob vigilância: caso contrário, Simmons já teria revelado algo mais substancioso a Michael Fane. Além disso, nada levava a crer que o almoço de Rykov com Ivanov, ou mesmo a presença de Ivanov em Londres, tivesse alguma relação com Brunovsky. Tudo bem, a súbita volta de Rykov para Moscou, aparentemente sob uma nuvem de atrito, parecia uma reação um tanto exagerada à desastrosa iniciativa de Michael. Mas talvez houvesse algo por trás disso.

Uma coisa era certa: as pessoas que cercavam Brunovsky eram o que o pai de Liz teria chamado de "uma corja de piratas", mas a pirataria delas não era maior que a do séquito de outro bilionário qualquer. Elas não representavam nenhum perigo evidente. Todos os reis tinham lá sua corte; todos os magnatas, seus sicofantas e parasitas. O único aspecto intrigante sobre a corte de Belgravia era que o próprio rei, Brunovsky, não era capaz de enxergar que estava sendo explorado. Ou se enxergasse, não se importava com isso, pensou Liz. Afinal, ele precisava de algo que lhe preenchesse a vida.

— Novamente peço desculpas — disse Brian, desligando o telefone. — Outro cientista do governo foi abordado pelos russos.

— Alguém da embaixada?

Brian fez que não com a cabeça, e Liz percebeu que os olhos dele estavam injetados, provavelmente pela falta de sono.

— Dessa vez trata-se de um cientista russo que está aqui em regime de intercâmbio. Nossos amigos de Moscou nunca se cansam de nos surpreender. Bem, você já disse tudo que tinha a dizer? Preciso ir à Polícia Federal.

— Ao que tudo indica — disse Liz —, Tutti não passa de um bom e velho golpista. O que não consigo entender é como

Brunovsky caiu tão facilmente na conversa dele. Em tese ele deveria ser capaz de farejar uma armadilha dessas a quilômetros de distância.

— Claro, claro — disse Brian, impaciente. — Todos nós temos nossas fraquezas. Mas aonde você quer chegar exatamente?

— A meu ver, isso é um caso para a polícia. Eles têm um Esquadrão de Artes e Antiguidades, não têm? Esse tipo de golpe não tem nada a ver conosco. Na verdade, o único risco que Brunovsky está correndo é o de perder as cuecas se resolver comprar esse quadro falso.

— Muito bem, então. Vamos acionar a polícia e pedir que eles investiguem o tal italiano. Você cuida disso para mim? — Brian olhou com visível impaciência para as anotações que havia feito durante o telefonema.

— Claro — disse Liz, represando a crescente irritação. — Também acho que deveríamos pensar seriamente na possibilidade de me tirar de lá o mais rápido possível. Não tenho mais nada para fazer naquela casa. Se há algum complô ali, é para surrupiar o dinheiro de Brunovsky. Não que isso vá levá-lo à bancarrota. Mas não há nada que possa corroborar a história repassada por Victor Adler.

— Certo, mas falaremos sobre isso quando eu tiver um pouquinho mais de tempo. Sei que a vontade de Geoffrey Fane é que, por enquanto, você continue onde está. Preciso falar com ele e Pennington antes de tomar qualquer atitude.

— É mesmo? — Liz precisou se conter para não perguntar por quê. Desde quando as opiniões do Ministério de Relações Exteriores ou do MI6 determinavam o que um agente do MI5 deveria ou não fazer? No entanto, a julgar pelo modo peremptório de Brian, estava claro que ele não se dispunha a levar o assunto adiante. Na verdade, ele se levantou para sugerir que a reunião estava encerrada. E Liz entendeu o recado.

CAPÍTULO 43

Os sinos da catedral de Westminster já badalavam para a cerimônia do fim da tarde quando a mulher guardou na mochila o laptop e seu pequeno companheiro preto. Moscou havia concordado que a tal Jane Falconer, ou fosse lá como ela realmente se chamasse, agora apresentava um sério risco à operação. Ela já havia deixado claro que não acreditava na descoberta de um segundo quadro por parte do italiano. Ao que parecia, seu ceticismo não havia contaminado ninguém. Pelo menos por enquanto. A operação estava por um fio. Maldita a hora em que Brunovsky resolveu colocá-la dentro de casa.

A mulher sabia que estava sendo execrada por ter deixado Falconer escapar naquela noite em Battersea. Aqueles que a tinham incumbido da missão não eram lá muito condescendentes com o fracasso. Não faziam ideia de quanto era difícil agir diretamente sobre um alvo em Londres, e ainda por cima escapar sem que ninguém visse. Mas haviam concluído que uma segunda tentativa dessa natureza poderia abalar a operação como um todo. Sua missão agora era eliminar o risco Falconer do modo que lhe aprouvesse.

Ela tinha sido treinada para agir sozinha, mas agora, diante das críticas que lhe pesavam nos ombros, sentia-se isolada. Não era culpa sua que Rykov tivesse chamado atenção para si ao interferir sem autorização em áreas sobre as quais ele nada sabia. Como resultado, o mensageiro Ivanov não havia conseguido realizar o encontro.

O telefone tocou enquanto ela pensava em tudo isso. Do outro lado da linha, alguém muito aflito disse:

— Preciso vê-la já. É urgente.

— Calma — respondeu ela com frieza. — Conte o que aconteceu.

— Não por telefone.

Ela suspirou. Mais um idiota em seu caminho. Não dava para confiar nos italianos. Se chovesse quando estava previsto sol, se um trem se atrasasse por vinte minutos, se faltasse *prosciutto* para o sanduíche... era histeria na certa. Pessoas organizadas, como os alemães ou os suíços, mantinham sangue-frio diante de eventuais imprevistos. Mas os cidadãos de países caóticos (por quantos governos a Itália já havia passado depois da guerra?) ficavam ultrajados sempre que alguém reproduzia sua própria falta de organização.

— Quando você pode se encontrar comigo? — perguntou ele.

— Hoje à noite. No meu apartamento.

Ela refletiu um instante, avaliando os riscos.

— Me dê o endereço — disse, e ao ouvi-lo, imediatamente guardou na cabeça.

— Venha às 20 horas — ordenou ele. À beira da histeria, decerto se esquecera de quem dava as cartas ali.

— Às 22 horas — revidou ela, ríspida. Melhor seria contar com a proteção da noite.

Ele morava num loft convertido algumas ruas ao norte da Oxford Street, no que ainda era conhecido como o distrito das confecções de Londres, embora muitos dos prédios agora abrigassem escritórios de advogados e corretores de imóveis. Alguns estavam sendo transformados em prédios residenciais, mas àquela hora de um dia de semana a vizinhança se encontrava quase deserta.

Ela havia tomado um táxi até a Tottenham Court Road e percorrido a pé o resto do caminho, uns 500 metros, ciente de que um motorista que a levasse até o destino final teria muito mais chances de reconhecê-la mais tarde do que qualquer pessoa que apenas passasse por ela na rua. Usava tênis, calças impermeáveis escuras com bolsos fundos e uma jaqueta com o capuz levantado, cobrindo-lhe os cabelos e parte do rosto.

A entrada do prédio ficava numa viela pavimentada com paralelepípedos, transversal de uma grande avenida. Nenhum carro à vista. Ela apertou a campainha e olhou ao redor, mas não viu ninguém. A porta se abriu com um zumbido. No minúsculo hall, nada além das portas de metal do elevador. Ela apertou o botão da cobertura e subiu silenciosamente. Chegando ao alto, deparou com ele, já empunhando um copo de conhaque razoavelmente cheio.

— Entre, entre — disse ele, e voltou para o centro do amplo salão.

Grandes quadrados multicoloridos de tecido estampado com estêncil decoravam as paredes; as tábuas corridas do piso haviam sido enceradas num tom queimado de laranja. Aqui e ali, pilares de tijolo aparente lembravam o tempo em que o lugar se dividia em pequenos escritórios; agora, no entanto, resumia-se basicamente a um único espaço. Numa das paredes havia uma televisão de tela plana, enorme e moderna. Duas cadeiras e um sofá comprido de couro preto, feito ícones modernistas, cercavam uma mesa de centro com tampo de vidro. Mais adiante ficava a área de jantar, com uma mesa de pedra cinzenta e cadeiras de aço escovado, e para além dela um fogão industrial cercado de armários pretos que iam do chão ao teto. Uma geladeira duplex havia sido embutida na parede.

Enquanto digeria tudo isso, ela mentalmente avaliava o loft em termos de visibilidade e vias de acesso ou egresso. Um dos lados do loft dava para a viela pela qual ela havia entrado; o outro, para um prédio em reforma, um grande breu por dentro. À sua frente havia um corredor curto, que decerto conduzia ao quarto e ao banheiro. Dificilmente haveria outra entrada para o apartamento.

Ele não ofereceu nenhum drinque, mas sentou-se imediatamente numa das cadeiras, indicando o sofá para que ela se acomodasse, onde um gato rajado dormia, enroscado sobre as próprias patas. Ela detestava todo tipo de animal, sobretudo os domésticos.

— Você veio direto da academia? — perguntou ele, apontando com irritação para as roupas dela. Estava visivelmente nervoso.

— Sim. Ainda não passei em casa. Agora diz, que foi que houve?

— Tudo — respondeu ele bruscamente. Ao lado dela, o gato se levantou e espreguiçou o corpo. — Hoje de manhã recebi um telefonema da polícia. Um detetive do Esquadrão de Arte. Ele disse que queria falar urgentemente comigo. Tentei enrolar, mas ele foi irredutível. Vamos nos encontrar amanhã.

— Aqui? — perguntou ela calmamente. A resposta seria crucial.

— Não. Falei que iria procurá-lo.

— E você sabe o que ele quer com você?

— Ele não quis dizer, mas só pode ser uma coisa, não é? Com certeza eles já sabem sobre a *Montanha azul*.

— Não vejo por quê.

— O que mais poderia ser? — Quando ela o encarou com as sobrancelhas arqueadas, ele protestou: — Aquilo já está enterrado no passado. Ninguém aqui sabe disso, a não ser você. Além do mais, já cumpri minha pena. Que mais eles podem querer de mim? Não, só pode ser a *Montanha azul*.

— Tudo bem — disse ela. — Suponhamos que eles descobriram alguma coisa, talvez por meio de alguém do Morozov. Que motivos você teria pra se preocupar? Você pode dizer que Forbes lhe contou sobre a descoberta do quadro e você apenas passou a informação para Brunovsky. Não é difícil de lembrar, é? Além disso, essa é a mais pura verdade.

— Fácil para você dizer — resmungou ele, e derreou a cabeça entre as mãos. — Eu não devia ter dado ouvidos a você. Você disse que o plano era infalível, que se eu fizesse tudo como você mandasse eu não teria com o que me preocupar. *Che incubo* — erguendo a cabeça, ele se virou para ela com os olhos vermelhos e as pálpebras apertadas.

— Vou ferver água para fazer um chá — disse ela tranquilamente, e foi para o fogão nos fundos da sala. Sabia que o homem estava à beira de um ataque e precisava acalmá-lo. Dessa vez não havia ninguém para atrapalhá-la.

CAPÍTULO 44

Enquanto Peggy discava para a sexta operadora de navios de cruzeiro em sua lista, a chuva riscava as janelas de sua sala na agência. A Caribbean Leisure Works ("Seu lazer, nosso prazer") tinha sede em Bridgetown, Barbados; o site da empresa exibia fotos do porto ensolarado da cidade, onde uma pequena frota de navios e veleiros ancorados formava uma armada branca contra o azul-turquesa do mar. Ah, quem dera, pensou Peggy.

O simpático barbadiano do outro lado da linha por pouco não engasgou ao ouvir o que ela queria, e saiu para se consultar, abandonando-a ao tum-tum-tum do reggae. Dali a pouco, uma glacial voz inglesa veio ao telefone.

— Aqui é Marjorie Allingworth, diretora de pessoal. A senhorita quer informações sobre Monica Hetherington?

— Correto. Estou ligando do North Middlesex Hospital de Londres. Preciso encontrar Monica porque a mãe dela não está muito bem — disse Peggy calmamente. — Pelo que soube, ela trabalhava na sua empresa. Em um dos navios de turismo, creio eu.

— Isso foi há muito tempo. — A julgar pelo tom de voz, estava claro que Marjorie se lembrava de Monica, mas não com carinho. Peggy pôde ouvi-la digitando algo no computador. — Vejamos... 1996. Trabalhou conosco por apenas duas temporadas.

— A senhora saberia dizer para onde ela foi depois?

A mulher respirou fundo antes de dizer:

— Nenhuma ideia. Ela não manteve contato.

— Alguém por aí poderia ajudar? É realmente muito importante — suplicou Peggy.

— Vejamos...

Seguiu-se um longo silêncio. Peggy esperou enquanto ouvia as perguntas que a voz glacial fazia ao longe. Depois de um tempo a diretora voltou à linha.

— Uma das nossas funcionárias disse que Monica era muito amiga de Sally Dubbing, que ainda trabalha para nós na alta temporada. Ela mora em Londres. Vou lhe passar o endereço.

Meu Deus, pensou Peggy. A mulher não tem juízo nenhum. Eu poderia ser qualquer pessoa.

Tulse Hill era terra estrangeira para Peggy. Ela havia caminhado desde o ponto do ônibus, passando por uma banca de apostas que cuspia fumaça de cigarro porta afora, uma banca de jornal protegida por grades de ferro e um salão de cabeleireiros unissex especializado em alisamento. Alguns garotos assobiaram para ela numa quadra de basquete que nem sequer tinha aros, e uma mulher grávida, empurrando um carrinho de bebê, a havia despachado na direção errada. Agora, no quarto andar de um decadente prédio dos anos 1960, esperava na sala enquanto Sally Dubbing fazia café na cozinha.

Peggy correu os olhos pelos móveis gastos e pelas paredes bolorentas, onde se viam fotografias de lugares distantes e exóticos: Taiti, uma vista panorâmica de pequenas ilhas do Caribe, o porto de Key West. Certamente estavam ali para trazer um pouco de sol ao apartamento, mas aos olhos de Peggy elas apenas ressaltavam a tristeza do lugar. Nada poderia ser mais diferente de Belgravia.

— Aqui está. Sem açúcar, certo? — Sally pôs a caneca sobre a mesinha manchada ao lado da cadeira de Peggy, e ali a caneca ficaria até que o café esfriasse um pouco.

Peggy observou a moça, sentada à sua frente num pequeno sofá. Sally era uma lourinha de aspecto doce; teria um rosto de bebê não fosse pela mancha rosada que ia de uma das orelhas ao nariz, algo parecido com um rastro de geleia aguada. Não dava para dizer que se tratava de um traço de personalidade ou charme: a mancha era grande demais.

— Então, você quer conversar comigo sobre a Monica? — disse ela. O sotaque era um misto de sul de Londres com ansiedade.

— Sim — disse Peggy, e tirou da bolsa sua caderneta de anotações. — É para um artigo sobre as esposas e namoradas desses oligarcas russos.

Sally assentiu com a cabeça.

— Semanas atrás vi uma foto dela na *Hello!* Você trabalha lá também?

— Não. É uma revista nova. Ainda não está nas bancas. — Peggy sorriu e empurrou os óculos sobre o nariz. — Então me diga, você tem visto a Monica ultimamente?

— Você está zoando com a minha cara? — devolveu Sally, pegando os cigarros sobre a mesa. Acendeu um deles, soprou a fumaça e disse: — Faz mais de dois anos que não a vejo.

— Mas vocês se conheciam, não conheciam?

— Claro, Monica era minha melhor amiga. Mas era outra pessoa naquela época. — Ela olhou para Peggy com uma expressão vidrada, como se os pensamentos estivessem em outro lugar. Parecia refletir sobre algo, pois se levantou e foi até a cozinha, voltando dali a pouco com meia garrafa de Bell's. Peggy recusou quando ela lhe ofereceu o uísque, depois esperou que ela despejasse quase uma dose inteira sobre o próprio café. Sentando-se novamente, Sally bebericou da mistura e só então voltou a falar.

Naquele inverno em que se conheceram, ambas não passavam de duas adolescentes recém-saídas da escola, porém sem nenhum diploma. Monica vendia utensílios de cozinha no subsolo da Debenham's, e Sally aprendia mais sobre aspiradores de pó do que alguém jamais deveria saber. Ficaram amigas imediatamente, unidas pelo mesmo ódio que tinham do trabalho e o mesmo gosto pelas baladas noturnas.

— Monica sempre foi a líder — disse Sally, pensativa, parando para dar um gole no café. Foi Monica quem havia tido a ideia. A amiga de uma amiga de uma amiga trabalhava num navio de turismo no Caribe e, ao que parecia, divertia-se à beça. Segundo Monica, tratava-se de uma grande festa sob o sol. Seis semanas depois, as duas já faziam parte da tripulação do SS *Prince Albert*, que ia de Tobago para Miami.

Sally sempre soubera que tudo na vida tinha um preço, e havia suado a camisa como garçonete no bar da piscina e no gigantesco salão de jantar. Mas por vezes deixavam que ela cantasse à noite, durante o intervalo dos cantores profissionais. Além disso o clima era maravilhoso; a comida, de graça; e as bebidas, baratas.

— E a Monica? — perguntou Peggy, tentando voltar ao assunto que a interessava.

— Ah, ela também era garçonete. Pelo menos no começo. Depois foi promovida a hostess — disse ela, com uma ponta de orgulho.

A primeira temporada transcorrera sem problemas, e as duas amigas haviam retornado a Londres com dinheiro no bolso. A segunda havia sido quase tão boa quanto a primeira pelo menos para Sally. Monica tinha se metido em encrencas pouco antes do Natal, por ter confraternizado com um dos passageiros, um policial aposentado de Miami.

Sally olhou para Peggy com um ar de cumplicidade.

— Claro que a gente era paga pra ser simpática com os passageiros, mas a empresa estabelecia limites bem claros, e a Monica foi mais simpática do que devia, se é que você entende.

Deram a ela uma advertência formal, mas Monica não se deixara intimidar. "E daí?", ela havia dito a Sally, mostrando a gargantilha de ouro que o ex-policial lhe dera em Santa Lúcia.

Mais tarde, no cruzeiro de Páscoa, Monica reincidira, e dessa vez recebera o cartão vermelho. Sally ficara espantada com a reação dela: "Não estou nem aí." A verdade era que o passageiro transgressor havia oferecido 5 mil libras para que ela o acompanhasse num cruzeiro pelas ilhas gregas.

Depois disso, Sally acompanhara com um misto de admiração e preocupação os passos da amiga, que parecia ter ingressado numa carreira totalmente nova. Monica ainda trabalhava nos navios, mas não para as empresas: agora era dona do próprio negócio.

— Mas as empresas não se opunham? — perguntou Peggy, duvidando que elas estivessem dispostas a aceitar a reputação de bordéis flutuantes.

— Monica era muito cuidadosa. Comprava uma passagem como uma passageira qualquer, misturava-se com os outros passageiros durante a viagem e depois escolhia um deles, geralmente um viúvo. Não sei por que, mas os viúvos têm mania de embarcar num cruzeiro depois que a mulher morre. As empresas não podiam falar nada, podiam? Quem vai proibir o "amor"? Além disso, os cruzeiros são vendidos como viagens românticas.

Um gato saiu da cozinha e se esgueirou na direção da janela. Sem lhe dar atenção, Sally continuou:

— Depois disso, quase não vi mais a Monica. — Vez ou outra elas se encontravam num porto qualquer, e em Londres, durante o verão, procuravam-se também. O interessante era que Monica jamais exercia sua profissão na terra natal. — Acho que ela ainda tinha a esperança de encontrar um príncipe encantado, sabe? Não queria ficar malfalada, pelo menos aqui. — A essa altura, claro, o saldo bancário dela era bem mais polpudo que o de Sally, mas ela sempre se mostrava generosa com a velha amiga. Certa vez, chegara ao ponto de pagar a passagem de Sally para que ela a acompanhasse num cruzeiro.

— Ela esperava que você... — Peggy hesitou, sem saber ao certo como se expressar. — Que você trabalhasse com ela?

— Não — respondeu Sally, e abriu um sorriso triste. Depois, correndo os dedos sobre a mancha rugosa do rosto, disse: — Eu não conseguiria trabalho nenhum com isto aqui, você não acha?

— A pergunta havia sido apenas retórica. — Na verdade, Monica não trabalhou naquela viagem. A gente se divertiu à beça.

Mas por que então elas não eram mais amigas?, perguntou-se Peggy, vendo o gato saltar sobre a mesa de pinho, entulhada de jornais velhos e salpicada de migalhas de pão.

— Quando foi que Monica parou de trabalhar nos cruzeiros? — perguntou.

— Há três anos. Voltei pra casa no verão e liguei pra ela, como sempre fazia. Ela me tratou bem, etc., mas falou que estava muito ocupada, que estava morando em Beirute ou algum lugar assim. Tinha descolado um cara do Oriente Médio, um bacana qualquer, mas achava que ele não ia gostar nem um pouco se descobrisse o que ela fazia antes. Depois de um tempo, isso faz alguns meses, vi a foto dela na *Hello!*, com um tal russo. Segundo dizia a revista, ele tinha mais dinheiro que a rainha.

— E depois disso vocês não se falaram outra vez?

— Não. Parei de tentar. Sei quando não sou bem-vinda — disse ele com rispidez. Por trás daquela demonstração de orgulho, intuiu Peggy, havia uma ferida aberta. Talvez por conta da deslealdade de Monica; ou do destino que a vida havia reservado a ela, Sally; ou da faixa bizarra que a natureza havia desenhado em seu rosto. — Sabe... a Monica era uma ótima companhia quando as coisas corriam bem pro lado dela. Eu tinha verdadeira adoração pela garota, juro. Mas no fundo ela tinha um coração de pedra. Às vezes... às vezes eu tinha a impressão de que ela era capaz de matar pra conseguir o que queria.

De repente uma lágrima despontou no canto de seu olho, e Sally secou-a com um lenço de papel. Hora de ir embora.

— Muito obrigada por ter me recebido — disse Peggy, levantando-se para sair.

— Você não vai tirar uma foto minha? — perguntou Sally, quase em tom de desafio.

Mais uma vez, Peggy correu os olhos pela sala imunda: o gato agora se limpava no carpete, ao lado de uma mancha de gordura que ia até a porta da cozinha.

— Vou perguntar ao meu editor — respondeu ela.

— Seja lá quem ele for, não deve ser um cara legal — disse Sally, sem se dar ao trabalho de levantar. Despejou mais uma dose de uísque na caneca vazia.

— De quem você está falando? — perguntou Peggy, confusa.

— Do tal russo.

— E por que você acha isso?

— Antes de começar a fazer programas por dinheiro, Monica nunca gostou de caras legais. Sempre preferiu os cascas-grossas. Você sabe, o tipo que dá porrada em vez de discutir a relação. Sei que agora ela é madame, mas aposto que nisso ela não mudou.

— Você ainda trabalha como garçonete nos cruzeiros? — perguntou Peggy, apenas para ser gentil.

Sally fez que sim com a cabeça, mas sem nenhum traço de felicidade no rosto.

— No outono estou lá de novo. — Ela fez uma pausa, e subitamente um vazio lhe invadiu os olhos. — Mas agora não me deixam cantar.

CAPÍTULO 45

Essa era a terceira vez que o subdelegado Denniston tocava a campainha do loft e ninguém respondia. Com apenas três meses no Esquadrão de Arte, ele fazia tudo de acordo com o figurino, mas começava a achar que seria perda de tempo continuar insistindo na campainha do Sr. Marco Tutti. Dessa vez, no entanto, decidiu falar com os vizinhos também, e ficou surpreso ao conseguir o que queria logo na primeira tentativa.

— Quem é? — perguntou uma voz feminina ao interfone, e quando ele respondeu, a porta se abriu.

Descendo do elevador no terceiro andar, viu-se cara a cara com uma figura exótica. A moça, muito magra e pálida, usava uma minissaia roxa sobre um legging preto. Os cabelos vermelhos estavam presos num rabo de cavalo, e os braços apertavam um gato siamês com uma coleira de pedrarias.

— Está procurando pelo Marco?
— Estou. A senhorita o viu nos últimos dias?
— Nos últimos dias, não — disse ela, e coçou a cabeça do gato.
— Sabe dizer se ele está viajando?
— Creio que não. Marco viaja muito, mas sempre sei quando ele está fora, porque sou eu quem cuida do Gobbolino.
— E quem é Gobbolino?
— O gato, claro.

Como se eu tivesse a obrigação de saber, pensou Denniston. Era só o que me faltava: uma vizinha evasiva. Ele suspirou. Permaneceria no encalço do tal Marco até encontrá-lo ou descobrir para onde ele tinha viajado.

— Pensando bem — disse a moça —, agora que o senhor falou, é mesmo um pouco estranho.

Denniston encarou-a com um olhar de interrogação, e ela explicou:

— Quando Marco viaja, sempre me pede para levar comida para o gato. Mas desde antes de ontem que não o vejo no prédio. E tenho ficado muito em casa porque estou temporariamente sem trabalho. Sou bailarina do Cupid's Children, e não temos nenhuma apresentação até o mês de junho. O senhor acha que pode ter acontecido alguma coisa com ele?

— Não sei — disse Denniston, mas pela primeira vez achou que de fato poderia ter acontecido algo. Isso ainda vai dar muita dor de cabeça, refletiu, já pensando na burocracia que teria de enfrentar. Vou ter de entrar no apartamento primeiro, só para confirmar se o homem se mandou ou não. O chefe não vai gostar nem um pouco, seria necessário um mandado de busca, o que significava papelada e tempo, bem como a possibilidade de que no fim das contas eles não conseguissem mandado nenhum.

— O senhor não pode dar uma subida até lá, na cobertura?

— Toquei a campainha, mas ninguém atendeu — ele deu de ombros. — Não há nada que eu possa fazer no momento.

— Posso levá-lo até lá.

— Como? — disse Denniston, assustado. — A senhorita tem uma chave do apartamento?

— Claro que tenho. Se não tivesse, como daria comida para o gato?

O subdelegado tirou do bolso sua caderneta. Conhecia as regras. A coisa deveria ser feita do modo certo.

— A senhorita pode me passar seu nome e endereço?

— Amanda Millbrook. Meu nome artístico é Mandy Mills. E moro aqui. No número 8.

Ao chegar na cobertura, ela abriu a porta e entrou no loft à frente de Denniston. Um gato rajado imediatamente chispou de algum lugar e se escondeu sob o sofá, derrapando aqui e ali no chão encerado.

— Gatinho, gatinho, vem cá Gobbolino — disse Mandy, dobrando o tronco e estalando os dedos. Mas o gato não se mexeu, e quando Mandy se aproximou, arrulhando, ele subitamente irrompeu do esconderijo e correu para os fundos do apartamento.

Mandy foi atrás dele, e Denniston ficou onde estava, olhando ao redor. O lugar era um exemplo de limpeza, e muito bonito para quem gostava de móveis modernos. De muito bom gosto, talvez um pouco demais para um policial. Não seria coisa de boiola arrumar o apartamento assim, como se fosse um restaurante da moda?

— Ele não está no quarto — avisou Mandy do corredor, e sumiu de novo.

Ela estava falando do gato ou de Tutti? Denniston ainda balançava a cabeça, impaciente, quando ouviu um grito invadir o apartamento com a estridência de uma sirene da polícia. Correu para os fundos e encontrou Mandy recostada contra a parede do banheiro, luzes acesas, com uma expressão de horror estampada no rosto.

E logo viu por quê. Um homem, naturalmente morto, jazia nu na banheira repleta de algo que um dia fora água, mas que agora lembrava uma sopa turva, bem escura. O corpo totalmente estirado, os pés espetados oblíquos feito duas pavorosas asas de frango, os braços esmaecidos ao longo dos flancos. Nos pulsos, talhos grandes se escondiam parcialmente sob bolotas de sangue coagulado. O rosto estava semissubmerso naquele lodo de sangue e água, o cavanhaque vagamente discernível sob a superfície. Os olhos esbugalhados pareciam fitar, horrorizados, os dedos branquelos do pé.

Represando o choro, Mandy disse:

— É o Marco.

Quer dizer, *era* o Marco, pensou o subdelegado, tirando o rádio do cinto.

CAPÍTULO 46

Dessa vez Liz não queria nem saber se Brian estava ocupado com outra operação: custasse o que custasse, diria o que estava ali para dizer. Entregou-lhe o artigo do *Evening Standard* que havia recortado na véspera; lera-o enquanto ia de metrô para Kentish Town, e ficara de tal modo chocada que passara direto pela estação:

> O corpo do italiano Marco Tutti, connaisseur das artes plásticas com base em Londres, foi encontrado nu, ontem pela manhã, na banheira de sua luxuosa cobertura no West End. Segundo informou a polícia, ele havia cortado os próprios pulsos com um estilete Stanley encontrado nas imediações. O porta-voz da polícia garantiu

não haver suspeitas de homicídio, mas não confirmou os rumores de que fármacos e um bilhete foram encontrados no apartamento.

Tutti (44) era bastante conhecido no circuito gay de Londres. Entre os clientes de seu exclusivo escritório de decoração de interiores encontravam-se russos proeminentes da sociedade londrina, como o príncipe Rupert von Demski e o oligarca Nikita Brunovsky, notório colecionador. Nenhum deles quis se pronunciar.

A bailarina Mandy Mills (23), a vizinha que estava com a polícia quando o corpo foi encontrado, disse que o Sr. Tutti não apresentava nenhum indício de depressão. "Era um homem gentil", informou, "e particularmente carinhoso com os animais. Quando viajava, pedia que eu cuidasse de seu gato, Gobbolino. Ficamos todos chocados com o acontecido; Gobbolino, então, está inconsolável."

Alvo Bertorelli, amigo do falecido, comentou: "Marco não tinha nenhum motivo para estar deprimido. Nem sequer imagino por que fez o que fez. Mas costumava dizer que não queria envelhecer."

A foto que acompanhava a matéria mostrava uma jovem de aspecto exótico abraçada a um gato miúdo.

— Então — disse Brian ao terminar de ler —, Marco Tutti se suicidou. Estava com medo do Esquadrão de Arte?

— Pode ser. Talvez temesse que sua falsa identidade fosse descoberta. Mas já havia sobrevivido a outras investigações, era um trambiqueiro de marca maior.

— Então por que se matou?

— Não estou convencida de que tenha se matado. — Liz entregou ao chefe o relatório que ela havia recebido da polícia, intimidando-o com o olhar para que lesse com atenção. Enquanto

Brian examinava o documento, ela olhou pela janela, além da qual uma chuva forte cobria de pontinhos a superfície plácida do Tâmisa.

Após a leitura, Brian ergueu os olhos do papel e fitou-a com um ar de espanto.

— Será que não entendi alguma coisa? Isto aqui também está dizendo que Tutti se suicidou.

— Sei que está — disse Liz. — Mas veja só os fatos. Os exames de sangue mostram que ele havia bebido mais de 300 mililitros de conhaque, e tomado pelo menos 12 comprimidos de Valium.

— Provavelmente queria se sedar antes. Não deve ser fácil cortar os próprios pulsos — argumentou Brian, e bufou só de pensar no assunto.

— Claro. Mas três comprimidos teriam dado conta do recado. Por que tomar 12? Por que não tomar setenta logo de uma vez e se matar dessa forma? Teria sido bem mais simples, e menos doloroso.

— Sei lá! — exclamou Brian. Deixou o relatório sobre a mesa e correu a mão pelos cabelos ralos. — No estado mental em que se encontrava, ele poderia ter feito qualquer coisa. O suicídio não é exatamente um comportamento racional, então por que esperar que ele agisse racionalmente? — Ele apontou para o relatório da polícia. — Isto aqui me parece bastante claro. Sei que ainda vai haver uma necropsia, mas duvido muito que encontrem alguma coisa que contradiga a hipótese de suicídio. Além do mais, havia um bilhete.

— Um bilhete bastante enigmático.

— Por que estava escrito em italiano? — retrucou ele, com uma ponta de ironia. Novamente pegou o relatório e leu: — *"La mia vita é diventata um incubo."* O que isso quer dizer?

— *"Minha vida se tornou um pesadelo."*

— Pois então? Não vejo o que há de enigmático nisso — Brian jogou o relatório na direção de Liz, mas exagerou na força, e as folhas escorregaram direto para o chão. Liz não se abaixou para apanhá-las.

Analisando-a por um instante, Brian disse:

— Você está bem? Alguma outra coisa a preocupa?

— Estou bem — respondeu ela de pronto, depois se deu conta de que parecera um tanto irascível, como o próprio Brian muitas vezes também era. — Mas você tem razão. Tem mais uma coisa.

— O quê? — disse ele, suspirando.

— Os pulsos de Tutti foram cortados com um estilete Stanley, que foi deixado ao lado das torneiras da banheira.

— Organizado até o fim — ironizou Brian.

— Quando fui atacada em Battersea, a mulher também estava com um estilete Stanley na mão. Sei porque ela balançou a lâmina bem na minha frente. — E teria feito muito mais se não tivesse sido interrompida, pensou Liz. Mas dizê-lo a Brian apenas daria munição para que ele a acusasse de paranoia.

Brian encarou-a de um modo torto, sugerindo que estava a ponto de perder a paciência.

— O que você esta querendo dizer, Liz?

— Acho que eu deveria ser retirada da casa de Brunovsky. Ao contrário do que disse antes, acho que Brunovsky realmente precisa de proteção. Um tipo de proteção que não estou qualificada para fornecer. Deveríamos explicar isso a ele, orientá-lo a fortalecer seu esquema de segurança ou, se for um caso de interesse nacional, acionar o Departamento de Operações Especiais.

Brian pareceu refletir profundamente sobre o assunto, mas, a julgar pela dureza do olhar, Liz sabia que ele já havia tomado sua decisão.

— Não posso concordar com você. É justamente de sua presença que precisamos. E Brunovsky já tem um guarda-costas.

Liz tentou argumentar, mas Brian ergueu a mão antes que ela pudesse fazê-lo.

— Esta decisão é minha, e é irrevogável. — Subitamente ele se inclinou para a frente, relaxando as feições de um modo que Liz logo percebeu ser falso. — No entanto, se você está preocupada com sua própria segurança, isso é outra coisa. Se está com medo, é só dizer, e eu tiro você de lá agora mesmo.

Liz mal acreditou no que ouviu. Claro que estava com medo. Quem, de posse de suas faculdades mentais, não estaria? Ao ler a notícia sobre a morte de Tutti no jornal, ela havia se lembrado de mais uma coisa, daquela horrível mancha vermelha na banheira do hotel de Cambridge, mas não contaria nada disso a Brian. Não daria a ele o gostinho de achar que ela não estava à altura de sua missão. De tal modo ofendida, nem sequer seria capaz de encontrar as palavras certas.

— Não, Brian. Se essa é a sua decisão, não vou discutir — disse ela afinal. Baixando os olhos, viu as folhas do relatório da polícia espalhadas pelo chão. Saiu da sala, e momentos depois elas ainda estavam lá.

À porta da sala de Liz, Peggy logo viu que sua chefe estava aborrecida, e hesitou em entrar pensando em voltar mais tarde, mas Liz acenou para que ela entrasse e apontou para uma cadeira. Ela própria estava de pé, observando com desgosto ainda maior as gravuras do acervo oficial que decoravam sua parede. Não aguento mais essas porcarias, pensou. Em seu velho quarto de South Lodge havia algumas aquarelas bem simpáticas. Com certeza sua mãe não acharia ruim se ela as pedisse de volta. Talvez "Edward" ficasse até feliz de se ver livre dos últimos resquícios de sua presença ali. Da última vez que estivera em Kentish Town, ela havia tido uma longa conversa com a mãe por telefone, boa parte da qual girara em torno de Edward e das coisas que o casal de pombinhos andava fazendo juntos. Embora ainda não o tivesse visto, Liz criara uma imagem mental do sujeito. Ele tinha cabelos grisalhos e usava ternos de tweed com sapatos Oxford — vez ou outra, quando se sentia mais triste, ela completava a figura com bigodes e um cachimbo. Imaginava ainda que ele falava com uma autoridade militar. Não gostava do homem, mas a lembrança dele ajudou-a a espantar os devaneios, do mesmo modo que a pergunta de Peggy:

— O que Brian achou de Tutti?

— Está convencido de que foi suicídio — disse Liz, erguendo uma das sobrancelhas.

— Está brincando... — Peggy também havia lido o relatório da polícia e tinha as mesmas suspeitas de Liz. Ambas concordavam que o mais provável era que Tutti tivesse sido drogado, despido e colocado na banheira. Só então alguém cortou os pulsos dele.

— Infelizmente não — retrucou Liz, e se recompôs. — E do seu lado, quais são as novidades?

— Descobri muita coisa sobre o passado de Monica. A garota foi prostituta de luxo por muitos anos, vivendo à custa de quem se dispusesse a financiar a boa vida de que ela sempre gostou. A única coisa ligeiramente estranha é que, pouco antes de fisgar Brunovsky, ela vivia com um homem em Beirute. Cheguei a pensar que foi recrutada e depois despachada para seduzir Brunovsky, mas, sei lá... acho pouco provável.

— Estou começando a achar que tudo é possível.

— É verdade. Também falei com nossos amigos da PET na Dinamarca. Tinha pedido a eles que levantassem a ficha de Greta Darnshof, e só recebi uma resposta hoje de manhã. — Peggy consultou suas anotações. — Greta nasceu na ilha de Samso em

1964. Não possui nenhum antecedente criminal, é proprietária de um pequeno apartamento em Copenhague e tem um saldo bastante razoável numa poupança do Jyske Bank.

— Mas? — perguntou Liz.

— Alguém na PET se deu ao trabalho de fazer uma segunda investigação. Descobriram que não há nenhum registro de que Greta Darnshof tenha frequentado uma escola ou universidade na Dinamarca.

— Provavelmente foi criada no exterior.

— É isso que eles acham na PET. Mas ainda não consegui descobrir quem está financiando a revista dela. Uma empresa se esconde atrás de outra, e por aí vai. Cheguei a pensar na possibilidade de uma operação de lavagem de dinheiro, mas uma revista de arte não seria o melhor caminho para fazer isso.

— Não vá dizer que ela é mais uma golpista — disse Liz, suspirando. — Coitado do Nicky, está cercado de lobos.

— Está mesmo — concordou Peggy. — Todo mundo ali tem alguma coisa a esconder: Tutti, Monica, Harry Forbes, e agora Greta. Pelo menos a secretária Tamara parece ser realmente quem diz ser. Está com Brunovsky há 15 anos.

— E sua outra operação? — perguntou Liz, aliviada por mudar de assunto. — O que Herr Beckendorf pensa do fato de que Ivanov estava acintosamente almoçando com Rykov?

— Está convencido de que tentavam desviar a atenção de outra coisa qualquer. Ficou bastante irritado quando falei que tivemos que suspender a equipe de vigilância no último minuto. Está para se aposentar e, ao que parece, sua última ambição é pegar um Ilegal. Achou que Ivanov lhe daria o caminho das pedras.

— O que precisamos descobrir — disse Liz, voltando ao assunto que lhe interessava mais — é se essa corja de golpistas em torno de Brunovsky está envolvida em algum tipo de complô, como Victor Adler sugeriu, ou se não passam de um bando de parasitas.

— E se a morte de Tutti tiver alguma coisa a ver com isso — acrescentou Peggy.

Elas se calaram por um tempo, refletindo. Foi Liz quem interrompeu o silêncio:

— Peggy, você acha que estou sendo paranoica? Os pulsos de Marco Tutti foram cortados com um estilete Stanley, e naquela noite em Battersea, a mulher que me agrediu estava com um estilete idêntico. Se aquelas pessoas não tivessem aparecido de repente, ela teria cortado minha garganta, disso eu tenho certeza.

— Por que você não falou nada?

— Porque achava que poderia ser realmente só um assalto. A polícia também achou. E Brian concordou com a polícia — disse ela, dando de ombros. — Para ele, sou mais uma dessas mulheres histéricas que perdem as estribeiras logo ao primeiro sinal de violência.

A essa altura Peggy já estava preocupada demais para ser mascarada.

— Liz, se você acha que aquele ataque tem alguma coisa a ver com a morte de Tutti, você não deveria ficar nem mais um segundo na casa do Brunovsky.

Liz encarou-a, pensando na melhor maneira de esconder o fato de que concordava integralmente com ela.

— Seja lá o que eles estiverem tramando, não creio que farão alguma coisa dentro de casa — disse ela afinal, abrindo um sorriso para desarmar a colega mais jovem. — Além do mais, não devo me demorar muito por lá.

Tão logo Peggy voltou para sua sala, Liz sentou-se à mesa e ficou ali, admirando a vista desoladora à sua frente. Sua intuição agora parecia berrar que algo no círculo de Brunovsky não se encaixava, ou encaixava de um modo que ela ainda não conseguia entender. O mais sensato seria cair fora de lá o quanto antes, mas uma coisa ela tinha de admitir: sua curiosidade era cada vez maior. E de modo algum ela daria a Brian, ou a Geoffrey Fane, a oportunidade de achar que ela não estava à altura de sua missão. Não reforçaria a ideia estereotipada que eles deviam ter das mulheres: "Ótimas para o trabalho burocrático, mas sensíveis demais para o jogo duro."

O que você está tentando provar?, dizia-lhe uma vozinha no fundo da cabeça. Que era tão capaz de lidar com os riscos pessoais quanto um homem? Provavelmente. Mas essa valentia tipicamente masculina talvez se revelasse uma desvantagem, mais que uma vantagem. As mulheres tinham habilidades diferentes, como a intuição e a empatia — os famosos "talentos femininos" que faltavam a tantos homens. Liz sabia o que eles estavam dizendo. Mas dessa vez não lhes daria ouvidos.

Peggy estava preocupada. Não conseguia parar de pensar em Liz. Sabia que não seria capaz de demover a chefe, mas isso não implicava cruzar os braços diante da situação. A quem ela poderia recorrer? Brian Ackers estava fora de questão, claro. Ele era parte integrante do problema. Quem sabe os velhos amigos do contraterrorismo poderiam ajudar? Eles aconselhariam Liz a recorrer aos canais competentes, e isso a levaria de volta para... Brian. Geoffrey Fane? Não. Liz jamais a perdoaria, e de qualquer modo ele nada poderia fazer.

A menos que... e quanto mais Peggy pensava no assunto, mais seu coração batia fora de compasso dentro do peito. Havia, sim, um meio de ajudar Liz, desde que ela, Peggy, fosse eloquente e impositiva o bastante para colher outra coisa que não fosse uma resposta malcriada ou, pior ainda, uma reprimenda oficial. Pouco lhe importava levar um puxão de orelha, tinha orgulho suficiente para superar qualquer coisa nesse sentido, mas receava criar uma confusão que ao fim de tudo deixaria Liz na mesmíssima situação de risco.

Esperou até chegar em casa naquela noite e só então, firmando os óculos sobre o nariz, pegou o telefone e discou para o plantonista da Thames House.

— Aqui é Peggy Kinsolving da contraespionagem. Preciso falar com Charles Wetherby com urgência. Você poderia me dar o telefone da residência?

— Você sabe que ele tirou uma licença por tempo indeterminado, não sabe?

— Sei. Mas ainda assim preciso falar com ele.

— Está em casa? Posso pedir a ele que ligue para você.

Minutos depois o telefone tocou.

— Charles Wetherby — disse uma voz tranquila. — Parece que você quer falar comigo.

— Charles. Muito obrigada por ter ligado. É sobre Liz Carlyle.

CAPÍTULO 47

A manhã seria movimentada. Chegando à mansão de Eaton Square, Liz não esperava encontrar uma residência em luto, mas pelo menos uma atmosfera de recato. No entanto, nada indicava que a morte de Marco Tutti havia abalado a rotina na casa de Brunovsky: o russo gritava pela secretária, a Sra. Grimby veio lhe servir um pão recém-saído do forno, e a Sra. Warburton supervisionava com olhos de águia o trabalho de Emilia, que espanava os móveis.

Apenas Monica fez alguma referência ao acontecido, parando à porta da sala de jantar para dizer:

— Pobre Marco — em seguida perguntou se Liz já havia estado no camarote da rainha em Ascot. Não se tratava de frieza, nada disso. Era assim, sabia Liz, que a garota costumava lidar com o passado — cavando um buraco na areia e enterrando a cabeça nele.

Dali a pouco Brunovsky berrou de novo, mas dessa vez por Liz. Será que ele agora acha que sou empregada dele?, ela se perguntou antes de ir para o escritório.

— Pois não — disse com frieza.

Brunovsky se encontrava de pé ao lado da mesa, segurando um passaporte.

— Você tem um desses? — perguntou. Parecia urgente.

— Claro — fazia muito que Liz havia tomado o cuidado de providenciar um passaporte sob o nome de Jane Falconer.

— Está aí com você?

Ela fez que sim com a cabeça. Perdera alguns dos documentos de fachada, junto com a bolsa, no assalto em Battersea, e desde então carregava o passaporte como documento de identidade. Brunovsky suspirou aliviado.

— Ainda bem! — disse. — Então pode vir comigo!

— Para onde?

— Para a Irlanda, ora! Depois que Marco morreu, liguei imediatamente para a Sra. Cottingham. Ela bateu o pé, dizendo que não queria vir para Londres, então pensei: por que não deixar que a montanha vá a Maomé? Meu avião está em Northolt, em uma hora chegamos à Irlanda. Harry vai conosco, e podemos ir de carro até a casa da mulher, coisa de trinta minutos. Estaremos de volta para o jantar. Um jantar meio tardio, devo admitir.

Liz ficou olhando para ele, estupefata. Brunovsky parecia decidido a levar adiante aquela ideia, que afinal de contas ele mesmo havia tido. Liz estava convencida de que, ao chegar à Irlanda, ele depararia com uma fraude, senão coisa pior. Àquela altura, sabia que a *Montanha azul* era tão autêntica quanto *Os protocolos dos sábios de Sião*. Mas agora que Tutti estava morto, quem estaria no comando do golpe? Só podia ser Forbes, o americano, que já havia participado de outras tramoias com o italiano no passado. Ambos estavam atrás da carteira de Brunovsky desde o início.

Vendo a hesitação dela, o russo investiu outra vez:

— Jane, você *tem* que vir comigo. Preciso de você! — disse ele com sua vozinha infantil. — Não por causa do conhecimento que você tem de Pashko — acrescentou, e piscou para ela, numa rara menção à verdade dos fatos. — É que tenho muito respeito pelo seu juízo. Estes assuntos são complicados, Jane. Você vai tomar conta de mim. — Ele sorriu para ela, já cantando vitória.

— Jerry Simmons vai também?

Brunovsky ficou surpreso com a pergunta.

— Claro que vai. É ele quem vai dirigir o carro na Irlanda.

Melhor assim. Pelo menos o guarda-costas deveria estar por perto, já que Brian havia vetado a proteção do Departamento de Operações Especiais.

Liz olhou à sua volta. Não havia ninguém por perto, nem mesmo na saleta de Tamara. Mesmo assim, por precaução, caminhou com passos deliberadamente lentos até a porta do escritório e a fechou. Como se tomado de surpresa, Brunovsky sentou-se no tampo da mesa, e Liz parou diante dele.

— Nikita — disse ela. Nunca o havia chamado pelo nome de batismo antes, mas, por algum motivo, dessa vez achou que seria apropriado. — Não cabe a mim protegê-lo. Mas foi você mesmo quem insistiu que eu viesse para esta casa com o objetivo de avaliar a situação e dar alguns conselhos de segurança. Pois é isso que vou fazer agora. Você sabe que está correndo risco de vida. Essa *Montanha azul* pode ser uma invencionice, uma fraude, como você bem sabe, mas também pode ser uma armadilha para pegá-lo desprevenido, no lugar errado. O que estou dizendo é que esta viagem para a Irlanda é uma grande imprudência.

Ela se calou de repente, mal imaginando qual seria a reação dele.

Por um instante Brunovsky não fez mais que encará-la com genuína perplexidade, boquiaberto. Depois disse:

— Obrigado pela advertência, mas é muito importante que eu vá para a Irlanda. Não haverá perigo algum. — E de repente, abrindo um largo sorriso, emendou: — Quer dizer então que você vai? É isso aí, garota! Opa, isso não é modo de falar com uma agente do Serviço Secreto Britânico.

E dali a noventa minutos Liz estava com Brunovsky na pista do aeroporto, caminhando rumo a um Legacy da Embraer com a escada já devidamente baixada. O piloto esperava por eles, informalmente vestindo uma jaqueta de náilon. Liz havia tentado falar com Peggy, mas não a tinha encontrado. Deixara um recado, que deveria surpreender sua jovem assistente — afinal, por iniciativa própria ela estava prestes a atravessar o Mar da Irlanda para ir atrás de um quadro que não existia. As coisas estavam saindo de seu controle. Ali mesmo Liz decidiu que, ao voltar, exigiria que Brian a tirasse daquela cilada. Se preciso fosse, falaria diretamente com o diretor-geral.

CAPÍTULO 48

Nunca, em todo seu tempo de serviço, ele tivera de enfrentar uma conversa daquelas. O diretor-geral não havia falado com alguma emoção em particular, tampouco havia explodido, o que teria sido mil vezes preferível à frieza polar com que ele havia passado sua descompostura. Aos 8 anos, Brian havia sido pego colando numa prova escolar, e depois fora enviado à sala do diretor. Era assim que ele se sentia agora.

Mal reparando no rio à sua frente, repousava a testa contra a janela de sua sala, embaciando o vidro com o ar exalado das narinas. Absorto, desenhou um jogo da velha sobre o vapor, preencheu duas casas adjacentes e ali parou, repassando na cabeça o tom acusatório do diretor.

"Você colocou em risco a vida de uma agente. E para quê? Quero que entre em ação imediatamente para reverter o quadro."

E a advertência final: "Fique sabendo que, se necessário, vou tomar todas as medidas disciplinares que se fizerem cabíveis."

Era assim que sua carreira iria terminar? Trinta anos de serviço abruptamente interrompidos só porque alguém se apavorou? Ele não havia duvidado um instante sequer que a história de Victor Adler tinha fundamento. Os russos estavam tramando algo — eles *sempre* estavam tramando algo, era isso que as pessoas não entendiam. Mas era de Brunovsky que estavam atrás, não de Liz Carlyle. Aquela mulherzinha tola e medrosa. Que azar ter podido contar apenas com ela nessa operação.

Ele se sentou à mesa e encarou o porta-canetas de mármore que nunca havia usado, perguntando-se quem teria ido falar com o diretor, quem teria passado por cima de sua autoridade. Precisava descobrir quem era o insolente que o havia jogado naquela fogueira, mas isso teria de esperar. Ele agora tinha de entrar em ação, para salvar o próprio pescoço, e fazer o que o diretor havia mandado.

Suspirou e discou um número no celular, mas foi atendido pela mensagem gravada na secretária eletrônica. Droga. Como se não bastasse o sapo que teria de engolir, agora também teria de esperar para engoli-lo. Largou o telefone, pegou-o de volta logo em seguida e discou um número interno.

— Você pode vir à minha sala já?

Peggy Kinsolving chegou em um minuto. Parecia uma garota eficiente, embora, para o gosto dele, um tanto próxima demais daquela mulher. Muito jovem, mas uma investigadora competente. Ele não mandou que ela se sentasse; a conversa seria rápida.

— Estou tentando falar com Liz Carlyle, mas o celular dela só caiu na secretária eletrônica.

— Também estou tentando falar com ela. Como o senhor deve saber, temos conversado com os dinamarqueses e os alemães para tentar descobrir quem é o Ilegal que talvez esteja na cidade. Acabei de receber uma notícia.

Peggy retirou uma folha de papel da pasta que trouxera consigo e a colocou sobre a mesa de Brian Ackers, bem à frente dele. Ackers rapidamente leu as poucas frases e o nome que ali estavam escritos.

— Essa mulher já deu as caras em algum lugar? Sabemos por onde ela anda?

— Está próxima de Brunovsky.

— Santo Deus! — exclamou Brian. — Essa talvez seja a primeira prova concreta para a história de Victor Adler!

E de repente ele se deu conta das implicações daquela nova informação: Liz Carlyle de fato poderia estar em perigo. Tentando disfarçar a nuvem negra que se formara sobre sua cabeça, começou a despejar ordens sobre os ombros de Peggy.

— Quero que você vá à casa de Brunovsky e fale com Liz. Finja que é uma velha amiga, uma irmã, o que seja, mas fale com ela de qualquer jeito. Diga-lhe para sair de lá imediatamente. Ela que invente um pretexto qualquer, mas que saia o mais rápido possível. Entendido?

— Não posso — disse Peggy, e baixou os olhos.

Diabos, pensou Brian com raiva. O que há de errado com essas mulheres?

— Bobagem — devolveu ele severo. — Faça o que estou dizendo e pronto. — Se o diretor-geral podia falar assim com ele, então ele, Brian, podia fazer o mesmo com seus subordinados. — Essa é sua prioridade, está claro?

— Sinto muito, Brian — disse Peggy, mas não em tom de desculpas. — Liz não está lá. Foi para a Irlanda com o Brunovsky. Ela mandou um recado há mais ou menos uma hora, do aeroporto de Northolt. Foram no jatinho particular dele.

— Jesus... — resmungou Brian. — O que eles pretendem fazer lá?

— Liz disse que vão tentar comprar um quadro de uma velhinha, lá pelos lados de Cork.

— E essa... mulher... vai junto com eles?

— Não sei.

— Tudo bem — disse Brian. Agora ele sabia quanto havia se enganado; no entanto, percebeu-se estranhamente calmo. Nada adiantaria ficar se recriminando. — Chame o Michael Fane aqui — falou. — Vou mandá-lo para lá o mais rápido possível. E você, ligue para a Garda imediatamente. Diga que precisamos encontrar uma colega com urgência. E peça que eles recebam Michael no aeroporto de Cork.

— Certo — disse Peggy. — Devo contar a eles a história toda?

— Pelo amor de Deus, não! — disse Brian. — Conte apenas o que eles precisam saber. — Ele sacudiu a mão esquelética para mandar que ela chispasse dali. Mas por que diabos a garota não se mexia? Ela o encarava de um modo desconcertante, com uma expressão que ele jamais tinha visto em ninguém de sua equipe. Uma expressão de desdém, mas ao mesmo tempo de pena.

— Você não acha, Brian, que seria melhor falar com Geoffrey Fane e com o Ministério de Relações Exteriores? Não sabemos no que essa história vai dar. Quanto a mim, talvez seja melhor descobrir quem foi para a Irlanda com Brunovsky e Liz.

CAPÍTULO 49

A vista do lago não mudara nos últimos cem anos (desde que as derradeiras árvores do bosque haviam sido tombadas), 86 dos quais Letitia Cottingham estivera viva para testemunhar. Naquela manhã, enquanto fazia sua caminhada em torno das sebes do jardim, ela se perguntava vagamente quem eram aquelas pessoas que entravam e saíam de sua casa.

Talvez estivessem se preparando para uma festa. O que seria ótimo, como nos tempos de sua infância, antes da guerra, quando seu irmão Thomas trazia os amigos de Cambridge para passar as férias e a casa se preenchia de risadas. Os rapazes jogavam tênis no gramado e nadavam logo ali, perto da casa de barcos; à noite organizavam *bailinhos* e deixavam que ela assistisse do alto das escadas.

Mas a guerra pusera fim a tudo isso. Os locais haviam torcido o nariz quando Thomas se alistou no Exército britânico — certos comentários tinham sido acintosamente pró-Alemanha. Mas até mesmo essas pessoas haviam se mostrado condolentes naquela sombria manhã em que o carteiro chegara de bicicleta para entregar o telegrama informando sobre a morte de Thomas em El Alamein.

Os pais dela nunca se conformaram: ambos morreram cinco anos depois. E foi assim que a propriedade passara às mãos da insípida Letitia Cottingham, que ninguém cogitara desposar antes da herança. Ela havia se vingado, despachando a meia dúzia de pretendentes que então batera à sua porta, e embora nunca tivesse transformado o lugar num grande sucesso, ocasionalmente vendendo pedaços da terra para se sustentar, ela ainda estava lá. Eram tantas as goteiras no telhado da casa que o sótão estava repleto de baldes; os caixilhos das janelas há muito já estavam podres; os cupins e o tempo vinham devorando as tábuas do piso, e diversos cômodos já haviam se tornado inabitáveis. Mas o que importava era que Letitia ainda era a dona da casa. E sairia de lá apenas de rabecão.

A nova acompanhante até que não era má. Bem melhor que a última, que viera de Dublin e aparentemente detestava a vida no campo. Como era mesmo o nome dela? Svetlana? Alguma coisa assim. De um daqueles países do Leste Europeu de que todo mundo costumava reclamar. Era uma moça carinhosa, ainda que não falasse inglês muito bem. Os amigos também eram simpáticos, exceto os estrangeiros que haviam aparecido na semana anterior, um tanto abrutalhados. E aquela mulher desagradável. Ainda assim era bom ter novamente um pouco de movimento naquela casa, depois de tantos anos de calmaria.

CAPÍTULO 50

Brunovsky tinha verdadeira paixão pelo seu jatinho. Sentado numa das poltronas de couro bege, usando um blazer de cashmere castanho e sapatos Gucci que pareciam tão macios quanto um par de chinelos, ele conversava com Liz, saboreando cada detalhe das informações que relatava sobre o Legacy 600 da Embraer: a autonomia de 6.296,8 quilômetros, a envergadura de 20,7 m, a capacidade de aproximação de 5,5 graus (fosse lá o que isso significasse), e por fim, os módicos 23,6 milhões de dólares que ele havia desembolsado pelo brinquedinho.

As turbinas rugiram, e o jato foi acelerando pela pista curta do aeroporto de Northolt, pressionando os passageiros contra as poltronas. Na avaliação de Liz, faltavam apenas uns cinco metros de asfalto quando eles enfim decolaram; por um instante ela se perguntou se a intenção do piloto era se juntar aos carros que seguiam pela M40 do outro lado da cerca.

Um amigo de seu pai, que já havia voado de Nova York para Londres a bordo de um Concorde, costumava dizer que o interior do avião parecia um charuto acolchoado, mas o jatinho de Brunovsky era surpreendentemente espaçoso. Embora com capacidade para acomodar 14 passageiros, agora levava apenas Liz, o oligarca e Jerry Simmons, que ocupava sozinho o sofá de dois lugares próximo à cozinha dos fundos. Assim que eles alcançaram a altitude de cruzeiro, uma comissária, vestindo um elegante terninho azul-escuro e a saia mais curta que Liz já vira num uniforme, surgiu à cabine para oferecer salmão defumado e um Sancerre gelado. Isso é que é vida, pensou Liz, refestelando-se na poltrona e percebendo sem nenhuma culpa que havia sido a única a aceitar o vinho. Sentada à frente com Brunovsky, ela avaliava até onde poderia contar ao russo, se é que deveria contar alguma coisa, sobre as recentes descoberta de Peggy. Estava na dúvida. Não cabia a ela revelar a Brunovsky que todos os amigos dele eram trapaceiros. Era bem possível que ele já soubesse disso e se ressentisse da intromissão. Afinal, nem sequer havia comentado o suposto suicídio de Tutti, o que era bastante estranho. Decerto sabia muito mais sobre Harry Forbes do que ela própria e, se conhecera Monica naquele bar, seguramente sabia que tipo de vida ela levava antes.

Quanto a Greta Darnshof, Liz decidiu descobrir quanto ele sabia a respeito da revista dela e seus misteriosos patrocinadores. Estava prestes a tocar no assunto quando Brunovsky deu a última garfada no salmão, desafivelou o cinto e se levantou. Apontando para a cabine dos pilotos, disse:

— Desculpe, Jane, mas vou abandoná-la por um instante. Monica detesta voar, e quando viajamos juntos, tenho de segurar a mão dela. Esta é uma das raras oportunidades que tenho para aprimorar minhas técnicas de aviador. Com sorte você nem vai notar quem fez o pouso, eu ou o meu piloto — ele riu e foi para a cabine.

Olhando pela janela, Liz avistou o Severn, que dali a pouco foi sumindo na esteira do avião. Novamente ela pensou em Brunovsky, tentando entendê-lo. O que não era fácil, pois o homem era extremamente imprevisível: ora se mostrava o charme em pessoa, ora explodia com a fúria de um vulcão. A cerimônia e a deferência que mostrara no início foram minguando aos poucos, à medida que ela se tornava um rosto conhecido na casa. Por certo depositava nela alguma confiança, ouvia seus conselhos como um garotinho obediente, mas cada vez mais a vinha tratando como uma propriedade sua, da mesma maneira peremptória e exigente que tratava Monica ou, pior, a pobre Tamara. Mais três semanas em Belgravia, pensou Liz, e ele começaria a lhe ditar cartas.

Ela desafivelou o cinto e foi buscar um copo d'água na traseira do jato, passando por Jerry Simmons, com o devido uniforme de motorista. Teria admirado a imponência do homem, os ombros de gorila e o rosto grande de feições simpáticas, caso ele não estivesse ferrado no sono, roncando suavemente com a boca aberta.

Eles já se aproximavam da ponta oriental da Irlanda quando o horizonte sumiu em meio às nuvens. O avião foi descendo aos poucos, sacolejando, até que uma paisagem acolhedora e verdejante se descortinou como uma aquarela já bem perto do chão. Liz avistou pequenas fazendas, uma aldeia de seis ou sete casinhas, um riacho não muito maior que um canal de irrigação. Pouco depois, os pneus do jato delicadamente beijaram o asfalto da pista.

Um rugido triunfante veio da cabine dos pilotos, e enquanto o jatinho taxiava rumo ao minúsculo terminal, Brunovsky emergiu com um sorriso de orelha a orelha.

— Não perdi a mão! — disse feliz, e novamente se sentou ao lado de Liz, que tirava o celular da bolsa. Assim que a viu ligar o aparelho, estendeu a manzorra e pediu: — Pode me emprestar por alguns segundos? Esqueci o meu, e Monica gosta que eu ligue para avisar que cheguei bem.

Liz não estava nem um pouco disposta a atender o pedido, já que seu telefone continha uma boa quantidade de números do Serviço Secreto, mas diante daquela mão à sua espera, achou difícil negar. Brunovsky pegou o aparelho e voltou à cabine enquanto o jato continuava a atravessar o longo eixo transversal da pista.

Por fim eles pararam diante do terminal, e o piloto saiu para abrir a porta e descer a escada. Assim que Liz e Brunovsky desceram, seguidos de Jerry Simmons, foram surpreendidos por um vento gelado que soprava do Oeste e ainda não havia chegado a Londres, fazendo com que eles apertassem o passo na direção do prédio de vidros escuros. Fora o Boeing 737 estacionado numa das pontas do terminal e a fileira de bimotores Cessna sobre o gramado adjacente, não se via nenhum sinal de tráfego.

Dentro do terminal, as formalidades de chegada foram rápidas. Um sorridente funcionário uniformizado examinou os passaportes a toque de caixa e acenou para que os recém-chegados seguissem em frente. Sem bagagem, eles passaram por um balcão de alfândega vazio e chegaram a um pequeno saguão externo, onde uma moça solitária não fazia nada do outro lado de sua mesa. Liz achou por bem avisar Peggy onde estava.

— Pode me devolver o celular? — pediu ela a Brunovsky. — Preciso fazer uma ligação.

— Claro, claro — disse ele, e tateou o bolso direito do blazer. Tateou o esquerdo, tateou o interno, tateou-os todos uma segunda vez, e só então disse: — Puxa, acho que deixei no avião.

— Suponho que não tenha problema se eu voltar lá para buscar — disse Liz, duvidando que o homem dos passaportes fosse objetar.

Brunovsky fez que não com a cabeça.

— Sinto muito, Liz, mas a essa altura o jato já saiu para reabastecer — falou, desculpando-se com o olhar.

— Deve ter um telefone público por aqui.

— Jane, já estamos atrasados — disse Brunovsky, visivelmente contrafeito. — Deixe isso para depois. Em meia hora chegamos à casa da mulher e você liga de lá.

CAPÍTULO 51

Sua chamada será direcionada para o serviço de caixa postal...

Peggy já havia mandado uma mensagem de texto — VOLTE JÁ PARA LONDRES. LIGUE ASSIM QUE PUDER — e havia telefonado uma meia dúzia de vezes, em vão. O que Liz havia dito no recado dela? *Estou indo para a Irlanda com o Brunovsky no jatinho dele para ver um quadro que apareceu. Voltamos à noite, mas ligo assim que chegarmos para dizer exatamente onde estamos.* Mas nenhuma ligação havia sido feita, então onde estariam eles?

De modo geral, esse era o tipo de problema que Peggy gostava de solucionar, mas agora ela não estava se divertindo nem um pouco. A possibilidade de que Liz estivesse em perigo fazia seu coração palpitar mais do que o normal enquanto ela trabalhava. A primeira coisa que fez foi examinar todos os relatórios de Liz para ver se havia alguma menção ao local onde estava o tal quadro, mas descobriu apenas que ele pertencia a certa Sra. Cottingham, que vivia perto de Cork. Peggy contava sempre com a internet como ponto de partida para suas investigações e estava certa de que poderia encontrar Liz em poucos minutos. Mas ao digitar "Cottingham + Irlanda" no Google, deparou apenas com a informação inútil de que Lewis Cottingham era o arquiteto da catedral de Armagh. Liz havia dito que a tal velhinha era dona de uma grande propriedade no interior, mas uma nova busca em sites de turismo e listas de propriedades rurais não havia produzido nada de aproveitável. A lista telefônica irlandesa registrava apenas quatro Cottinghams em todo o país: três em Dublin e um em Belfast, ninguém no interior, nenhum candidato provável para um golpe no mercado de arte.

Peggy decidiu então passar para os aeroportos. Onde poderia aterrissar um avião pequeno? Eles estavam indo para algum lugar perto de Cork, portanto, o mais provável seria o aeroporto de Cork. Mas também poderia ser Kerry. Ou até mesmo Shannon — caso tivessem um helicóptero à disposição, eles poderiam alcançar qualquer ponto do sudoeste irlandês em meia hora. Havia 36 aeroportos na Irlanda; 21 deles não tinham pista de asfalto, mas ainda assim sobravam 15.

Diante disso, Peggy decidiu ligar para o escritório da Garda Siochana em Cork e dali a pouco estava falando com um homem gentil chamado O'Farrell, chefe de operações especiais. Disse a ele que tinha urgência em encontrar uma colega que estava a caminho de uma casa de campo em algum lugar do condado, propriedade de uma velha senhora.

— Não sei o nome do lugar, mas pensei que vocês pudessem ajudar.

O'Farrell riu discretamente e disse:

— A Irlanda está cheia de velhas casas de campo, habitadas por senhoras igualmente velhas.

— Tenho o nome da proprietária — disse ela esperançosa.

— É Cottingham. Sra. Cottingham. Mas não consegui localizá-la em nenhuma lista telefônica.

— O nome não me diz nada, mas também não sou nenhum estudioso da aristocracia rural irlandesa. Vou dar uma pesquisada, depois ligo de volta.

E agora?, perguntou-se Peggy, e teve a impressão de que pela primeira vez em muito tempo ela havia conseguido respirar. "Nesses casos", dissera-lhe certa vez um professor de literatura medieval em Oxford, encontrando sua aluna à beira das lágrimas diante de uma passagem particularmente difícil de *Beowulf*, "o melhor a fazer é seguir em frente." E foi isso que ela fez.

Fossem outras as circunstâncias, Peggy teria exultado com a notícia de que Greta Darnshof não era quem dizia ser, tal como estava escrito na mensagem mostrada a Brian. Mas agora ela estava apavorada. Os dinamarqueses haviam jogado o nome "Greta Darnshof" num programa concebido para detectar o roubo de identidades, inicialmente sem sucesso. Tinham examinado o suposto ano de nascimento de Greta, 1964, e também o ano seguinte. Mas ampliando a busca, descobriram que Greta Darnshof, uma garotinha de 5 anos, havia morrido com os pais em 1969 num acidente de carro a 30 quilômetros de Horsens. Anos depois, alguém havia assumido a identidade dela e posteriormente se mudado para a Noruega. Herr Beckendorf estava convencido de que se tratava do Ilegal que ele tanto procurava, e agora a nova Greta estava morando em Londres, morta havia 38 anos mas miraculosamente renascida como a editora da *Private Collection*. Ninguém sabia qual era sua missão, nem os dinamarqueses, nem os alemães, nem Peggy, mas tudo indicava que ela tinha algo a ver com Brunovsky.

Peggy ligou para o escritório da revista na Hanover Square.

— A Srta. Darnshof não está — disse uma voz cansada, e afetada, do outro lado da linha.

— Ela vai chegar mais tarde?

— Não sei dizer — respondeu a voz afetada, dessa vez sonoramente abafando um bocejo.

— Bem, ela está na cidade? Sou uma velha amiga, da Dinamarca — acrescentou Peggy, recriminando-se por não ter pensado antes em fingir um ligeiro sotaque. — Vou ligar para o apartamento dela, a não ser que... por acaso ela foi para a Irlanda?

— Irlanda eu não sei, mas ela disse que estava voando para algum lugar. — A mulher finalmente pareceu acordar, arrependida da indiscrição que acabara de cometer. — Qual é mesmo seu nome?

— Muito obrigada — disse Peggy, e com esse *non sequitur* desligou o telefone. Subitamente sentiu um frio na espinha só de imaginar Greta Darnshof na Irlanda. Se alguma coisa acontecer a Liz, pensou, já sucumbindo à revolta, espero que Brian seja enforcado num dos postes de Millbank.

E Liz, por que não ligava? Com certeza já havia pousado. Talvez não estivesse encontrando a privacidade necessária para dar um telefonema, mas ela sempre arranjava um meio de fazer contato. Peggy tentou refrear os pensamentos que voavam em sua cabeça: estendeu os braços e respirou fundo algumas vezes para estimular a circulação. Firmando os óculos no nariz, lembrou a si mesma que por vezes a resposta era de tal modo óbvia que passava despercebida. Qual seria a obviedade que ela poderia ter ignorado?

De repente, sem nenhum motivo aparente, lembrou-se de que mesmo os jatinhos particulares tinham de registrar um plano de voo. Então ligou para Northolt, discutiu com duas ou três pessoas, foi transferida para a polícia do aeroporto e por fim, 18 minutos depois, recebeu um fax com o itinerário de Brunovsky. Com o papel nas mãos, ligou novamente para O'Farrell, o oficial da Garda.

— Aeroporto de Shillington? — disse ele depois de ouvi-la. — Faz sentido. É um aeroporto novo, fica a uns 50 quilômetros a oeste de Cork. Pequeno, mas com uma pista grande o suficiente para o pouso de jatinhos. É muito usado pelos endinheirados que vêm da costa para Cork. Quer que eu mande alguém para recebê-la?

Peggy olhou para o relógio e, desolada, constatou que era tarde demais. Àquela altura Liz já teria pousado. Brian Ackers havia recomendado que ela não abrisse o jogo com a Garda. "Não queremos causar um incidente internacional desnecessário", ele havia dito. Peggy decidiu desobedecê-lo.

Então passou a O'Farrell sua versão pessoal dos fatos, e o irlandês, perplexo, se dispôs a enviar dois policiais para receber Michael Fane, já a caminho de Heathrow, quando ele pousasse no aeroporto de Cork. Depois eles poderiam levá-lo para... onde? Peggy esperava nesse meio-tempo fazer contato com Liz e se informar para onde ela havia ido.

Agradeceu a O'Farrell, disse que continuaria em contato, desligou e imediatamente discou outro número.

Sua chamada está sendo encaminhada para a caixa de mensagens....

CAPÍTULO 52

— Em vinte minutos pousaremos em Cork.

Michael Fane endireitou a gravata e passou um pente pelos cabelos. Não que estivesse esperando uma inspeção dos policiais da Garda no aeroporto, mas era ele quem comandaria toda a operação; portanto, precisava aparentar autoridade.

Cogitou se eles estariam armados. Espero que sim, pensou com certa aflição, lembrando-se das advertências de Brian Ackers. Brian havia reiterado diversas vezes o perigo que Liz talvez estivesse correndo, mas não pensara duas vezes antes de jogá-lo naquela fogueira.

Por outro lado, ele, Michael, não estava em posição de reclamar. Ao ser convocado à sala do homem, embora Liz já o tivesse tranquilizado, preparara-se para levar uma bela bronca pelo fiasco de sua impensada operação de vigilância. Brian parecia furioso — rosto vermelho, olhos irrequietos —, mas Michael logo viu que o motivo de tanta agitação era outro. Ficou de tal modo aliviado que inicialmente não se deu conta do que estava sendo instruído para fazer.

— Você vai agora mesmo para a Irlanda — Brian foi logo dizendo. — Liz foi para lá mais cedo, ainda não sabemos exatamente para onde. Tome o primeiro voo que conseguir para Cork. Peggy Kinsolving já falou com a Garda. Passe a ela as suas informações de voo, porque os irlandeses vão recebê-lo no aeroporto. Caso haja algum problema, você deverá se reportar a eles; caso contrário, eles vão seguir as suas orientações.

— E o que eu faço quando chegar lá?

Brian olhou para ele como se a resposta fosse evidente.

— Encontre Liz — falou. — Onde quer que ela esteja, e a traga de volta. Não interessa com quem ela esteja, nem o que esteja fazendo. Sua missão é tirá-la da Irlanda e trazê-la para a Inglaterra. Está claro?

Mais claro impossível, pensou Michael, embora antevisse um problema:

— E se ela não quiser vir? Quer dizer, é ela quem manda em mim, não o contrário.

— Por ora você está se reportando diretamente a mim. Quando encontrá-la, diga que é apenas um mensageiro e está levando ordens minhas.

Quanta honra, pensou Michael, apesar de animado com o desafio. Saindo à sala da secretária, por pouco não notou a figura esguia de um homem que à janela olhava para o átrio interior do prédio. O homem se virou, e só então Michael viu que era seu pai.

— Olá Michael — disse Geoffrey Fane, elegante como sempre, de gravata de seda e terno risca de giz.

Vendo-o ali, no escritório do chefe, Michael novamente se deixou abater pelo complexo de inferioridade que conhecia tão bem. Irritou-se. Não sei o que você está fazendo aqui, pensou, mas é a sua cara aparecer bem na hora em que finalmente me dão algo importante para fazer. Aposto que veio se meter e estragar tudo.

Mas assim que a poeira das emoções começou a baixar, ele se permitiu olhar de relance para o pai, que, parado ali, encarava-o. Subitamente achou que o velho parecia, não havia outra palavra para dizê-lo, desamparado. Por motivos que não seria capaz de identificar, explicar ou sequer entender, viu na figura dele algo que nunca tinha visto antes, algo a quilômetros de distância do bicho-papão que ele havia fabricado na cabeça, algo que, em vez disso, parecia inteira e inesperadamente *humano*.

— Pai — ele se viu dizendo —, agora estou com um pouco de pressa. Tenho que ir pra Irlanda — sem saber o que dizer em seguida, calou-se um instante, até que, do nada, novas palavras lhe vieram à cabeça: — Quando voltar, talvez a gente possa almoçar juntos.

Diante do silêncio e da cara de espanto do pai, por pouco não se arrependeu do impetuoso convite.

— Claro, vamos sim — disse Geoffrey afinal. E sorriu, mas com certa hesitação, certa falta de jeito, de um modo que Michael jamais tinha visto.

— Ligo assim que voltar — disse Michael, firme.

E era na sua volta que ele pensava quando o 737 tombou para a esquerda e a costa irlandesa sumiu de vista. Sua missão já não lhe parecia tão assustadora. Depois de ter sido despachado com tanta urgência, seria um anticlímax se chegasse lá e não encontrasse nenhum problema. No íntimo, até torcia por um pouco de ação. Seria ótimo ter algo para contar ao pai.

CAPÍTULO 53

Jerry Simmons conduzia o carrão preto que já estava à espera deles no pequeno aeroporto onde o jatinho havia pousado. Um Mercedes-Benz S600, o carro mais seguro do mundo, tal como Brunovsky havia informado, infantil como sempre. Mas não era de acidentes que ele estava falando. Só de ouvir o barulho produzido pelo fechar das portas, Liz deduziu que o carro era blindado. Por que diabos o russo alugaria um carro blindado naqueles rincões da Irlanda?, ela se perguntou.

A certa altura, Brunovsky retirou da pasta algumas planilhas e começou a estudá-las, deixando claro que não estava para conversa. No silêncio do carro, Liz prestava atenção ao caminho, tentando memorizar os nomes que lia nas placas de sinalização a cada cruzamento. Simmons dirigia rápido, mas com prudência, em meio à chuvinha fina que vinha do Atlântico; contava apenas com o GPS para se localizar.

De início, quando eles ainda seguiam para oeste numa paisagem menos erma, Liz não teve muita dificuldade para registrar o itinerário, mas assim que eles dobraram para o norte, afastando-se da costa e sua população de emergentes, ela começou a ficar confusa. Aos poucos os vilarejos foram ficando menores; as estradas, mais estreitas e sinuosas; as habitações, mais toscas e velhas. As poucas pessoas pelas quais eles passavam arregalavam os olhos para a limusine que surgira do nada e agora avançava pelas ruelas locais. Nas imediações de uma cidadezinha, dois porcos, sem a menor cerimônia, se interpuseram no caminho deles, obrigando-os a parar na estrada enlameada.

Por fim, Simmons abandonou o asfalto e redobrou a atenção para cruzar a porteira de um antigo gradeado de ferro e seguir por um caminho de cascalho, ladeado de bosques. Em meio aos carvalhos enormes, uma dezena de ovelhas mordiscavam o mato verdejante. Mais à frente, através das copas de antiquíssimos limoeiros, Liz vislumbrou a fachada cinzenta do casarão georgiano. Duas enormes pilastras flanqueavam a entrada, com degraus largos conduzindo à porta. Na altura das janelas do sótão, uma balaustrada percorria toda a largura da casa, e só mais adiante foi que Liz pôde ver o anexo lateral de tijolos vitorianos.

Simmons parou o carro diante da casa e saiu para abrir as portas. Quando Liz desceu, deparou com os olhos dele, momentaneamente fixos nos dela como se quisessem dizer algo.

Que foi aquilo?, ela se perguntou, subindo os degraus na esteira de Brunovsky. A porta da casa foi aberta por um senhor mais velho, alto e magricela, usando um puído paletó preto sobre um suéter imundo, o rosto pontilhado de manchas roxas produzidas pelo clima ou pela bebida.

— Por favor, entrem — disse ele, a voz transbordando Irlanda, e eles passaram ao hall.

Quatro imponentes pilares coríntios se erguiam até o teto, e uma escadaria em arabescos de pedra levava a um patamar intermediário. Mas os pilares descascavam como cebola, e quase todas as lajes do piso estavam rachadas. Fazia frio ali, mais do que fora, e o cheiro de mofo era tão forte quanto o de maresia nas cidades costeiras.

Liz e Brunovsky foram levados até uma ampla sala que ocupava quase metade de todo o espaço da casa. Liz parou à porta para admirar o ambiente: os querubins de gesso que pontilhavam a frisa do teto, os retratos de família que decoravam as paredes, os janelões franceses que davam para um terraço e um jardim malcuidado. Distraída, só notou a presença da enfermeira quando, junto da lareira, ela falou:

— Sejam bem-vindos. Meu nome é Svetlana.

— *Zdravstvujte* — disse Brunovsky, cumprimentando-a e trocando com ela algumas palavras em russo.

Ao ver a surpresa de Liz, ela disse em inglês:

— A Sra. Cottingham está ligeiramente indisposta hoje, talvez desça mais tarde.

— Harry Forbes está aqui? — perguntou Liz. Com a morte de Marco, era ele o novo intermediário na venda, se é que haveria venda.

Foi uma mulher atrás dela quem respondeu:

— Forbes não está se sentindo bem.

Virando o rosto, Liz viu Greta Darnshof à porta da sala, vestindo um sóbrio terninho cinza, os cabelos leoninos firmemente presos num coque. Talvez por conta da luz, o rosto de belas feições parecia duro, quase severo. Greta se adiantou na direção de Brunovsky e, ignorando Liz, disse:

— Deixei Harry no hotel. Tudo já foi preparado.

Preparado?, pensou Liz. Achei que fôssemos ver um quadro.

— Vamos para a biblioteca — disse Greta.

Como ela havia falado diretamente a Brunovsky, Liz aproveitou a oportunidade para encontrar um telefone. Pediu ajuda a Svetlana, que a conduziu para os fundos da casa, passando por uma saleta mais íntima, um vestíbulo e por fim a despensa, até que elas chegaram à enorme cozinha. Ali, em meio a diversas fileiras de panelas de cobre, próximo a um pesado fogão Aga (o branco do esmalte já encardido pelos muitos anos de uso), ela avistou um telefone de parede.

Tirou-o do gancho, mas não havia nenhum sinal.

— Não está funcionando — falou para a russa.

— Acontece — disse Svetlana. — Estamos no meio do nada.

— Claro. Você teria um celular para me emprestar?

— Infelizmente não.

Liz começara a ficar desconfiada desde que vira Greta na casa. Previra um dia razoavelmente simples, mas agora tudo era possível. E a tal enfermeira? Como podia cuidar de uma inválida, se é que a Sra. Cottingham era mesmo uma inválida, sem contar com um telefone? As perguntas fervilhavam em sua cabeça. Talvez aquela incomunicabilidade fosse deliberada, não apenas um infortúnio. No entanto, fosse lá o que estivesse acontecendo, ela não deixaria que sua inquietação transparecesse para a enfermeira.

— Não tem problema — falou sorrindo. — Pode me mostrar onde fica a biblioteca?

Nenhum sinal de Brunovsky e Greta na tal biblioteca, e Liz foi deixada ali sozinha. Tratava-se de um cômodo circular no centro da casa, sem janelas e com prateleiras que iam do chão ao teto, repletas de livros velhos. Uma escada de ferro em espiral dava acesso a um mezanino estreito que rodeava as prateleiras mais altas. A única luz vinha da cúpula de vidro no alto do cômodo. Num dos cantos, Liz viu o quadro montado sobre um cavalete grande, parcamente iluminado pela luz que vinha de cima.

Mais uma vez, espantou-se com a semelhança dele com o Pashko que Brunovsky havia arrematado no leilão. Correndo os olhos pelas pinceladas grossas, viu a mancha no canto superior direito. Se não soubesse de antemão sobre o cano estourado, teria achado que se tratava apenas de uma pincelada acidental. Decerto o tal cano estava enferrujado; caso contrário, por que uma mancha de água teria aquela cor? Intrigada, examinou-a mais de perto e constatou que a superfície tinha grânulos de... tinta! Não se tratava de uma mancha de água afinal, estava claro que aquilo era tinta. Liz aguçou os ouvidos por um instante, mas a casa estava em silêncio; aproximando-se da tela, farejou a suposta mancha, quase tocando o nariz nela, e sentiu um cheiro discreto de laca, ou cola, ou algum spray.

Passando para o outro lado do cavalete, viu que a tela havia sido esticada sobre uma estrutura de madeira e fixada com tachinhas. Ao notar o pedacinho de lona, mais ou menos do tamanho de um selo postal, que sobrava de um dos cantos, teve uma ideia. Vasculhou a bolsa até encontrar uma tesourinha e com ela recortou uma lasca da lona, guardando-a em seguida num dos compartimentos internos da bolsa. Ninguém perceberia nada, mas em Londres os especialistas do Esquadrão de Arte poderiam determinar se a tela tinha mesmo 100 anos de idade.

— Geralmente as pessoas gostam de ver os quadros pela frente — disse uma voz conhecida.

Assustada, Liz contornou o cavalete e deparou com Dimitri, que havia entrado discretamente.

— O que você está fazendo aqui? — perguntou ela com genuína perplexidade. E cogitou se ele a tinha visto recortando a tela. Provavelmente não.

Dimitri sorria, mas de um modo frio.

— Como poderia resistir à descoberta de mais um Pashko? — disse, e se aproximou para cumprimentá-la com dois beijinhos formais no rosto. Liz notou que a jaqueta dele estava molhada de chuva. — E você é um bônus!

— Acabou de chegar?

— Sim. Vim de carro de Dublin — ele apontou para o quadro. — Então, o que você acha?

Nada mal, levando-se em conta que foi pintado duas semanas atrás, era o que Liz queria dizer. No entanto, sem saber ao certo o que Dimitri estava fazendo ali, cautelosamente disse:

— É muito parecido com o *Campo azul*.

— Claro que é — disse o russo. — Os dois quadros foram pintados com apenas alguns meses de intervalo.

— Tem certeza?

Dimitri olhou para ela, ligeiramente instigado.

— É impossível precisar as datas, mas uma coisa é certa: foram pintados no mesmo ano.

Liz ficou se perguntando se realmente ele acreditava nisso. Ela não era nenhuma especialista, não poderia afirmar nada, mas as circunstâncias em torno da descoberta do quadro, sem falar no quadro propriamente dito, levavam a crer que se tratava de uma grosseira falsificação.

— Só não entendo uma coisa — disse ela. — Quem está negociando o quadro em nome da proprietária? Achei que ela tivesse um sobrinho.

Dimitri encarou-a por um instante.

— Não sei — disse enfim. — Mas por que tantas perguntas, Jane? — E sem esperar pela resposta, emendou: — Vamos nos juntar aos outros.

Algo em seu tom de voz havia mudado: ao vê-lo parado à porta da biblioteca, claramente esperando que ela o seguisse, Liz percebeu que Dimitri falava do mesmo modo autoritário que recentemente Brunovsky havia feito. Como se eles estivessem no comando de algo, acima dela, numa hierarquia qualquer. Também era possível que estivessem apenas sendo russos.

Na sala do casarão, Brunovsky e Greta sentavam-se num sofá de espaldar alto nos fundos do cômodo. Liz ficou surpresa ao encontrar Jerry Simmons ali também. Meio sem jeito, ele ocupava uma das cadeiras Império, inclinando-se para a frente com os cotovelos apoiados nos joelhos.

— Sente-se aqui conosco, Jane — disse Greta, apontando o espaço vazio a seu lado.

— Estamos esperando pela Sra. Cottingham? — perguntou Liz.

— Digamos que sim — respondeu Greta, e novamente apontou o sofá, agora com mais ênfase.

— Acho que vou dar uma voltinha por aí — disse Liz, apontando para o terraço e os jardins.

— Nessa chuva? Não creio que seja uma boa ideia.

Os olhos de Greta estavam tensos, focados em Liz. Brunovsky, por sua vez, parecia a quilômetros de distância, alheio às pessoas a seu redor. Quando Liz se voltou para Dimitri, viu-o abrir um discreto sorriso e notou que ele agora se encontrava entre ela e a porta.

Tudo bem, a voltinha fica para depois, pensou, e foi se sentar ao lado de Greta. Mas por quem, ou pelo que, estariam eles esperando afinal?

CAPÍTULO 54

Charles Wetherby agora ocupava a sala de Brian Ackers. Uma sala desconfortável, sem alma, ele refletiu, com todos esses livros sobre a Guerra Fria, esse mapa de sala de guerra, essa mesa virada contra a janela. A situação era bem pior do que ele havia imaginado, o que em certa medida atenuava sua culpa por ter deixado Joanne por causa do trabalho.

— Eles precisam de você — ela dissera com firmeza, depois do primeiro telefonema do diretor-geral.

— Você também — argumentara.

— Neste momento, não, Charles. — Charles sabia que ela estava se referindo ao prognóstico bastante sincero que o médico tinha feito na última sessão do tratamento: "Não posso lhe prometer mais de um ano, mas seu quadro deve permanecer estável durante um ou dois meses pelo menos." — Na verdade — acrescentara ela, fitando-o diretamente nos olhos —, o que preciso mesmo é de um tempo sozinha. Não se preocupe. Quando precisar, chamo você de volta.

E então ele havia voltado, naquela posição incômoda — a mesa de outro homem, o trabalho de outro homem —, tentando focar os pensamentos, pela primeira vez em muitos meses, em outra coisa além da lenta morte da mulher.

A secretária de Brian entreabriu a porta. Parecia contrafeita, aborrecida pelo chefe ter partido tão subitamente. Seria ótimo se ela pudesse explicar por que Brian, depois de ter insistido que Liz permanecesse naquela situação de risco, havia cometido a insensatez de despachar Michael Fane para trazê-la de volta. Pelo pouco que Charles sabia dele, o filho de Geoffrey Fane era um garoto inexperiente e voluntarioso — nem de longe o agente mais indicado para comandar uma missão de resgate com tantas incógnitas. Charles suspeitava que havia sido esse segundo mau passo que levara o diretor-geral a afastar Brian Ackers do trabalho e mandá-lo cuidar do jardim por uns tempos.

— Geoffrey Fane está aqui — anunciou a secretária, secamente.

— Mande-o entrar — disse Charles, e suspirou ao antecipar a conversa que estava por vir. Charles conhecia Geoffrey Fane: nos últimos anos, eles haviam se cruzado em diversas operações do contraterrorismo. Respeitava-o pela inteligência e pela capacidade de realização, mas não chegava a confiar nele inteiramente. Eles eram produto de diferentes culturas: Fane vinha de um meio em que os agentes eram treinados para ser autossuficientes, trabalhar sozinhos ou em pequenos grupos, por vezes em condições hostis nas quais o mais importante era ter iniciativa e agir com rapidez. Wetherby, por sua vez, estava acostumado a trabalhar com equipes interdependentes em investigações complexas, nas quais tudo era passível de escrutínio por parte de comitês internos, comitês parlamentares, procuradorias de justiça e até mesmo da imprensa. Para Charles, Geoffrey Fane tinha meios heterodoxos e imprudentes; para Fane, Charles era excessivamente cauteloso. Charles esperava que Fane agora fosse direto ao ponto; a última coisa de que precisava naquele momento era um joguinho de gato e rato.

— Charles — disse Fane ao entrar na sala. Usava um terno de risca de giz, camisa amarelo-claro e gravata de bolinhas. Eles apertaram mãos e se sentaram. — É bom tê-lo de volta. Espero que tudo corra bem em casa. Quanto à situação aqui... é uma lástima.

Charles não estava nem um pouco disposto a discutir com Fane sobre o súbito afastamento de Brian Ackers, embora tivesse certeza de que, àquela altura, ninguém falava de outra coisa na Thames House e Vauxhall Cross. Em vez disso, falou:

— Segundo fui informado, Liz Carlyle foi para a Irlanda com esse tal Brunovsky. Ao que parece, foram ver um quadro, mas temos bons motivos para crer que algo bem diferente está acontecendo — ele fez uma pausa. — Decerto você sabe que seu filho está lá também.

— É, sei. Estava aqui para falar com Brian quando Michael saiu para viajar.

— Naturalmente você está a par do que levou Liz a se envolver com o russo. Para economizar tempo, pedi a Peggy Kinsolving que viesse até aqui e nos desse sua versão da história. Você pode me inteirar do resto à medida que formos conversando. Parece que a prioridade é tirar Liz e Michael da Irlanda o quanto antes.

Fane hesitou um pouco, depois perguntou:

— Eles estão em perigo?

— Michael, não. Está com a Garda.

Fane respirou aliviado, mas logo se lembrou:

— E Liz?

— Não sei, mas espero muito que esteja bem. — Charles subitamente percebeu que Fane estava tão preocupado com Liz quanto ele. Viu que Fane gostava dela também, e sentiu uma pontinha de ciúme.

Enquanto eles esperavam por Peggy, Fane se levantou e foi para a janela, e Charles permaneceu sentado, lentamente tamborilando o lápis contra a mesa.

— Nunca entendi por que Brian colocou sua mesa nessa posição — comentou Fane. — Era de se esperar que, tendo conquistado esta vista para o rio, ele quisesse desfrutar dela.

A porta se abriu, e Peggy entrou com uma pasta entre os braços. Aparentemente surpresa com a presença de Fane, sentou-se com cautela, apreensiva, como se estivesse prestes a cair numa armadilha. Charles chegou a ficar com pena.

Fane permaneceu de pé quando Wetherby disse:

— Por favor, Peggy, diga rapidamente em que pé estão as coisas. Geoffrey provavelmente conhece a história quase toda, mas eu não.

Ela assentiu com a cabeça e abriu a pasta, mas não precisou olhar para as anotações.

— Dois meses atrás, soubemos pelo MI6 que uma fonte confiável havia descoberto um possível complô contra um oligarca dissidente em Londres.

— Um complô? — disse Wetherby. — Do que se trata exatamente?

— Um assassinato, aqui na cidade.

— *Pour décourager les autres* — disse Fane casualmente, ainda olhando pela janela.

— Verdade? — Wetherby mal pôde disfarçar seu ceticismo. Depois de Litvinenko, a última coisa que as autoridades russas poderiam querer era carregar nas costas a culpa pelo assassinato de mais um expatriado oposicionista.

— Mais ou menos na mesma época — prosseguiu Peggy —, o A4 pilhou um agente da inteligência russa, Vladimir Rykov, da Delegação de Comércio, durante um encontro secreto em Hampstead Heath. Seguindo o contato dele, descobriram que se tratava de um veterano da SAS que atualmente trabalha como motorista de Nikita Brunovsky. Foi então que se decidiu que Liz deveria se infiltrar na casa de Brunovsky.

— Uma decisão estranha — interrompeu Wetherby.

Peggy não disse nada. Coube a Fane explicar:

— Mais uma das ideias brilhantes de Henry Pennington, Charles.

Charles virou-se para ele com uma expressão de ceticismo no olhar.

— Brian não precisava ter concordado, Geoffrey. O ministério não pode impor nada.

Fane simplesmente deu de ombros.

Wetherby, por sua vez, conhecendo Fane, intuía que a participação dele naquela decisão esdrúxula havia sido bem maior do que ele estava disposto a admitir.

— Mas que evidência havia de que o tal complô estava associado com Brunovsky?

— Nenhuma — respondeu Fane de pronto, rapidamente virando-se para trás antes de voltar os olhos para a janela. — Mas a coincidência da notícia do complô e a conversa de Rykov com o motorista... bem, parecia coincidência demais. De qualquer modo, mesmo que uma coisa não tenha nada a ver com a outra, o fato de que Rykov estava subornando um funcionário de Brunovsky sugere que Moscou tem algum interesse no homem, um interesse nada salutar.

— Mas é exatamente isso que estou tentando dizer: esse caso deveria ter sido passado para o Departamento de Operações Especiais, não para nós.

Fane manteve os olhos grudados no rio, deixando claro que não estava ali para discutir. Wetherby balançou a cabeça, irritado, e gesticulou para que Peggy continuasse.

— Liz passou a frequentar a casa de Brunovsky passando-se por uma estudante de belas-artes. Ficou uma semana em Cambridge fazendo um curso intensivo sobre os modernistas russos, sobretudo um pintor chamado Pashko, no qual Brunovsky estava particularmente interessado. Brunovsky recentemente comprou um Pashko que desde muito estava perdido — ela olhou com firmeza para Wetherby. — O quadro foi descoberto na Irlanda, onde Brunovsky está agora, procurando por outro Pashko também desaparecido.

— Isso é absurdo! — sentenciou Wetherby.

Fane deixou escapar uma risada, alta o bastante para assustar Peggy. Wetherby podia ver que ela também estava preocupada com Liz, e achou curioso que os três tivessem reações tão diferentes: Peggy mostrava-se cada vez mais séria, Fane ria e ele se irritava a cada instante com a trapalhada que herdara.

Peggy relatou o que ela e Liz tinham descoberto sobre as pessoas que cercavam Brunovsky — a namorada havia sido uma prostituta de luxo; o decorador e o banqueiro comparsas no contrabando de antiguidades italianas. Quanta sordidez, pensou Wetherby, mas nada de surpreendente, e nada que pudesse ter algum vínculo com Moscou. Ele externou sua opinião, e Fane por fim abandonou a janela para dizer:

— Concordo.

— Seja como for — disse Peggy, rispidamente, e tanto Wetherby quanto Fane olharam para ela com expectativa —, Tutti foi encontrado morto em seu apartamento. Um aparente suicídio, mas Liz tinha lá suas dúvidas.

— Ora... — disse Fane, condescendente.

— E eu concordo com ela — disse Peggy sem titubear. A garota é corajosa, pensou Wetherby. — Os pulsos de Tutti foram cortados com um estilete Stanley. Liz foi assaltada perto do apartamento de fachada, e a mulher que a agrediu também usava um estilete Stanley.

— Eu não sabia disso — interveio Fane, de modo incisivo. Puxou uma cadeira e se sentou ao lado de Peggy, já sem nenhum traço da displicência anterior.

— Depois, para complicar a situação ainda mais, fomos informados de que talvez haja um Ilegal operando no Reino Unido.

— E isso tem alguma relevância para o nosso caso? — perguntou Wetherby.

— De início achamos que não — disse Peggy. — Mas agora acho que sim. Uma dinamarquesa chamada Greta Darnshof... ela é editora de uma revista de arte e também frequenta a casa de Brunovsky. Mas acabamos de saber pela PET de Copenhague que a verdadeira Greta Darnshof morreu há quase quarenta anos.

— Essa tal dinamarquesa está na Irlanda também? — perguntou Fane.

— Não tenho certeza, mas é bem possível que sim. No escritório da revista, informaram que ela estava "viajando".

— E qual é o papel dela nisso tudo?

— Não sei ao certo, mas acho que Greta Darnshof foi quem atacou Liz na rua. Não tenho provas, mas é o que tudo indica.

Depois de um instante de reflexão, Fane disse:

— Não creio que eles tentariam alguma coisa contra Brunovksy: matá-lo na Irlanda seria tão desastroso em termos de relações públicas quanto matá-lo aqui.

— Então por que diabos levaram o homem para lá? — perguntou Wetherby.

— O mais provável é que queiram sequestrá-lo e levá-lo de volta para a Rússia. O que é muito mais fácil de fazer em Kilkenny do que em Eaton Square.

— Killarney — corrigiu Peggy, de forma pedante.

— Mas Brunovsky não anteviu o perigo? — perguntou Wetherby. — Onde estava com a cabeça quando concordou em ir para a Irlanda?

— Segundo a Liz, ele está louco para colocar as mãos nesse segundo quadro. Ele e outro oligarca chamado Morozov. Parece que os dois têm uma rivalidade antiga. Liz falou que, ao ficar sabendo que Morozov também estava no páreo, Brunovsky entrou em parafuso.

— Morozov? — disse Fane.

— Quem é ele? — perguntou Wetherby, quase resignadamente. Para ele, essas pessoas eram como personagens de uma peça. Perguntou-se quantos atos teria aquele drama.

— Fez fortuna com os diamantes industriais — disse Peggy. — Antes disso, trabalhou para a KGB, com postos em Nova York e na Alemanha Oriental. É possível que esteja tramando algo contra Brunovsky, por motivos pessoais. Mas não temos certeza de nada.

Wetherby virou-se para Fane, que parecia a ponto de dizer algo, mas hesitava. Vou esperar, pensou Wetherby, e ficou calado até que o silêncio começou a pesar. Por fim, Fane se abriu:

— Liz pediu que investigássemos Morozov. Dei a ela um relatório razoavelmente detalhado com as informações que eu havia recebido de Moscou. Contei que Morozov havia sofrido um infarto em 1989, na Alemanha, e de lá voltara para casa. Mas havia algo mais, que não contei porque não achei que fosse relevante nem que coubesse a mim contar. Mas acho que devo falar agora — ele se calou um instante, avaliando as palavras com cuidado. — Durante os últimos anos que passou na KGB, Morozov foi recrutado pelos alemães ocidentais. Trabalhou como informante da BND durante todo o tempo que ficou na Alemanha Oriental. Ficava na estação da KGB em Dresden. Um de seus colegas era Vladimir Putin.

Wetherby ergueu os dois braços, mal acreditando no que acabara de ouvir.

— Eu diria que o caldo engrossou se a essa altura ele já não tivesse transbordado! Então, onde fica Morozov nessa história toda?

— Tomara que não seja na Irlanda — disse Fane. — Mas talvez seja relevante o fato de que ele não é quem aparenta ser.

— Talvez Brunovsky também não seja — sussurrou Peggy.

Nenhuma dessas pessoas é, pensou Wetherby. Espero que Liz tenha consciência disso. Como se tivesse lido os pensamentos dele, Fane disse:

— Sinto muito por isso, Charles. Informação de terceiros, você sabe como é. Na ocasião achei que não tivesse importância.

Wetherby suspirou. Se Geoffrey Fane estava se desculpando por algo, então as coisas realmente iam de mal a pior.

CAPÍTULO 55

— Melhor irmos já — anunciou Brunovsky, olhando aflito para o relógio. — Jerry, busque o carro. Daqui a pouco encontramos com você.

Mas antes que Jerry pudesse se levantar, a porta se abriu. Liz arregalou os olhos para o que de início lhe pareceu um fantasma: uma velha senhora, de cabelos soltos, cor de neve, vestindo uma longa camisola bordada e chinelos que se arrastavam no chão enquanto ela avançava pela sala em passos lentos. Nenhuma expressão nos olhos cinzentos, os lábios estirados num sorriso duro. Deve ser louca, pensou Liz.

Numa voz cristalina e aguda, mais inglesa que irlandesa, a aparição disse:

— Bem-vindos a Ballymurtagh. Faz muito que não recebemos visitas, mas sintam-se todos em casa.

Liz viu quando Brunovsky se virou perplexo para Greta.

— Na noite de hoje — dizia a velha — teremos música. E dança para quem quiser... — acrescentou, com um ar de malícia juvenil.

Greta gesticulou para Dimitri, e ele já se adiantava para fechar a porta quando Svetlana irrompeu na sala, uma expressão de pavor estampada nos olhinhos eslavos.

— Sinto muito, mas ela fugiu — disse, e tentou puxar a velha pelo braço, mas ela se desvencilhou sem nenhuma dificuldade, rindo com gosto.

Liz percebeu que ela havia voltado aos tempos do jardim de infância.

Greta se adiantou rapidamente como se fosse deter a velha, mas foi na direção de Svetlana. Parou diante da moça com as mãos na cintura e, subitamente, acertou-lhe um sonoro tapa no rosto, o estalo ecoando na sala como se fosse um tiro. Svetlana recuou alguns passos e foi ao chão. Seguiu-se um silêncio sepulcral, e ninguém mexeu um músculo sequer, exceto a velha, que começou a encaracolar uma mecha dos cabelos com o indicador.

Greta berrou algo em russo para Svetlana enquanto apontava para a Sra. Cottingham. Tentava, sem sucesso, controlar a raiva.

— Anda, *mexa-se*! — rugiu.

E Liz notou algo de estranhamente familiar na entonação dela.

Svetlana estava aterrorizada, imóvel no chão, e Greta investiu novamente. Cravou a mão no ombro da moça e tentou reerguê-la. Dimitri atravessou a sala para acudi-la, e a Sra. Cottingham aproveitou a oportunidade para se esconder atrás de uma poltrona, divertindo-se numa brincadeira imaginária. Para sua idade, era extraordinariamente ágil.

Dimitri e Greta se aproximaram por ambos os lados, tentando cercá-la, mas a velha já havia brincado daquilo antes: ligeira, escapou mais uma vez e foi para trás de um dos sofás. Assim que se viu em segurança, cantarolou com a vozinha trêmula:

— Ninguém me pega, ninguém me pega...

Com as atenções centradas na velha, Liz aproveitou para agir. Arrastou-se na direção de Jerry Simmons e sussurrou:

— Jerry, me dê seu telefone — diante do olhar confuso do motorista, também assombrado com o espetáculo da Sra. Cottingham, ela precisou cutucá-lo nas costelas para trazê-lo de volta à realidade. — Trabalho com o Magnusson — disse, aliviada por se lembrar do codinome de Michael. — Do MI5! Preciso do seu telefone!

Nesse ínterim, Dimitri e Greta haviam, com certa dificuldade, conseguido render a velha, que ainda relutava com surpreendente vigor, cantarolando a plenos pulmões. Sem despregar os olhos dela, Jerry discretamente alcançou o bolso do paletó, e no segundo seguinte Liz se viu com um telefone na mão.

Dimitri agora carregava a Sra. Cottingham para fora da sala. Svetlana ainda choramingava no chão. Abaixando-se ao lado da moça, Greta ordenou que ela fosse cuidar de suas responsabilidades. Brunovsky, que até então não havia saído do lugar, ficou de pé e mais uma vez olhou para o relógio; como se presidisse uma reunião, sentenciou:

— Muito bem. Agora precisamos ir. Ele já deve estar chegando.

Greta sibilou algo, e subitamente Liz se lembrou de onde conhecia aquela voz. "Mexa-se!", Greta havia berrado com Svetlana. "Não se mexa!", a assaltante havia dito naquela noite escura em Battersea. Não havia dúvida, a voz era a mesma. Era Greta quem a tinha agredido, quem a tinha ameaçado com o estilete Stanley. Era ela, portanto, quem havia matado Marco Tutti.

E também era ela, não Brunovsky, quem estava no comando daquela situação. Fosse lá quem fosse, não era nenhuma dinamarquesa do mundo das artes. Era russa. Por isso os dinamarqueses da PET haviam estranhado as lacunas na biografia dela, por isso Peggy não havia conseguido identificar os proprietários da revista que ela publicava. Greta certamente trabalhava para a inteligência russa, era o Ilegal que supostamente vinha agindo em Londres. Por isso Brunovsky estava acatando a autoridade dela. Mas o que ela estaria fazendo ali? Por quem eles estavam esperando? E por que Brunovsky queria tanto sair antes que o visitante chegasse?

— Preciso ir ao toalete — disse Liz a Brunovsky. — Não vou demorar. Encontro com vocês lá fora.

Brunovsky assentiu com impaciência, relutante, e, ignorando Greta, Liz saiu da sala. No hall de entrada, ouviu o cantarolar distante da Sra. Cottingham e as súplicas de Svetlana para que ela se calasse.

Mas não tinha tempo para refletir sobre os aspectos bizarros de tudo aquilo. Saindo do hall, entrou no primeiro banheiro que viu e silenciosamente fechou a porta. Não encontrou uma chave para trancá-la. Na penumbra, viu uma pia rachada sobre um pedestal, um vaso sanitário e uma caixa d'água alta, da qual pendia uma corrente comprida, com um pingente de porcelana na ponta. Abriu uma das torneiras e deixou a água correr ruidosamente. Precisava ser rápida. Brunovsky estava ansioso para ir embora, e ela também. Precisava sair daquela casa antes que Greta começasse a suspeitar de que sua real identidade já havia sido descoberta.

Olhando para o telefone, receou não encontrar sinal ali. O aparelho se iluminou e, ao cabo de uma aparente eternidade, encontrou a rede que vinha procurando. Liz discou o número de Peggy na Thames House, mas quase imediatamente ouviu: "Extensão indisponível; deixe seu recado após o sinal." Depois de certa hesitação, Liz decidiu que não era o caso de deixar recado. Ela precisava de providências urgentes. Para quem ligar então? Brian Ackers? Mesmo que atendesse a chamada, Ackers diria a ela que se acalmasse e ligasse de volta mais tarde. Dave Armstrong, seu amigo e ex-colega do contraterrorismo? Com certeza ele faria algo sensato, mas dificilmente seria encontrado naquela hora.

Correndo contra o tempo, Liz pôs a cabeça para funcionar. Com quem ela poderia contar naquelas circunstâncias? Quem seria capaz de entender sua urgência e tomar a atitude correta? Só havia uma pessoa.

Discou o número, e dali a pouco uma voz feminina atendeu.

— Sra. Wetherby? — disse o mais alto que ousou. — Aqui é Liz Carlyle. Posso falar com o Charles? É urgente.

— Liz? Mas ele está na agência. Achei que você soubesse. Ele voltou a trabalhar.

— Eu não sabia. Estou na Irlanda — Liz pensou em desligar, mas percebeu que essa era sua única chance. — Por favor, ouça com atenção: estou em apuros, e não posso ligar para a agência. Encontre o Charles e diga a ele que Greta está aqui. G-R-E-T-A. Diga que ela é russa, provavelmente uma Ilegal. Brian Ackers pode explicar a ele o que tudo isso significa.

— Mas é justamente no lugar de Brian que ele está agora — disse Joanne. — Você não sabia? Brian saiu de licença.

Ainda bem, pensou Liz. Mas não havia tempo para festejar.

— Não tem problema. Diga a ele que estou numa propriedade chamada Ballymurtagh, B-A-L... ótimo, você entendeu. Daqui a pouco vou para o aeroporto de Shillington. Isso mesmo, Shillington. Preciso que ele mande o pessoal da Garda para cá, e para o aeroporto também, e que eles venham armados. Acha que pode falar com ele agora mesmo? — ela tentou parecer calma e decidida. — É urgente.

— Vou ligar imediatamente — disse Joanne. — Se cuida.

Só então ocorreu a Liz que Joanne também havia trabalhado no Serviço Secreto. Vinte anos antes, como secretária. Foi assim que ela e Charles haviam se conhecido.

Mas, e se ela não conseguisse falar com o marido? Percebendo que o hall estava silencioso, Liz achou que ainda tinha tempo para enviar um torpedo a Peggy e, aflita, começou a digitar. Já havia escrito BALLYM quando subitamente a porta do banheiro se abriu. Do outro lado, Greta empunhava uma arma de cano curto.

— Passe isto para cá — ordenou, mas com absoluta placidez. Liz imediatamente entregou o telefone.

Sem desviar a arma, apontada contra a testa de Liz, pouco acima do olho esquerdo, Greta recebeu o aparelho, deu um passo para trás e examinou o monitor.

— Esta mensagem foi enviada?

— Não — disse Liz. — Estava começando a digitar. Queria avisar meu namorado que estou aqui, e provavelmente vou me atrasar para o jantar — acrescentou ela, e tentou convencê-la com um sorriso.

Greta ignorou-a. Gesticulou para que ela saísse ao corredor e, recuando um pouco, disse:

— Se tentar alguma coisa, eu atiro.

Liz não tinha o que fazer. Saiu do banheiro e seguiu pelo corredor com Greta no seu encalço. A certa altura, tentou dizer algo, mas logo foi interrompida com um sucinto "Cale-se". Na sala, apenas Brunovsky esperava por elas, de pé, mais impaciente do que nunca.

— O que está acontecendo? — perguntou ele. — Já devíamos ter saído dez minutos atrás. Jerry está esperando no carro.

Greta se afastou de Liz e foi na direção de Brunovsky, mantendo-o fora da mira de tiro.

— Tarde demais — disse. — Ela estava tentando mandar um torpedo para alguém. Fez uma ligação antes.

Brunovsky estava visivelmente agitado, olhando para Greta à espera de uma instrução qualquer. Nem de longe parecia o magnata seguro e autoritário que Liz havia conhecido antes, nenhum resquício da arrogância juvenil.

Liz procurava manter a calma enquanto tentava entender o novo quadro que se apresentava. No fim das contas Brunovsky era parte integrante do complô, e não a vítima. Mas o plano deles, fosse lá qual fosse, aparentemente havia descarrilado.

Greta falava em russo com Brunovsky, que apontava para Liz, e Brunovsky respondia com frases curtas, quase em monossílabos. Claramente discutiam o que fazer com ela, já que não podiam mais levá-la com eles. Brunovksy também fazia perguntas, e pela expressão em seu rosto, não estava gostando nem um pouco das respostas que recebia. Liz notou que ele não olhava para Greta.

Pretendiam matá-la? Ela avaliou a hipótese com o máximo de frieza possível, e a descartou. Não conseguiriam apagar os rastros, ainda que colocassem seu corpo num baú cheio de pedras e o jogassem no lago.

Victor Adler estava certo. Havia mesmo um complô, mas nada que visasse prejudicar Nikita Brunovsky. O alvo era outro, talvez a pessoa por quem eles estavam esperando. Mas por que Brunovsky havia insistido tanto para que ela o acompanhasse naquela parte remota da Irlanda, para ver um quadro que decerto ele já sabia ser uma falsificação?

Só então ela entendeu. Brunovsky era a isca para atrair outra pessoa. O plano era que ele aparecesse por lá, com Liz, rejeitasse o quadro e depois voltasse para a Inglaterra. O que acontecesse depois não seria culpa dele. Liz seria sua testemunha: quem melhor que uma agente do MI5 ao lado dele durante toda a visita?

Liz observava Brunovsky enquanto ele se dava conta de toda a extensão do desastre. O canalha vai colher o que plantou, ela pensou. Adeus Londres, adeus boa vida. Talvez até adeus Monica, mas isso provavelmente seria um bônus. Seu pilantra espertalhão, se pudesse ver sua própria cara agora...

Ela ouviu um ruído ao longe, mas tão discreto que de início achou estar imaginando coisas. Depois supôs tratar-se dos canos da casa, borbulhando no interior das paredes rotas. *Phut-phut-phut*. O barulho ficava cada vez mais nítido, e mais próximo, vindo do lado de fora. *Phut-phut-phut*. Alguma coisa no alto, no céu. Não havia mais dúvida: era um helicóptero.

Greta subitamente disse algo a Brunovsky, e, mudo, ele saiu da sala.

— Temos visitas — disse ela em seguida para Liz.

— Estou vendo — Liz levantou os olhos para o alto. — Mas algo me diz que não é Harry Forbes. Você matou Forbes, não matou? Assim como matou Marco Tutti.

— Tutti se apavorou — disse Greta, e aparentemente se arrependeu da involuntária confissão.

— Foi com o mesmo estilete que você usou para me ameaçar? — Greta não respondeu, então Liz continuou: — Até hoje não entendo como você chegou a mim. Só o Simmons sabia onde eu morava, mas ele não sabia nada a meu respeito. Talvez tenha passado meu endereço para o Rykov, mas por que você suspeitou de mim?

— Rykov é um idiota — disse Greta, cuspindo as palavras. — Só fez atrapalhar. Eu já sabia sobre você

— É, sabia mesmo — disse Liz, relembrando os fatos. — Naquele hotel de Cambridge... Foi você também, não foi? Tentando me amedrontar? E suponho que não tenha sido difícil orquestrar meu encontro com Dimitri.

Greta deu um risinho irônico e disse:

— Você bem que gostou.

— Então foi Brunovsky que contou tudo a você, desde o início.

— Brunovsky é uma criança — retrucou ela.

Liz viu o quanto a mulher podia ser arrogante. Talvez um Ilegal precisasse mesmo desse tipo de autoconfiança, pensou. De outro modo, como suportaria os tantos anos de isolamento, sem ao menos saber se o sacrifício teria ou não alguma serventia? Mas com o fim União Soviética, não teria ela ficado pelo menos tentada a jogar tudo para o alto e buscar um rumo próprio na vida?

Liz procurava manter Greta falando, qualquer coisa que postergasse a providência, fosse qual fosse, que eles haviam decidido tomar em relação a ela e Simmons. Queria muito saber por quem eles estavam esperando e por quê. Claro estava que ela não deveria ter testemunhado nada daquilo — àquela altura, ela e Brunovsky já deveriam estar no aeroporto.

— Não estou ouvindo mais o helicóptero — disse.

— Já pousou — retrucou Greta, como se Liz fosse apenas uma simplória. — Nem uma palavra, entendeu?

Liz assentiu com a cabeça. Ainda tinha uma arma apontada contra ela.

— Lembre-se. Aconteça o que acontecer, você vai ficar de bico calado, não vai nem piscar. Depois voltamos a nos falar.

Greta guardou a arma na bolsa, mas manteve a mão sobre o fecho.

CAPÍTULO 56

No saguão de desembarque do aeroporto de Cork, Michael avistou um sujeito alto, vestido informalmente, mas que parecia um policial à espera de um passageiro.

— Maloney — disse o homem. — Sr. Fane, eu suponho.

Michael sentiu-se na pele de um dignitário escoltado ao sair do aeroporto e, sob o claro céu irlandês, embarcar num carro oficial, embora não houvesse nenhuma insígnia da polícia. Ao volante se encontrava um agente bem mais jovem que se apresentou como Rodrigues. Apesar do nome português, ele tinha cabelos cor de tangerina e sardas por toda parte. Maloney obviamente estava no comando. Michael ficou aliviado ao constatar que a recomendação de Londres havia sido atendida e que, excepcionalmente, os dois Garda estavam armados.

— Então, Sr. Fane, em que podemos ajudá-lo? — perguntou Maloney, e Michael se deu conta, decepcionado, de que eles não haviam recebido nenhuma informação prévia, e apenas uma instrução para levá-lo aonde fosse preciso. Ele estava no comando e não se sentia pronto para a responsabilidade.

— Primeiro temos que ir ao aeroporto de Shillington — disse Michael, com uma segurança falsa na voz.

Maloney resmungou ligeiramente e explicou que eles tinham acabado de vir daqueles lados.

— Tudo bem — disse bem-humorado —, motoristas também vencem batalhas!

Espero que sim, pensou Michael.

Com os Garda sentados à frente, eles seguiram adiante. Ao longo do caminho Maloney ia apontando os marcos da geografia local, enquanto Rodrigues dirigia em silêncio. A paisagem que eles atravessavam tinha um aspecto selvagem, primitivo, acentuado ainda mais pela luz forte que perpassava as nuvens cinzentas. Muretas de pedra centenárias riscavam os campos, eventuais buracos tapados com colchões de mola enferrujados. Aquilo era o coração da Irlanda, percebeu Michael, um mundo totalmente distinto da tão badalada costa de Cork, proclamada nas revistas como a nova Riviera da República.

Em determinado momento, o telefone de Michael tocou. Era Peggy, que foi logo dizendo:

— Onde você está?

Ele consultou Maloney e repassou as coordenadas.

— Preste atenção — disse Peggy. — Liz conseguiu mandar um recado. Ela está numa propriedade chamada Ballymurtagh, mas falou que eles estavam de saída para o aeroporto de Shillington. Tente alcançá-los. Greta Darnshof está com eles. Descobrimos que ela é russa, provavelmente o Ilegal que estávamos procurando. É perigosa e está armada. A Garda está mandando reforços para o aeroporto e para Ballymurtagh. Mas você provavelmente vai chegar na casa antes deles. Tente tirar Liz de lá. Tome cuidado.

Ela desligou, e Michael, suando frio nas mãos e sentindo o estômago revirar, informou aos irlandeses a mudança de itinerário.

— Ballymurtagh? — perguntou Maloney, incrédulo. — Aquele mausoléu?

— Foi o que disseram. E precisamos chegar depressa. Fica longe daqui?

— A uns 15 quilômetros — disse Maloney. — Em 15 minutos estamos lá.

— Ou até antes se eu ligar a sirene — disse Rodrigues, e olhou pelo retrovisor.

— Melhor não — disse Michael. — Outras pessoas estão lá também, talvez sejam perigosas.

Rodrigues olhou de soslaio para Maloney e arqueou as sobrancelhas.

Michael explicou:

— Vim buscar uma colega. Chama-se Liz Carlyle, mas está usando o nome de Jane Falconer. Ela esta com alguns russos e uma dinamarquesa chamada Greta Darnshof, que na verdade é russa também. Segundo acabei de ser informado, é possível que eles tentem reter minha colega. Pelo menos uma dessas pessoas está armada. Podemos ter problemas.

Rodrigues bufou entre os dentes e olhou novamente para o companheiro.

— Ninguém falou nada sobre russos — disse.

— Não se preocupe — devolveu Maloney, procurando acalmá-lo. Mas com uma expressão bem mais sisuda, olhou para Michael e perguntou: — O que exatamente você quer de nós? A prioridade é tirar sua colega de lá ou deter os que estão com ela?

— Tirar minha colega — respondeu Michael, lembrando-se das ordens de Brian Ackers. Mas logo se deu conta, já à beira do pânico, de que talvez fosse preciso fazer as duas coisas.

Eles já faziam o retorno para mudar de pista quando o rádio do carro deu sinal de vida. Maloney atendeu, e, ouvindo a conversa transmitida, Michael percebeu que o resgate de Liz estava se transformando numa perigosa missão e que ele estava bem no centro dela.

Um ruído pulsante no alto, uma sombra, e dali a pouco um helicóptero sobrevoou a uns 150 metros, seguindo seu caminho no céu.

— É da Garda? — perguntou Michael, apontando através do para-brisa.

— Não — respondeu Rodrigues. — Infelizmente.

CAPÍTULO 57

Em Ballymurtagh, o ar parecia estalar de tensão. Greta agora estava diante da lareira da sala, acintosamente no comando. Liz viu que alguém, talvez Dimitri, havia buscado o cavalete com *A montanha azul*, colocando-o num canto de tal modo que a luz das janelas incidisse obliquamente sobre a tela. Brunovsky tinha chamado o motorista, e agora ambos flanqueavam o cavalete como um rígido comitê de recepção. A cena toda lembrava um palco preparado para o levantar das cortinas. Apenas o protagonista não havia chegado ainda.

Assim como Brunovsky, Dimitri evitava o olhar de Liz, que àquela altura já estava certa de uma coisa: ainda que fosse mesmo um curador profissional, Dimitri não estava ali apenas como espectador; pelo modo seguro que vinha agindo, também fazia parte da trupe. Isso explicava os pequenos mistérios que o cercavam: o inglês perfeito (embora ele afirmasse que havia estado no Ocidente uma única vez), os hotéis e restaurantes caros que ele tinha condições de pagar. Liz sentiu um frio na espinha ao se lembrar do súbito telefonema que ele recebera naquela noite do assalto, fazendo com que ela fosse mais cedo para casa.

Ela olhou para Simmons, perguntando-se até que ponto ele era capaz de entender o que estava acontecendo. Simmons estivera junto do carro durante todo o tempo em que Greta a manteve sob a mira da arma. Liz não sabia dizer se ele também estava armado. Provavelmente não. Como agiria o motorista se a situação se agravasse e ela fosse ameaçada? Ele não parecia lá muito rápido de raciocínio. Sua função era proteger Brunovsky; decerto faria alguma coisa apenas se o patrão fosse ameaçado — ou em defesa própria.

As reflexões de Liz foram interrompidas bruscamente quando um dos janelões franceses se abriu e uma figura alta e magra entrou na sala. Ela reconheceu as feições marcantes e cicatrizes no rosto de Grigor Morozov. Claro, essa era a última peça do quebra-cabeça. O ato final estava por começar.

De terno escuro e camisa de colarinho aberto, Morozov esquadrinhava a sala, confuso, correndo os olhos de rosto em rosto enquanto tentava dar sentido ao cenário com o qual havia se deparado. Foi então que viu Brunovsky de pé junto ao sofá.

— O que você está fazendo aqui? — perguntou. — Onde está a proprietária? Quem são essas pessoas todas?

— Está lá em cima — disse Brunovsky, e abanou uma das mãos com displicência. — Não vai se importar se você examinar o quadro.

— Forbes disse que não haveria mais ninguém aqui — falou Morozov, tenso. — Você o subornou também? Se já comprou o quadro, diga logo. Não estou com paciência para brincadeiras. Aliás, já estou farto dos seus truques, Brunovsky.

Brunovsky rosnou alguma coisa em russo. Estava prestes a explodir, tal como Liz já tinha visto, mas Greta o advertiu discretamente com o olhar. Remoendo-se por dentro, ele fabricou um sorriso miúdo.

— O quadro está ali — falou em inglês, apontando para o cavalete no canto. — É todo seu. Não tenho cacife para tanto — e deu um risinho malicioso.

Intrigado, Morozov hesitou um pouco, depois virou o rosto na direção da tela sobre o cavalete. Aproximou-se para examiná-la de perto. Liz notou que Greta ainda mantinha a mão sobre a bolsa e que Dimitri havia se deslocado, posicionando-se entre Morozov e a porta que dava para o hall.

Morozov inspecionou o quadro por alguns minutos, depois riu de um modo cáustico. Virou-se para a sala e cravou os olhos em Greta e Dimitri.

— Foi por isto que vocês me trouxeram para a Irlanda? — disse, e apontou para o quadro. — Por *isto aqui*?

Sem mais dizer, virou-se e contemplou o quadro placidamente. Subitamente, deu um passo adiante e com o dorso da mão golpeou a tela com força, fazendo um grande rasgo nela. Um retalho de lona rodopiou rumo ao chão.

No breve silêncio que se seguiu, Liz não pôde deixar de pensar que, caso se tratasse de uma obra genuína, a *Montanha azul* acabara de perder boa parte dos 20 milhões de seu valor original. Mas, claro, Morozov não fizera mais que destruir cinquenta pratas de tela e tintas recentemente compradas. Quem poderia ter pintado aquilo? Muito possivelmente, Dimitri.

— Vocês me trouxeram para a Irlanda para mostrar uma falsificação grosseira? — disse Morozov e, encarando Brunovsky, falou: — Você achou que eu seria burro o bastante para cair numa cilada dessas?

— Você veio, não veio? — retrucou Brunovsky, a habitual arrogância dando as caras novamente num sorriso.

— Qual o motivo desta palhaçada? — perguntou Morozov, irritado, dirigindo-se a todos os presentes. — Vocês se deram a todo esse trabalho, gastaram todo esse dinheiro, *para quê*? Para me dar uma rasteira? Pois perderam seu tempo!

Greta tomou a palavra. Calma, e com a frieza de sempre, disse:

— O quadro não tem nada a ver com o nosso propósito.

— E que propósito é esse, posso saber?

— Você, camarada Morozov.

— Não sou camarada de ninguém, muito menos seu, seja lá quem você for. Tenho passaporte britânico.

— Um agente da KGB não deixa de ser russo só porque abandonou o serviço. Tem um juramento a cumprir.

— Como assim? Quem é você? — inquiriu Morozov, quase gritando. Pela primeira vez, Liz notou uma ponta de medo nos olhos dele.

— Você sabe muito bem do que estou falando. *Predatel!* — cuspiu Greta.

— Não traí ninguém! — protestou Morozov.

— Ah, não? Quer dizer agora que você é alemão? Nenhum russo de verdade se dobraria aos alemães como você fez, Grigor Morozov. Isso é traição. É crime! O Artigo 64 do Código Penal russo prevê pena de morte para casos como o seu!

Morozov engoliu em seco, aparentemente tentando manter a calma.

— Não tive escolha — disse. — Os alemães pagaram pelo tratamento do meu filho. Sabe quanto custa um tratamento desses? O que isso significava para mim? Quem, no Serviço Soviético, poderia arcar com uma despesa dessas?

Sem encontrar nenhuma empatia nos olhos de Greta, ele mudou de tática e se dirigiu aos demais na sala como se estivesse numa reunião de negócios.

— Não existe mais União Soviética. Acabou. Vocês não têm o direito de perseguir uma pessoa física. Tenho passaporte inglês e estou indo embora agora mesmo.

Mas ficou onde estava. Greta também não se mexeu. Ela disse:

— O que você fez não pode ser apagado, Morozov. Traição não é um crime que prescreve em sete anos, como tantos outros.

Morozov empalideceu de repente.

— O que vocês pretendem fazer comigo? — perguntou. — Me matar?

— Não — respondeu Greta, impassível. — Não vamos matar você, e sim colocá-lo diante de um juiz russo. Você terá seu dia nos tribunais, como costumam dizer seus amigos britânicos. Mas você já sabe qual será a sentença. A história de sua traição será conhecida por todos.

— Vocês vão me levar para Moscou? — perguntou Morozov, perplexo. — E como pretendem fazer isso? Acham que vou passar sorrindo pelo controle de passaportes?

— Não — disse Greta. E acenou para Dimitri, que se adiantou com dois pares de algemas de plástico, tiradas sabe-se lá de onde.

Ao vê-las, Morozov instintivamente estendeu os braços para os lados, como se com isso pudesse alterar seu destino. Greta tirou a arma da bolsa e, apontando-a para ele, disse:

— Mãos para baixo.

Morozov aquiesceu com visível relutância. Dimitri algemou os pulsos dele e com um chute razoavelmente forte fez com que ele juntasse as pernas para que os tornozelos fossem algemados também. Terminado o serviço, jogou o indefeso Morozov contra um sofá e saiu da sala. Brunovsky, pouco à vontade, coçava o queixo enquanto encarava as janelas. Ninguém dizia nada.

Dali a alguns minutos Dimitri voltou com Svetlana, que trazia consigo uma seringa e um frasco com um líquido transparente. Vendo-a encher a seringa com o fluido, Morozov contorceu-se assustado no sofá. Svetlana conferiu a dosagem e se aproximou dele.

Contorcendo-se como podia, o russo tentou ficar de pé. Jogou o corpo na direção de Jerry Simmons e gritou por socorro, mas logo viu que não teria escapatória. Dimitri empurrou-o de volta contra o sofá, cravou as mãos nas lapelas dele e, com um puxão forte, desceu o paletó até a altura dos antebraços, aquietando o prisioneiro com uma improvisada camisa de força. Ao mesmo tempo, Svetlana habilmente espetou a seringa no bíceps de Morozov, tirando dele um grito rouco. Extraída a seringa, um pontinho de sangue brotou na camisa do russo, espalhando-se como uma mancha de tinta.

— O que vocês fizeram comigo? — quis saber Morozov, apavorado.

— Não se preocupe — disse Greta, já bem mais relaxada, agora que Morozov havia sido dopado. — Você nem vai chegar a dormir.

Rohypnol, deduziu Liz. A droga usada nos golpes de "boa-noite Cinderela". Dez vezes mais forte que o Valium. Eles poderiam fazer com que Morozov passasse pelo controle de passaportes com as próprias pernas, ainda que trôpegas, botando a culpa num porre de vodca. Morozov não estaria em condições de dizer muita coisa, e quando desse por si já estaria voando a uns 35 mil pés de altitude, rumo a Moscou.

O que aconteceria quando ele chegasse por lá? Um julgamento, ao que parecia, mas certamente um julgamento apenas protocolar, com o objetivo de mostrar à mídia ocidental, sempre tão invasiva, que o Estado russo fazia as coisas do jeito certo. Nada de assassinatos ou envenenamentos com radiação, embora o destino do réu fosse o mesmo: a morte.

Os olhos de Morozov aos poucos foram ficando vidrados; a droga começava a fazer efeito. Ele disse algo em russo e balançou a cabeça, debatendo-se contra os efeitos da injeção. Tentou dizer outra coisa, mas não conseguiu.

Greta passou uma ordem a Dimitri. Ele e Brunovsky levantaram Morozov e o carregaram para fora, provavelmente para o carro. Virando-se para Liz e Simmons, espectadores silenciosos de todo o drama, Greta disse:

— Vocês dois vão para o porão da casa, junto com aquele velhote que trabalha aqui. — E com um risinho irônico, emendou: — Quem sabe a Sra. Cottingham não aparece mais tarde para soltá-los?

CAPÍTULO 58

A carcaça achatada de um esquilo morto ainda sangrava sobre o cascalho do caminho.

— Um carro passou por aqui ainda há pouco — disse Rodrigues, olhando para Michael pelo espelho retrovisor.

Eles atravessavam a aleia de limoeiros que conduzia a Ballymurtagh, e um silêncio tenso pairava no carro. Quanta decadência, pensou Michael ao avistar o casarão. Uma joia da arquitetura, mas uma joia dilapidada. Ele notou as telhas que faltavam ao telhado e o ninho que as gralhas haviam feito no topo de uma chaminé. Havia algo de fantasmagórico na beleza desleixada do lugar.

Foi ele, Michael, quem quebrou o silêncio.

— Pare aqui — disse de repente, muito antes do semicírculo de cascalho onde estavam estacionadas duas limusines pretas.

Rodrigues resmungou algo e obedeceu. Saindo do carro, ele e Maloney desabotoaram o coldre da arma que ambos traziam à altura do flanco.

O dia estava extemporaneamente frio, mas o vento não soprava mais, e uma calmaria se esparramava feito névoa sobre a paisagem. Nenhum pássaro cantava, nenhum carro zumbia ao longe. Mudos, eles caminharam sobre a grama à beira do cascalho, cientes de que os limoeiros ofereciam pouca proteção. Michael tinha plena consciência de que estava no comando da operação. Era o chefe. Mas qual o melhor caminho a seguir? Tocar a campainha e perguntar por Jane Falconer? Invadir a casa? Com certeza haveria uma janela aberta em algum lugar.

A resposta veio quando a porta principal se abriu com um rangido, e um homem baixo atravessou a soleira, descendo os degraus de um modo desenvolto, quase saltitante. Michael imediatamente reconheceu Brunovsky. Ficou aliviado: se o oligarca ainda estava lá, Liz certamente estaria também. Além disso, não havia nenhum sinal de que ele estivesse em perigo. Ao contrário, Brunovsky parecia à espera de alguém, e instantes depois um sujeito alto e forte, vestindo uma jaqueta de couro, saiu da casa dando apoio a um homem mais velho, que aparentemente passava mal.

O que estaria acontecendo?, perguntou-se Michael. Quem seria o homem que eles carregavam para o carro? E por que diabos Jerry Simmons não estava ao volante?

Michael sabia que era preciso fazer algo.

— Não deixe que eles saiam com o carro — falou para Rodrigues, e foi aí que eles foram avistados.

O homem de jaqueta jogou o inválido no Mercedes, apontou na direção dos limoeiros e alertou Brunovsky.

— Vamos! — ordenou Michael, e os irlandeses partiram em disparada.

Junto do carro, o de jaqueta hesitou, e por um instante Michael achou que ele fosse tentar fugir.

— Garda! — berrou Maloney, e depois: — Polícia!

O homem imediatamente se rendeu com os braços erguidos, e foi Brunovsky quem fugiu, correndo feito um atleta rumo à lateral do casarão.

— Parado aí! — berrou Maloney, mas o russo continuou correndo.

Idiota, pensou Michael, será que não viu que era a Garda? A essa altura ele também estava correndo, apenas alguns metros atrás dos irlandeses, e quando alcançou o carro, decidiu deixar Brunovsky de lado. Não seria difícil encontrá-lo depois, e a prioridade naquele momento era Liz. Portanto, disse a Maloney:

— Deixe ele pra lá e venha comigo.

Eles correram para o casarão, escalaram os degraus da entrada e pararam no hall cavernoso, de orelha em pé. Silêncio. Então, eles começaram a ouvir passos lentos e discretos nos fundos da casa. Michael se virou para Maloney.

— Espere aqui! — sussurrou. — E não deixe que ninguém saia da casa.

Ele seguiu cautelosamente pelo corredor até que encontrou uma porta aberta. Espiando por ela, deparou com uma ampla sala suntuosamente mobiliada, mas já desbotada pelo tempo, com vista para os jardins e, mais ao longe, um lago oval. Nos fundos, uma mulher tentava destravar um dos janelões franceses.

— Onde está Jane Falconer? — perguntou Michael.

A mulher rapidamente virou o rosto para trás e, redobrando a força com que vinha empurrando o janelão, por fim conseguiu abri-lo. Instintivamente, Michael entrou no salão e, receando que ela fugisse, falou:

— Espere! Não se mexa!

A mulher se virou novamente, agora com uma acintosa expressão de escárnio no olhar. Michael deu alguns passos na direção dela. Deve ser Greta, pensou. Ele ainda esperava que ela fosse fugir pelo janelão, portanto ficou surpreso quando a mulher levou a mão à bolsa. E quando deu por si, ela estava com uma arma na mão.

— Não se envolva — disse ele, com o habitual sotaque dos estrangeiros.

Vai fugir, foi o que Michael pensou de início, antes mesmo que o medo se instalasse.

— Largue essa arma — falou timidamente, perguntando-se de onde havia tirado aquelas palavras. De um filme? De um livro? Surpreso com a própria calma, disse: — Não faça nenhuma besteira — e berrou: — Maloney! — Dando mais um passo adiante, esperando que a mulher baixasse a arma, imaginou, bem irracionalmente, o que Anna pensaria dele se estivesse ali para ver.

Foi a última coisa que pensou. Greta disparou duas vezes, embora apenas a primeira tivesse sido necessária: a bala atingira a testa de Michael, a poucos centímetros do olho esquerdo, matando-o instantaneamente.

Habituado às linhas de tiro, Maloney reconheceu o barulho na mesma hora e desejou que fosse outra coisa: o escapamento de um carro, uma criança estourando um balão, qualquer coisa exceto uma arma de fogo. Estava mais ou menos na metade do corredor. Jesus Cristo, pensou, e depois, como um mantra, repetiu em voz alta:

— Jesus Cristo.

Com a mão sobre o coldre, aproximou-se da porta e sacou a arma antes de entrar. Em 37 anos de polícia, jamais havia sacado uma arma num momento de raiva; portanto, ficou aliviado ao constatar que a mão estava firme. Ainda assim, sentiu-se um tanto bobo, o pânico inicial dando lugar às dúvidas: decerto ele não encontraria nada além de algumas pessoas constrangidas pelo estalo que haviam produzido.

Mas tão logo cruzou a porta, viu o corpo esparramado de costas sobre o chão. Imediatamente reconheceu o garoto de Londres, os olhos fitando vagamente o teto alto, um pequeno furo preto sobre uma das sobrancelhas. Mas não se deteve nele, pois no fundo da sala havia mais alguém, uma mulher, muito bem-vestida.

Maloney dificilmente veria algum tipo de ameaça numa mulher, mas surpreendeu-se com a expressão que viu no rosto dela, uma expressão não de pânico ou choque, mas de determinação. Ela segurava uma pistola ao lado da perna, e algo, ele não sabia ao certo o quê, lhe dizia inequivocamente que aquela mulher seria capaz de despachá-lo para a vida eterna. Portanto, tão logo percebeu que ela estava prestes a erguer a arma, atirou sem hesitar.

Tomado de surpresa pela explosão e o coice do disparo, por pouco não caiu para trás. Mas se recobrou a tempo de ver a mulher amolecer o braço, e com um fascínio perverso acompanhou toda a trajetória da arma subitamente largada no ar: ela bateu de coronha no tapete persa, ricocheteou uma vez, depois outra, até ser esmagada pelo corpo da mulher quando enfim ela desabou no chão.

Bem mais fácil do que eu imaginava, foi o primeiro pensamento que lhe veio à cabeça, um pensamento que ele jamais confessaria a alguém, nem mesmo à esposa. Mas depois Maloney caiu de joelhos, literalmente abatido pela constatação do que acabara de fazer. Jesus Cristo.

CAPÍTULO 59

I vow to thee my country — all earthly things above —
Entire and whole and perfect, the service of my love...
The love that never falters, the love that pays the price,
The love that makes undaunted the final sacrifice.*

Enquanto eles cantavam o hino, Liz notou a garota morena na segunda fileira de bancos. Ela chorava silenciosamente, as lágri-

---

* Versos de Cecil Spring-Rice, musicados por Gustav Holst e cantados na Grã-Bretanha em solenidades de cunho patriótico. Tradução livre: "Dedico a ti, minha pátria — de todas as coisas mundanas acima — / inteira e perfeitamente, os serviços do meu amor... / O amor que nunca falta, o amor que paga o preço, / O amor que nos faz rir do sacrifício derradeiro." (*N. do T.*)

mas molhando seu rosto. Uma amiga de Michael dos tempos de universidade? Talvez até uma namorada. Mais provavelmente uma ex-namorada, já que não estava com a família — Geoffrey Fane, a ex-mulher e uma senhora que Liz supôs ser a avó — no banco da frente. O novo marido francês da mãe de Michael julgara político não comparecer, assim como, imperdoavelmente, Brian Ackers.

Eles estavam na Capela da Ordem de São Miguel e São Jorge, discretamente localizada na lateral da extensa nave da Catedral de São Paulo, separada por belos portões de ferro fundido e bronze. Um pequeno santuário de tranquilidade no interior de um grande espaço público, ainda que, vez ou outra, o zum-zum dos turistas vazasse da catedral, repleta mesmo num dia de semana.

Aos olhos de Liz, a capela parecia um lugar insólito para a realização do funeral de alguém tão jovem como Michael. Por certo a escolha havia sido feita por Geoffrey Fane, recentemente agraciado com um CMG* pelos serviços prestados ao contraterrorismo, o que lhe dava o direito de realizar a cerimônia ali. A comenda, popularmente conhecida como "Call Me God", era distribuída a todos que elevassem o nome do Estado no cenário internacional. Tanto ela quanto a capela em si representavam um *establishment* sobre o qual Michael Fane jamais deixaria sua marca. Liz achava desconcertante a ideia implícita de que eles estavam pranteando a morte de um futuro líder da coroa inglesa, quando na verdade, e disso ela era testemunha, Michael Fane ainda estava bem longe do que poderia ser chamado de um líder. Se não tivesse morrido tão cedo, talvez até chegasse lá. Seu último feito havia sido relativamente corajoso, mas também imprudente.

---

* Companion of the Order of St Michael and St George: comenda britânica. (*N. do T.*)

Duas leituras foram realizadas. Primeiro, numa voz excepcionalmente contida e melodiosa para alguém de sua idade, um amigo de Michael leu um trecho do Levítico. Em seguida, a moça que Liz percebera chorando se adiantou ao púlpito e leu do Eclesiastes: "Lembra-te do teu Criador nos dias de tua juventude..." Começou tão embargada pelas emoções que por um segundo Liz receou que ela não chegasse ao fim. Mas depois se controlou e, de um modo singelo e comovente, seguiu lendo até o verso final: "Vaidade das vaidades, diz o Eclesiastes... tudo é vaidade."

Uma imagem subitamente espocou na cabeça de Liz: a do corpo de Michael, estendido na sala do casarão. A mulher que se dizia Greta também jazia por perto. Liz havia sido libertada segundos antes por um policial irlandês de arma em punho, pronto para atirar.

Por um triz as coisas poderiam ter sido bem diferentes, ela refletiu, e agora, no lugar de uma missa fúnebre, ela estaria em sua sala na agência, tentando controlar a impaciência diante das intermináveis sugestões de Michael, enquanto Peggy, bem menos discreta, revirava os olhos para o garoto. Um garoto, lembrou-se Liz mais uma vez, consternada.

E, mau grado seu, continuou a aventar o que poderia ter sido e não foi. Brian poderia ter permitido que ela saísse da casa de Brunovsky, embora isso não fosse a única causa de todos os reveses que se seguiram. Ela poderia ter desmascarado Brunovsky, percebendo no comportamento dele, inconsequente e por vezes maluco, um indício de que o russo sabia muito bem que não corria perigo nenhum. Além disso, caso não tivesse sido tão cética quanto à existência de um complô, ela certamente teria se prevenido contra Greta, que, em retrospecto, claramente não era a pessoa que dizia ser. Eles estavam à procura de um Ilegal, mas, francamente, não havia nenhum motivo concreto para crer que de fato havia um, muito menos no círculo de Brunovsky.

Liz achou por bem deixar de lado as conjecturas: elas resultariam apenas em recriminações e culpa, nenhuma das quais poderia mudar a realidade dos fatos, muito menos trazer Michael de volta. Desde muito ela havia aprendido que dar o melhor de si era tudo que alguém podia fazer — além de aprender com os próprios erros. Um clichê, talvez, mas nem por isso uma inverdade.

Enquanto mais um orador seguia para o púlpito diante do modesto altar, ela se lembrou de Brunovsky. Era de se tirar o chapéu para o oligarca, que conseguira fugir de Ballymurtagh no mesmo helicóptero que havia levado Morozov. Interrogado pela Garda mais tarde naquele mesmo dia, o piloto, ainda pasmo, havia explicado que o homem surgira do nada e saltara no banco de passageiro com uma pistola Derringer na mão, obrigando-o a decolar.

Uma hora depois eles haviam pousado num parque nas imediações de Dublin, não muito longe da torre Martello, celebrizada pelo *Ulisses* de Joyce. Ainda ameaçado, ele decolara novamente, agora sozinho, e a uns 400 pés vira o russo entrar no carrão preto que esperava por ele à porta do parque.

Aquilo não poderia ter sido planejado — Liz estava certa de que Brunovsky esperava voltar com ela para Londres, garantindo assim um álibi idôneo para o sequestro de Morozov —, mas claro estava que alguém o havia ajudado. Muito possivelmente alguém da embaixada russa em Dublin. Ou talvez alguns simpatizantes — o que parecia improvável, mas, por outro lado, a ideia de um Ilegal também parecia improvável até o desmascaramento de Greta.

Fosse como fosse, o oligarca desaparecera sem deixar rastros. Ninguém com a aparência dele havia passado por nenhum dos 36 aeroportos da Irlanda, tal como haviam informado as autoridades portuárias tanto da República quanto da Irlanda do Norte, incumbidas da rigorosa investigação. Uma busca nos portos marítimos também se revelara infrutífera. Seria possível que o oligarca ainda estivesse na Irlanda, esperando a poeira baixar antes de dar o passo seguinte?

Dias depois, no entanto, a estação do MI6 em Moscou havia repassado a informação, de uma fonte sabidamente pouco confiável, de que Brunovsky fora visto num restaurante caro da cidade, almoçando com um alto funcionário da estatal de petróleo. Parecia despreocupado, relaxado.

Quanto a "Greta", ela agora jazia numa cova anônima do cemitério de Cork. A embaixada russa não havia mostrado nenhum interesse em ajudar na identificação da morta, sobre a qual só havia uma coisa incontestável a dizer: ela *não* era Greta Darnshof.

O encômio de Michael ficara a cargo de um ex-professor, e enquanto ele falava, Liz se deu conta de que o homem não conhecia muito bem o aluno que lhe cabia louvar: dizia coisas pouco específicas sobre as realizações acadêmicas dele, e tudo indicava que não voltara a vê-lo depois da formatura. Seu discurso só fazia alimentar a tristeza geral.

Mas então, enquanto ele discorria sobre a paixão de Michael pelo críquete, Liz se perguntou até que ponto uma pessoa podia realmente conhecer outra. Pensou naquele estranho elenco de personagens que ela havia conhecido ao longo de sua mais recente missão, a mais bizarra de toda a sua carreira. Pensou nos sequazes de Brunovsky e nos segredos que cada um deles escondia. Dificilmente ela voltaria a ver Monica, a menos que elas se encontrassem fortuitamente na rua, Monica saindo de uma loja qualquer com sua echarpe Hermès, ou seguindo apressada para um almoço com amigos no San Lorenzo. Logo, logo ela encontraria outro ricaço que lhe desse guarida.

A Sra. Warburton, a governanta, e a Sra. Grimby, a cozinheira, seguramente já haviam se esquecido de Liz, bem como Jerry

Simmons, que agora tinha outras coisas com o que se preocupar, sobretudo a entrevista com o brigadeiro sobre seu futuro emprego. Quanto a Harry Forbes, Peggy dissera que ele havia voltado para Nova York — pois que apodrecesse por lá.

E Dimitri, claro, que passara dois dias detido pela Garda para depois ser extraditado sem grande alarde, junto com Svetlana, a enfermeira plantada na casa da Sra. Cottingham. Seria muito difícil provar que eles tivessem alguma coisa a ver com o sequestro de Morozov, pois apenas Greta estava armada. Henry Pennington tivera de dar algumas explicações a seus colegas de ministério na Irlanda, mas pelo menos não precisava mais se preocupar com a viagem do primeiro-ministro a Moscou, que transcorria sem problemas. Morozov havia se recuperado em 24 horas da dosagem cavalar de Rohypnol, e já estava novamente em Londres, certamente com um contingente bem maior de seguranças.

O professor terminou seu encômio, e o celebrante passou à oração final. Ao lado de Liz, Peggy Kinsolving ajoelhou-se com a cabeça derreada sobre as mãos cruzadas, enquanto Liz, agnóstica, simplesmente baixou os olhos em sinal de respeito. Mais uma vez ela admirou sua assistente, que, além de muito jovem, parecia um livro aberto. No entanto, Peggy demonstrava cada vez mais uma determinação e uma força de espírito que seguramente dariam a ela um futuro brilhante. Naquele ramo, as pessoas que dividiam responsabilidades costumavam ficar muito próximas. Mas a intimidade que daí surgia era forjada por um objetivo em comum, não pela ideia de que conhecer o outro fosse um fim em si mesmo.

Porém, Liz olhou de relance para Charles Wetherby, que como ela não havia ajoelhado, mas apenas baixado a cabeça. Ali estava um companheiro de muitos anos, mas ainda assim havia todo um lado da vida dele do qual ela nada sabia. Nunca fora apresentada à mulher ou aos filhos dele, por exemplo. Portanto, não sabia dizer se em família Charles era o mesmo homem que ela via no trabalho. E agora, tampouco sabia por quanto tempo ele estaria de volta a Thames House.

No entanto, não fazia sentido negar que ela nutria por ele um carinho cada vez maior, um carinho que nada tinha a ver com o trabalho. E ele? Sentia o mesmo por ela? Liz não fazia a menor ideia, e em vista das circunstâncias — Charles novamente era seu chefe, Joanne ainda estava terminalmente doente —, ela não descobriria tão cedo.

Eles cantaram um último hino e em seguida, lentamente, passaram da capela para a nave da catedral. À saída, ela e Wetherby foram ter com Geoffrey Fane, que recebia os cumprimentos junto da escadaria. Depois de alguns minutos de fila, Liz se viu diante dele, apertando sua mão.

— Obrigado por ter vindo — disse Fane. E depois: — Sei que você passou por maus bocados.

— Sentiremos muito a falta de Michael — disse Liz, e Fane curvou a cabeça em agradecimento. Um discretíssimo tremor nos lábios contradizia a calma que ele procurava demonstrar.

Wetherby estrategicamente se afastou, e Fane disse:

— Não consigo parar de pensar numa coisa. Se eu tivesse contado a você que Morozov havia sido subornado pelos alemães, toda essa tragédia poderia ter sido evitada. Você seguramente teria visto que era ele o alvo de todo o complô.

O que não deixava de ser verdade, mas Liz apenas disse:

— Eu deveria ter suspeitado de Brunovsky. Ele era tranquilo demais para alguém que estava sendo ameaçado de morte.

— De modo algum. Você se saiu muito bem diante da escassez de informações que tinha a seu dispor.

Não havia o que fazer ou dizer, Fane estava determinado a se culpar. Depois de alguns segundos de silêncio, com um ar pensativo, ele falou:

— Sabe, Michael e eu nunca tivemos um bom relacionamento. Culpa minha, suponho. Deixei que minhas desavenças com a mãe dele contaminassem as coisas. Mas na última vez que nos vimos, ele me convidou para almoçar.

— Vocês acabariam se acertando, tenho certeza.

Ele abriu um sorriso amargo.

— Mais uma oportunidade perdida entre tantas outras na minha vida — lamentou, e olhou para Liz com uma expressão resignada. Depois se voltou para os demais que aguardavam para oferecer suas condolências.

Liz se despediu e desceu ao adro, agora banhado pelo sol do meio-dia. Viu que Wetherby esperava pacientemente por ela.

Este livro foi composto na tipologia Chaparral Pro,
em corpo 11,3/15,4, e impresso em papel off-white 80g/m^2
no Sistema Cameron da Divisão Gráfica
da Distribuidora Record.